ET Scrittori
1620

Dello stesso autore nel catalogo Einaudi

L'uomo che non credeva in Dio

La sera andavamo in Via Veneto

Eugenio Scalfari

La ruga sulla fronte

Einaudi

www.einaudi.it

ISBN 978-88-06-20075-6

La ruga sulla fronte

La noia si porta nel cuore e per non annoiarsi mai bisogna fuggire se stessi.

MADELEINE DE SCUDÉRY

Preludio

Il sonno ormai è diventato fragile come le sue vecchie ossa, tre quattr'ore, non di piú, si sveglia prima dell'alba, prima che cantino gli uccelli del mattino e subito arrivano i pensieri sparati da una lontanissima vicinanza che gli riempiono gli occhi con un brivido impercettibile delle palpebre.

Le sue palpebre sono quelle di un animale del giurassico, lui se le sente cosí, tartaruga senza guscio sulle spalle, il guscio che lo racchiude è la rete dei ricordi sfocati e stonati che lo avviluppa, punteggiata da icone con dentro le persone della sua vita rinsecchite dal tempo, colte in un certo luogo e in un certo atto e sempre lí in quella postura e sembianza come il san Giorgio che trafigge il drago sempre allo stesso modo o il volto d'un Cristo che cola sangue sotto la corona di spine e cosí sempre sarà in eterno.

Appena sveglio si alza, a letto non può stare, lo assalirebbe un'ansia, il senso d'una prigionia tra le coperte smosse e l'incombere delle pareti che si avvicinano, una scatola di pareti con dentro la scatola del letto che contiene il suo corpo, un sacco di vecchia pelle che racchiude un mucchietto di viscere mal disposte.

Ma il cervello, lui è un bravo soldato, fa il suo lavoro con coscienza senza un attimo di tregua, costruisce il guscio che lo imprigiona e lo protegge, un guscio mentale dove abita da tanti anni, un tempo ci si muoveva anche al buio, ne conosceva gli anditi, il mobilio, i colori, gli odori, ma oggi i suoi movimenti sono piú incerti, le sequenze si accavallano una sull'altra, c'è poco ordine e molta confusione e spesso incespica rischiando di perdersi.

Quel bravo soldato è diventato vecchio anche lui, una sentinella indolenzita che spesso avvista quello che non c'è piú o non c'è mai stato e magari non vede quello che è lí e basterebbe sporgersi appena per toccarlo.

Once upon a time, sembra l'inizio di una favola, Andrea partí per la guerra e quel bravo soldato lo portò con sé perché loro due sono sempre stati insieme e non potrebbero vivere separati uno dall'altro; cosí partirono per qualche regione dell'Africa, Andrea non ricorda piú come si chiamava, ma la notte faceva molto freddo nelle buche di sabbia e di tanto in tanto, piú per gioco che per dovere perché erano tutti ragazzi che stavano per morire e cercavano di darsi coraggio, qualcuno gridava dalle buche «all'erta sentinella» e qualcun altro rispondeva «all'erta sto» facendogli il verso e poi arrivavano le cannonate sul serio e i razzi bengala che illuminavano la notte come fosse il giorno degli spettri.

Il soldato faceva il suo lavoro come sempre costruendo immagini ricordi pensieri, ma si fermava di colpo quando arrivava il fischio dei proiettili che passavano sulle loro teste, allora si rincantucciava in fondo in fondo perché non c'era spazio né voglia di pensare e di ricordare; quando il proiettile esplodeva lontano sollevando al cielo nuvole di sabbia allora rispuntava dal suo cantuccio e riprendeva a costruire il guscio intorno a quel corpo rattrappito ma pronto a scattare come l'animale quando fiuta il pericolo o la preda.

Adesso il suo compagno di sempre è molto stanco e il tessuto dei pensieri è sbrindellato in piú punti. Qualche volta Andrea si solleva su un gomito per chiamarlo all'erta ma la voce è flebile e l'altro non sempre risponde.

In quella casa Andrea c'è nato e ci vive insieme a molte altre persone, ma in realtà ciascuna se ne sta per conto proprio. Non è una vera casa. Piuttosto una galleria senza svincoli né disimpegni, lineare, una stanza dietro l'altra, a vederla da fuori dovrebbe somigliare a una lunga fettuccia coperta da un tetto dal quale spuntano le canne fumarie dei caminetti, delle stufe, delle cucine. Ma Andrea non l'ha mai vista da fuori, forse la casa vista da fuori non esiste, vissuta da dentro invece esiste eccome. A volte gli sembra di averla già abitata in un'altra esistenza e di vivere un sogno antico che si ripete.

L'inizio di quella fettuccia si compone di due stanze affiancate; in una dormono mamma e papà ma Andrea il suo papà non lo ricorda, prima era sempre in viaggio, poi è morto. Quella accanto è la camera di Andrea, un letto di ferro con ringhiere ai lati, lui quando dorme è irrequieto e si gira molto, senza quelle ringhiere potrebbe capitombolare per terra e farsi male.

I mobili sono di legno chiaro, un tavolo con sopra un calamaio di conchiglie, due boccette di vetro per l'inchiostro, una penna, un lapis rosso e blu, un cane di piombo fermacarte; una vetrina con i giocattoli, soldati di cartapesta in divise napoleoniche (prediletti un tamburino e un portabandiera con vessillo tricolore), un gioco di legni per costruire case, un gioco di ferri e viti per costruire macchine, ponti, gru; ma c'è anche una grande scrivania con bronzi dorati in stile Luigi XV e annessa poltrona panciuta ricoperta di tappezzeria d'epoca; una cassettiera-archivio che contiene le schede delle pratiche piú importanti dell'azienda coi relativi numeri di protocollo. Un telefono-giocattolo di colore rosso è poggiato sul comodino da notte accanto al letto di ferro. Sulla grande scrivania invece il telefono è fornito di una lunga bottoniera cui corrispondono la segretaria del Presidente, i cinque direttori dell'azienda, il nonno Fabrizio, il portiere della casa Alessandro, la mamma, la moglie Michelle, Cloe la sua puttana che non invecchia, George, Castaldi.

Nella stanza della mamma Andrea entra al mattino, prima di fare la passeggiata nel parco con Brigitte e qualche volta la sera quando riesce ad uscire dall'ufficio in tempo per tornare a casa prima che Viviane esca per le sue mondanità.

Al mattino la mamma è ancora in camicia da notte a braccia nude, i capelli morbidi sulle spalle, il seno per metà scoperto sotto i ricami; la sera, quando riesce a tornare per salutarla, è vestita con un abito viola di seta fasciato in vita e molto scollato sulla schiena mentre davanti è accollatissimo e aderente al corpo come una guaina. La sera Viviane sembra invecchiata ma agli occhi di Andrea è ancora piú attraente che al mattino, quando è soltanto una giovane mamma appena sveglia.

Andrea ha visto qualche volta il nonno uscire da quella camera guardandosi intorno con circospezione e poi scomparire nella sequenza delle stanze. Quelle apparizioni gli hanno suscitato una gelosia violenta e un dolore fisico dentro il petto.

Una volta, appena uscito il nonno, è entrato dalla mamma che aveva un'aria colpevole seduta sul letto disordinato. Lui le si è lanciato addosso tempestandola coi suoi pugni da ometto, si sono rotolati sul letto, lui continuava a batterla e lei a baciarlo e a fargli il solletico.

Poi Andrea è tornato in camera sua, ha indossato un abito di flanella chiara molto leggera, ha sollevato il telefono e pigiato il tasto corrispondente alla linea diretta del nonno. Dopo molti squilli lontani una voce maschile a lui sconosciuta ha risposto: – Il cavalier Fabrizio è morto da molti anni e non vuole esser disturbato per nessuna ragione –. Andrea ha riattaccato senza parlare. Ma certo, sapeva benissimo che il nonno era morto ormai da una decina d'anni, chissà perché aveva spinto quel bottone, alle volte la memoria gioca brutti scherzi e la fantasia poi... la fantasia fa presto a confondersi scambiando per realtà i fantasmi delle sue ossessioni.

Andrea entra spesso nelle altre stanze, che sono una quarantina, forse di piú. Nel corso degli anni altre ne sono state aggiunte, destinate ad accogliere nuovi ospiti. È stato facile farlo allungando la fettuccia dell'edificio, non c'è stato bisogno d'un architetto per compiere un'operazione tanto semplice. Piú difficile è stato far convivere tutta quella gente. Per facilitare la soluzione del problema Andrea ha disposto che ogni stanza abbia una propria uscita sull'esterno, cosí tutti sono indipendenti ma non da lui che ha una chiave per aprire tutte le porte.

Col passar del tempo alcuni dei residenti abituali se ne sono andati, altri sono morti, come si fa a ricordarsi di tutto? Bisognerebbe schedare le stanze e i loro abitanti come le pratiche dell'azienda ma a che servirebbe? Le pratiche sono cifre, contratti, conti bancari, verbali di consiglio, ma le stanze servono per farci vivere le persone e le persone non serve schedarle, sono imprevedibili, cambiano ogni giorno anzi ogni ora, non sai mai quando mentono e quando dicono la verità, se ti amano o fingono e tu non sai se fingi con loro, se i sentimenti corrispondono alle parole, forse un tempo corrispondevano o forse corrispondono oggi ma non ieri. Tutto è cosí vago e sembra inutile sforzarsi a fare ordine.

Al centro della casa c'è la grande biblioteca col soffitto di legno scuro e le pareti coperte di scaffali di mogano pieni di libri. Qualche volta Andrea entra in quel salone riposante, protettivo, come si entra in una chiesa nei pomeriggi d'estate per sfuggire l'afa e la troppa luce.

A lui capita di cercare un rifugio di frescura in una chiesa quando il lavoro lo costringe a restare in ufficio per studiare e decidere questioni complicate. Si stanca presto, dopo un paio d'ore se ne va ma non sa dove, incontrare gli stessi amici, le stesse donne che gli dànno sempre meno piacere, l'autista chiede dove andiamo ingegnere? e lui risponde vai poi te lo dico e vagabondano per un po' nelle strade, tre o quattro volte avvistando una chiesa, una di quelle chiesone che a Milano ce ne sono ad ogni angolo, ha detto ferma qui, aspettami ed è entrato. L'autista si sarà stupito, lo racconterà agli amici domani: l'ingegnere è entrato in chiesa. Dentro non c'è quasi nessuno e l'ombra nasconde gli altari e le croste alle pareti. Lui si siede in un banco, uno degli ultimi vicino al portale e sta lí senza pensare a niente godendosi il fresco e l'odore dei ceri e dell'incenso. Quando il corpo sente la durezza del legno si alza e torna fuori.

La grande biblioteca di casa ha lo stesso effetto terapeutico della chiesa quando la noia lo opprime. Curare la noia interna con una noia esterna, una noia oggettiva e perciò priva di ansia. Ti puoi divertire in chiesa? Ti puoi divertire in biblioteca? Noia scaccia noia, però il metodo funziona se lo usi di rado.

Laura adora i libri e in una biblioteca come la sua ci passerebbe le giornate, però in questa casa lei non è mai venuta. Voleva che anche lui imparasse ad amare i libri, una volta gliene regalò qualcuno e forse quelli lui li ha letti e anche qualcun altro, non è cosí restio alla lettura, solo che non ha pazienza e le lungaggini dei sentimenti, perché hai detto quello o hai pensato cosí e hai fatto cosà, lui non le sopporta. Ha sempre pensato che la psicologia fosse una scienza da ciarlatani, purtroppo quella parola ormai la sente ripetere da chiunque ogni minuto e a lui viene subito in mente quell'altra parola che non vuole nemmeno pronunciare dentro di sé. Perciò i libri meglio lasciarli nei loro scaffali.

Laura è un'intellettuale. Una volta è andato a una sua lezione tanti anni fa, non si vedevano già piú e lui aveva una gran voglia di sentire la sua voce, non tanto vederla ma il suono di quella voce. Cosí è andato e pensava che l'aula fosse piena di ragazzi e che lui mettendosi in fondo sarebbe passato inosservato. Invece gli studenti erano solo una trentina, la lezione era su uno scrittore tedesco amico di Kafka, non ricordo il nome, ma il timbro della sua voce era esattamente lo stesso, le voci invecchiano molto piú lentamente dei corpi e a volte non invecchiano mai. La voce del nonno per esempio è stata sempre la stessa fino a quando è morto e anche quella di Viviane non è mai cambiata.

Laura l'ha visto e gli ha fatto anche un piccolo cenno di saluto senza smettere di parlare. Poi, finita la lezione, lui le è andato incontro mentre i ragazzi sfollavano. Mi fa piacere vederti ha detto lei e io ho detto anche a me. Mi ha chiesto se dovevo dirle qualche cosa ma no, ho risposto, volevo solo vederti in cattedra e lei ha fatto una bella risata e io pure, poi abbiamo preso un caffè al bar dell'università e poi ce ne siamo andati ognuno per conto suo.

Con lei la noia mi passa di colpo, forse perché non stiamo insieme. Se avessimo fatto vita in comune sarebbe stato diverso, per questo è durata cosí poco tra noi e però dura sempre. È un rapporto virtuale direbbe Castaldi e questo è il suo bello perché resta al riparo dall'abitudine e dalla noia come tutte le cose che vorresti che fossero ma hai voluto che non fossero e quindi ci sono. Troppo complicato comunque.

Subito dopo la biblioteca c'è il salotto di ricevimento, Andrea lo conosce bene, la mamma ce lo porta tutte le volte che invita amiche e amici a prendere il tè. Ci arrivano passando per un corridoietto laterale che la mamma ha fatto costruire e che fiancheggia la parete della biblioteca cosí da superarla senza doverci entrare. Il nonno non voleva, lui era dell'idea che la casa bisogna viverla tutta ogni giorno, però quella volta la mamma l'ha avuta vinta.

Gli amici che vengono a prendere il tè bevono tante altre bibite ma il tè quasi mai. Un servizio di porcellana è posato sul tavolo, le tazze e le teiere panciute sono dipinte con figure cinesi colorate ma nessuno le usa. Quando le ho chiesto perché si dice vieni a prendere il tè da noi ma poi nessuno lo prende la mamma ha risposto che è un modo di dire e serve per invitare la gente a casa a metà del pomeriggio, il tè significa l'ora dell'invito. Non sarebbe meglio dire l'ora, ha chiesto Andrea, ma lei ha detto che è una convenzione, si usa cosí. Andrea ha domandato che cosa è una convenzione e la mamma è rimasta un po' a cercare le parole giuste per farsi capire, si vede che è una cosa difficile.

Anche le ragazze con le quali va a divertirsi lo rimproverano perché lui non rispetta le convenzioni, finiti i preliminari che durano poco lui dice allora andiamo a scopare, ma lo dice con molta gentilezza e se lei risponde no, niente di grave, sarà per un'altra volta, invece lei non dice no ma si arrabbia perché la convenzione vorrebbe piú tatto e magari qualche corteggiamento.

Sí, anche le ragazze che fanno la vita hanno diritto a un po' di corte non sono mica animali, ma Andrea non gliela fa proprio perché sa che la vogliono. Qualche volta è stato anche cattivo con loro, di rado, ma sgarbato sempre, non sa perché, di quel passatempo non può fare a meno anche se si annoia presto, però nelle sere vuote non sa rinunciarvi e forse per questo è sgarbato e a volte cattivo: si sente offeso da quella servitú e per vendicarsi le umilia. Tanto poi le paga profumatamente e loro sono contente, vengono per quello no?

Le amiche della mamma gli piacciono, non sono di quelle che martirizzano i bambini pretendendo di baciarli e ponendo una quantità di domande assurde alle quali loro non sanno rispondere oppure lo sanno ma non si deve perché è contro quelle maledette convenzioni. Qualcuna ce n'è fatta in quel modo. Una, tutta pomposa e ricciolini, gli ha domandato qual è la cosa che piú di tutte vorresti fare adesso? E io le ho risposto vorrei fare la pipí sul tuo vestito. Lei non se lo aspettava però ha riso, la mamma invece si è molto arrabbiata.

Però quasi tutte le sue amiche mi parlano nel modo giusto senza fare le vocine e dire scemenze o non mi parlano affatto che è la cosa che preferisco. Rimango tra loro seduto sul tappeto spostandomi tra divani e poltrone, faccio qualche gioco per conto mio ma sto anche a sentire quello che si dicono.

Parlano ininterrottamente degli amori, gli amori degli altri, ma siccome le amiche e gli amici della mamma non sono invitati tutti insieme, quelli presenti raccontano gli amori degli assenti cosí noi sappiamo tutto di tutti. Quei racconti mi diverto molto a sentirli anche se loro non fanno caso a me e credono che mi sto occupando dei miei giochi invece sento tutto e la settimana dopo quando arrivano i personaggi raccontati la settimana prima io so già tutto di loro e loro intanto ridono e strizzano l'occhio sugli amori di quelli che non ci sono. Chissà che racconterete di me al tè di domani dicono alla fine quando sono già sulla porta, sembra un girotondo e viene a noia anche perché degli amori della mamma non parla mai nessuno perché la mamma è la padrona di casa e c'è sempre al tè, per saperne qualche cosa dovrei andare al tè di qualche altra casa ma da solo non posso certo andarci perché sono ancora troppo piccolo.

Oltre al tè ci sono anche ricevimenti, cocktail party, cene e matinée, ma Viviane non e piú giovanissima e non abita piú a Milano, vive tra Parigi, Chartres e poi di vita mondana io ne faccio assai poca. Perciò sugli amori di Viviane non ho mai saputo nulla, quel poco che so me l'ha raccontato lei o l'ho intuito da solo. Non me ne importa granché ma un tempo ci ho molto sofferto e adesso che sono vecchio ogni tanto qualche fantasia erotica su Viviane mi eccita pensandola non quando era giovane ma di mezza età.

Si dice che gli organi del nostro corpo funzionano ciascuno per conto proprio e noi non ne sappiamo un bel niente mentre la testa e i pensieri, quelli sí, sono in mano nostra, ma non è affatto vero, io non ho mai governato i pensieri, vengono cosí come pare a loro, sono come le puttane i pensieri, ti adescano, ci resti attaccato per tutto il tempo che ti girano intorno poi all'improvviso spariscono. Certi pensieri li puoi richiamare se gli hai assegnato un luogo fisso dove sai di poterli ritrovare ma la maggior parte non li ritrovi piú oppure tornano quando piace a loro e magari non piace per niente a te.

A Cloe ho dato una stanza nella casa e lei ci viene a dormire e anche a fare l'amore coi suoi clienti. Anche clienti femmine perché Cloe è ambidestra come tutte le vere professioniste.

L'ho conosciuta che aveva diciott'anni e io una trentina mi pare e ho capito subito che era fatta proprio per i miei gusti. Allora però la casa era ancora in costruzione e per lei non c'era posto. La stanza gliel'ho offerta parecchio tempo dopo. Lei mi disse perché no? Cosí mi avresti alla mano tutte le volte che vuoi e non c'è nemmeno bisogno che mi fai riaccompagnare dall'autista se piove, però io ci rimetto se devo mollare i miei clienti. Io l'avrei anche pagata a stipendio e certo non ci avrebbe perso nulla, ci avrebbe guadagnato anzi, ma lei non volle, non per i soldi mi disse ma io coi clienti mi ci diverto, uno diverso dall'altro, giovane vecchio brutto profumato sporco timido spavaldo violento amoroso, vuoi mettere l'imprevisto, quello è il bello del mestiere e poi sarei una tua pensionante non piú una puttana e tu dopo un po' ti annoieresti, ormai ti conosco.

Va bene le ho detto, hai ragione, portati i clienti ma solo la notte, ti dò la chiave per entrare, di giorno stattene a casa tua e la notte vieni con chi ti pare. Dài che ti divertirai anche tu, m'ha risposto, tu nella mia stanza ci puoi entrare quando vuoi, è casa tua, quando ci sono e quando non ci sono.

Cosí quella stanza è il mio bordello privato e Cloe è la puttana titolare e anche la ruffiana. La cosa piú fantastica di tutte è che non è mai invecchiata, identica come quando abbiamo concordato il patto del bordello, lei allora era sulla trentina non piú proprio nel fiore ma con quel corpo da fumetto, le punte dei seni ancora all'insú e la faccia porca. È rimasta tale e quale e saranno passati trent'anni da allora. Lei mi dice magari fosse, sei tu che mi vedi cosí ma che m'importa, sarà una camera fatata, saranno i miei occhi, per me è cosí, pago e vedo le cose come mi pare, si può fermare il tempo? Se paghi e lo vuoi fermare lo fermi.

Paghi salato e solo tu sai in quale moneta, ma se quella moneta ce l'hai la infili negli orologi, loro continuano a camminare con le lancette e il pendolo tic-tac tutto regolare, ma il tempo l'hai fermato dove volevi tu. Non tutti ci riescono ma io ce l'ho fatta, è una partita che avevo aperto tanti anni fa e ci ho lavorato un bel po', alla fine l'ho vinta con quasi tutti, con Cloe, con Viviane, Castaldi, Zaccaria, il nonno, il portiere Alessandro, mia moglie Michelle e tante altre persone che nemmeno ricordo piú. Per ciascuna di loro ho fermato il tempo, stanno in quelle stanze come farfalle da collezione fissate alle pareti con gli spilli.

Ma qualcuno no, non ci sono riuscito: Laura non s'è fatta prendere. Ogni tanto ritorna, ma sceglie lei il momento, la foggia, le parole; il tempo per lei passa e quindi passa anche per me. Laura è la mia clessidra, se avessi incasellato anche lei come gli altri la polvere della clessidra sarebbe rimasta immobile, e anche per me il tempo si sarebbe bloccato fino al momento della morte, quella nessuno la può fermare. Ma lei è cresciuta, maturata, invecchiata, dentro di lei scorre il fiume del tempo che le ha portato amori dolori e rughe. Lei non è un'icona ma una realtà viva e in quella realtà ci sono anch'io.

E poi Filippo. Ma nella mia casa la sua stanza non c'è.

Un giorno – non ricordo piú quando né quanti anni avessi ma certo non ero piú un bambino – mi sono mascherato con un costume di maglia rossa e un cappuccio nero che mi copriva interamente la faccia salvo le due fessure degli occhi; era carnevale e volevo fare uno scherzo alla mamma che era venuta da Parigi per passare qualche ora con me. Avveniva molto di rado perché il nonno non voleva che lei rimettesse piede a Milano dopo che l'aveva cacciata di casa ma lei qualche volta veniva di nascosto per vedermi.

Quegli incontri mi toglievano il respiro come avviene nei sogni quando ti senti afferrare da qualcuno che vuole trascinarti con sé in un buio precipizio e cadi nel vuoto e cadi, cadi senza riparo senza salvezza.

Quella volta decisi che sarebbe stata l'ultima e sarei stato io a spaventarla senza farmi riconoscere. Avevo studiato bene la parte e tutto andò come volevo. Arrivai alla casa che la ospitava, bussai discretamente alla porta, entrai. Ma lei non fu sorpresa, sembrò quasi che se l'aspettasse la visita di quell'uomo mascherato e misterioso. Chinai appena il capo per salutarla e cominciai a parlare, senza preamboli.

– Signora, mi si dice che avete un figlio pazzo. È vero?

– Che cosa dite? È ammalato.

– So che piange e urla per molte ore, mi dicono che è ossessionato da incubi e fantasmi. Qual è il suo male?

– L'umore melanconico, signore, ed essere figlio unico. Questa condizione l'ha fatto ammalare.

– Mi date una spiegazione poco convincente. Non risulta che i figli unici abbiano predisposizione alla pazzia.

– Alla malinconia sí, vi sono predisposti. La solitudine rende aspri e impaurisce. Avete poca esperienza della vita se ignorate queste cose.

– Risulta però che voi abbiate due figli.

– Infatti, signore: sono due figli unici.

– Sono gemelli forse?

– No, sono nati in anni diversi e non si somigliano neppure, ma hanno vissuto le stesse esperienze.

– Però non hanno reagito allo stesso modo.

– Che ne sapete voi? Perché domandate senza sapere?

– Vi vedo turbata ma non ce n'è ragione, sono qui per aiutarvi.

– Non vi ho mai visto prima d'ora. Sí, la vostra presenza mi turba, i vostri occhi, la vostra voce. Che volete da me?

– Ve l'ho detto, son qui per aiutarvi, per prendermi cura di voi. Siete pentita dei vostri peccati? Siete in pace con voi stessa?

– Con quale diritto mi fate queste domande?

– Vi spaventa parlare di peccati? Ne avete commessi di cosí gravi?

– Forse vi deluderò: peccati ne ho fatti tanti ma banali, una manciata di peccati che hanno fatto parte del mio vivere quotidiano, mi hanno dato mediocre piacere, hanno avuto effetti sproporzionati rispetto alla loro modesta dimensione. Se vi ho ben capito, niente che possa interessarvi.

– I vostri figli tuttavia si sono ammalati di follia melanconica.

– Ho avuto un figlio unico.

– Ne avete due, signora, entrambi pazzi. Pensate di non entrarci per nulla?

– Uno, signore, l'altro è sano, ha una mente lucidissima, dirige una grandissima azienda, lo sanno tutti e tutti lo invidiano.

– E voi lo amate?

– Moltissimo.

– Piú dell'altro?

– Non vi risponderò.

– E se vi dicessi che è pazzo quanto il primo? Se vi dicessi che voi c'entrate e molto in questa vicenda? Se vi dicessi...

– Via, mi fate male. Andatevene e non tornate mai piú.

– Vado, ma noi ci rivedremo, voi lo desiderate quanto me.

Ho un ricordo molto preciso di quell'incontro anche se non sono piú cosí sicuro che non sia stato un sogno. Ma questo alla fine che differenza fa?

Andrea ha un segno sulla fronte delicata, una linea verticale appena visibile che la mamma spesso sfiora con un dito.

Andrea vede neri fantasmi che piovono dal soffitto soffocandolo coi loro grandi mantelli. E grida d'angoscia e di spavento.

La sua, quando arrivano i fantasmi, è l'ultima stanza della casa. Lo mettono lí, lontano da tutti, perché non si sentano le sue grida e la vita possa continuare.

Lo chiamano Filippo ma lui sa di essere Andrea e grida anche per farsi riconoscere. Quando si calma e dileguano i neri mantelli ritrova la sua camera con il lettino di ferro.

È l'ora di andare in azienda, il portiere Alessandro è già col cappello in mano e tiene aperto lo sportello della macchina, l'autista ha avviato il motore, è in ritardo e la segretaria sarà impaziente con i telefoni che squillano chiedendo del Presidente.

La ruga sulla fronte è dritta e profonda. Il nonno gli diceva: è il segno della tua fortuna. Ma lui non crede alla fortuna, vuole solo giocare le sue partite, vincerne una, scordarsene e aprirne un'altra. Non c'è senso in tutto questo, né colpa né merito, solo il gusto crudele della gara che galleggia sul niente. La gara, quando la cominci, non sai dove ti porterà e quando è cominciata non sai se contiene un destino, ma poi quel destino non puoi cambiarlo piú.

A volte pensa al suo funerale e vorrebbe che fosse come quello di Artú di Camelot: una grande pira sospinta dalla corrente d'un fiume, un arciere che lancia una torcia e la pira diventa un rogo che si consuma fin quando il fiume si confonde con le acque del mare.

Ma si troveranno i legni odorosi per costruirla? Il fiume adatto e la corrente giusta? Si troverà, di questi tempi, l'arciere che lancia la freccia di fuoco?

È piú probabile che tutto finisca nell'inceneritore comunale per evitare agli eredi troppi fastidi e una cerimonia inutilmente sontuosa. Del resto lui non è Artú, non ha mai avuto veri cavalieri al suo fianco, non ha mai creduto in nulla. Infine, con la Morte non si va al ballo ma solo al camposanto.

Parte prima

Il Principe incostante

Il temporale era stato violento come spesso accade a mezz'agosto dopo le settimane della grande estate. Larghe chiazze d'acqua erano rimaste tra le pietre della strada e le rocce lisce e bionde che la fiancheggiavano mentre il cielo stava tornando al sereno sotto la spinta d'una brezza di maestrale che aveva svelato una falce di luna lavata a nuovo dall'acquazzone.

È sempre cosí dopo le piogge dell'estate: i colori si fanno piú intensi, il cielo trascorre dall'azzurro pallido all'indaco e il mare, sotto alle rocce che scendono a picco tra le onde del frangente, dal verde grigio al blu, mentre i profumi della costiera che prima, sotto l'afa del pomeriggio, si impastavano tra loro svaporando nella calura, riacquistano la propria nettezza, le alghe muschiose, il mirto, il ginepro ancora acerbo, il latte del fico stillante dalle crepature della guaina, la frescura della menta che la brezza trasporta cullando l'effondersi della sera.

Le ragazze arrivarono saltando tra una pozza e l'altra per non bagnarsi i piedi nudi nei sandali leggeri. Una di loro aveva una veste lunga e fiorata che teneva rialzata per non inciamparvi nella corsa; le altre erano vestite d'organza e di velo piú che di stoffa e le gonne ondeggiavano seguendo il passo, il gioco delle ginocchia e la curvatura delle anche.

– Violante, ma dove ci stai portando? Non si vede niente, solo dirupi e siepi di rovo.

– Bisogna conquistarselo il paradiso, vedrai, ci siamo quasi.

Percorsero ancora un tratto breve, poi il sentiero di pietre svoltò in mezzo alla macchia sboccando in uno spiazzo cinto da oleandri e cipressi. In fondo, tagliato in mezzo alle rocce, il Covo di nord-est, meta notturna dei giovani che villeggiavano nelle case della costa e nelle barche all'ancora in rada o arrivavano in auto da piú lontano inseguendosi sulle rampe della cornice.

All'entrata rallentarono il passo, quasi che un'esitazione, una timidezza improvvisa le trattenesse sulla soglia. Infine, di nuovo spavalde tra i capelli controvento e il vortice danzante delle gambe snelle, andarono verso la musica che arrivava a folate ridendo e chiamandosi. La luce era scarsa, di fiaccole e lampade di candele sui muretti a secco; lo spiazzo pavimentato di pietre incerte; su una pedana rialzata con la roccia alle spalle la band del jazz e intorno, sui sedili irregolarmente ricavati nella scogliera che dal mare risaliva fin lí, altri giovani e ragazze.

Qualche coppia ballava al centro di quella terrazza naturale e lo sciacquio quieto del mare faceva da fondo al ritmo dei bassi e della batteria. Suonavano in quel momento *Mood indigo*, un blues appena arrivato e quasi clandestino perché veniva da un paese straniero considerato ostile; ma era cosí struggente quel blues d'aver trovato patria ovunque fosse suonato e anche lí, in quella scogliera del Covo di nord-est, tra le fiaccole e la salsedine del maestrale.

Le ragazze aspettavano e man mano che il tempo passava l'allegria si smorzava nell'attesa e in una vena sottile di malinconia. Qualcuno dei giovani le invitò a ballare ma rifiutarono. Parlavano tra loro ma le voci s'erano fatte sommesse; non si raccontavano piú le loro piccole storie dell'estate, ma i sogni e i sentimenti. Violante aveva messo il braccio attorno alle spalle di Gaia e questa teneva per mano Flo, altre due sedevano a terra accanto a loro con le gonne allargate a corolla, creature di miti marini, sfuggenti, ambigue come l'acqua quando s'increspa di spuma, s'arrotola, si scioglie limpida sulla sabbia e poi se ne ritrae intorpidita e fuggitiva.

– Si può far l'amore come lo fanno i maschi? – chiese Flo mordicchiando una foglia di menta e guardando in alto alla luna che navigava verso occidente insieme alla stella sua compagna di viaggio.

– Perché, tu lo fai in un altro modo?

– Certo, io m'innamoro, loro no.

– È andata cosí anche quest'estate con Giorgio?

– No, l'ho lasciato io –. Gettò al vento la foglia di menta e le guardò con gli occhi fermi come di sfida, – son capace di lasciare, non sono una ragazzetta che si fa buttar via.

– Vedi – disse Violante – proprio come i maschi, anche loro fanno cosí. Il problema non è innamorarsi ma chi lascia prima e chi è lasciato.

– Eravate una splendida coppia, lui bello come il sole.

– Con lo spirito d'una patata.

– A te piaceva però, sei rimasta molto male quando cominciò la sua storia con Flo.

Ora parlavano tutte insieme, ridevano ma c'era anche un po' di cattiveria e di invidia nel ricordo di quei giochi amorosi.

– Una donna quando si dà – insisteva Flo – lo fa con tutta se stessa, corpo e sentimento, se non è cosí non si dà affatto, è fisicamente impossibile. Nei maschi è diverso. I nostri contadini raccontavano che a volte, quando portavano le greggi al pascolo, lo facevano anche con le capre. Pensate un po'.

– Ma tu – disse Gaia – lo faresti con Andrea?

– Se me ne innamorassi sí.

– Non hai capito. Diciamo sei fidanzata con un altro, arriva Andrea e ti fa una proposta. Tu ci staresti?

– Certo che ci starebbe, ci puoi giurare.

– Voi piuttosto – interruppe lei – vi mettereste in fila pur di portarvi a casa quel trofeo.

Le grida e le risate sopraffacevano la musica, le coppie dei ballerini si fermarono protestando per il troppo chiasso. Proprio in quel momento arrivò Andrea, seguito dalla piccola corte degli amici vocianti e sguaiati quanto lui era taciturno e lontano. Ma il viso era di quelli che non si dimenticano: un viso triangolare, un naso prominente e fiero, gli occhi sporgenti d'un pallido azzurro, la fronte larga come quella d'un capro e in mezzo una riga dritta che scendeva dall'attaccatura dei capelli alla radice del naso, come se un fulmine l'avesse colpito lasciandolo miracolosamente indenne ma segnandolo per sempre con la sua traccia.

I due gruppi si mescolarono, bevvero, ballarono, si corteggiarono. Si conoscevano tutti da tempo, erano dello stesso stampo e dello stesso rango salvo Andrea che la sorte aveva collocato piú in alto degli altri. Apparteneva a una famiglia tra le piú potenti e ricche del paese e ne sarebbe stato il giovane erede, ma intanto le sue giornate passavano vuote, senza fatica né responsabilità, senza neppure gli obblighi di un apprendistato che lo preparasse alle incombenze future.

Gli avevano insegnato con cura le buone maniere, la gentilezza del tratto, il rispetto dell'autorità che poi, a tempo debito, sarebbe passata nelle sue mani. Possedeva una naturale eleganza fatta per metà di orgoglioso riserbo, e per metà di ironica dissipazione.

Dissipava la sua vita con il coraggio dei predestinati ai quali nulla può accadere fino a che il loro destino non sia compiuto, e nella noia, nella terribile e opaca noia che affligge chi nulla può conquistare che già non avrà per diritto di nascita.

La sua dominante e quasi esclusiva occupazione era di sottrarsi all'incubo ossessivo di quella noia che gli impediva di ascoltare, di pensare, di fermarsi, di crescere, e perfino di godere. Era calcinato di noia; per sfuggirle moltiplicava i viaggi, le avventure, le stravaganze, le depravazioni, le volgarità e le piú sofisticate eleganze. Ma tutto questo suo agitarsi, tutti gli atteggiamenti che di volta in volta assumeva sotto la spinta delle occasioni e delle diverse compagnie delle quali si circondava piú per caso che per scelta, non gli appartenevano piú di quanto non ci appartenga un abito di maschera indossato sbadatamente al solo scopo di ingannare il tempo. Tra lui e il tempo si giocava una lunga partita che per Andrea aveva come posta quella di allontanarlo dal suo fluire, vivendo un eterno presente costruito di attimi successivi ciascuno dei quali, appena consumato, sprofondava non già nel passato ma in un vuoto immemoriale senza ritorno.

Che cosa ci fosse sotto quei suoi modi d'essere cosí mutevoli e spesso opposti tra loro non sapeva né si poneva il problema di scoprirlo. Sapeva soltanto di possedere contemporaneamente molte personalità, anzi d'esserne posseduto. E di lasciarsi andare con ciascuna di esse senza ambagi o imbarazzo di sorta perché quella – cosí pensava – era la sua piú naturale natura.

Questo trascorrere con leggerezza da una figura all'altra era poi il suo fascino e il suo strumento di seduzione, soprattutto era lo schermo dietro il quale si riparava per non essere neppure lambito dalle passioni. Era indifferente alle passioni e l'indifferenza la coltivava come una pianta rara e medicamentosa dalle cui radici crescevano l'ironia, il cinismo e, inevitabilmente, la noia.

Per il resto non aveva amici ma cortigiani, compagni d'avventura; leggeva pochissimo, non amava la musica, si stordiva con le droghe quando non trovava altro modo per riempire il vuoto che si portava addosso. Adorava la gara. Correva in macchina come un forsennato. Amava le donne ma non l'amore che considerava una malattia perniciosa.

Quella sera d'agosto passò un paio d'ore con le ragazze e con gli amici della sua corte, ma era piú distratto e lontano che mai e la ruga sulla fronte pareva un segnale di iniziazione.

– Stanotte torno a Milano – disse a Giacomo Vieri che gli stava seduto accanto con Flo sulle ginocchia. – M'hanno chiamato con grande urgenza. Se chiamano me vuol dire che qualcosa di grave è accaduto o sta per accadere.

– Sei preoccupato? Sai qualche cosa?

– No, non so niente di niente. Ma spero che si apra qualche grossa partita: l'estate non finisce mai e queste ragazze non riescono a eccitarsi nemmeno con un po' di roba. Buttiamole in acqua e vediamo se diventano piú divertenti.

– Da quassú? Sotto è pieno di scogli.

– Va bene, se non si può andiamocene.

– Pago il conto.

– Non pagare nulla. Filiamo via, se la sbrigheranno loro. Magari non hanno soldi, le arrestano e gli fanno passare la notte in guardina. Sarà divertente quando ce lo racconteranno. Dài, andiamocene, ci vogliono tre ore per Milano, non arriveremo prima delle sei. Il nonno ha convocato il gran consiglio per le otto. Lui ce la mette tutta per rompere le scatole. Che vecchiaccio, ma è l'unica persona interessante di quella compagnia. Tutti gli altri sono fuffa, da buttare.

Le urla del fratello arrivano spente nella nursery dove Andrea gioca con un orso di peluche dagli occhi di vetro. La casa è molto grande e ci sono tante porte chiuse fino alla stanza di Filippo che sta dall'altra parte, con le finestre che dànno sul cortile. Da qualche giorno hanno messo le inferriate a quella finestra, le ha volute il dottore dei bambini che ha in cura Filippo fin da quando ha cominciato a gridare.

Filippo ha sei anni, due piú di Andrea; prima stavano sempre insieme, giocavano agli stessi giochi sebbene due anni fossero tanti di piú e Filippo superasse il fratello piú piccolo di quasi un palmo. Studiavano insieme il tedesco con la bambinaia Brigitte e l'inglese con un signore che aveva vent'anni, portava gli occhiali di tartaruga e aveva tanti brufoli sulla faccia.

Adesso le urla non si sentono piú. Andrea continua a giocare con l'orso come se nulla fosse accaduto ma quelle grida lo inseguono da un tempo per lui infinito e (lui pensa) continueranno sempre a inseguirlo per tutta la vita anche quando sarà diventato grande come papà. Ma chi è Filippo? Lui non lo sa piú, non ricorda il suo viso, Filippo, Lifippo, Piloffo, Fipollo se gli cambio il nome smetterà di gridare e ritornerà a giocare con me e poi non mi ricordo come è fatto se gli cambio il nome Filippo è l'orsacchiotto che non parla mai perché è contento di stare con me e lo cullo e lo faccio dormire poi quando si sveglia gli dò anche da mangiare e Brigitte gli ha preparato una copertina per quando lo mettiamo a letto la sera e lui sta buono. Adesso ricomincia a urlare ma tanto io non lo sento poi non me lo ricordo adesso arriva la mamma che mi porta fuori a passeggio a vedere i negozi e mi compra un treno lungo e anche il cappello da bersagliere e la sciabola perché io non faccio i capricci non piango e non grido e la mamma mi vuole bene perché lei dice che sono buono e giudizioso. Anche Brigitte mi vuole bene e mi piace perché è bionda come la madonna della chiesa dove andiamo la domenica però la madonna è bionda ma non ha le sise davanti è piatta invece Brigitte ce l'ha e io gliele tocco anche la mamma ce l'ha le sise ma sono piú piccole di Brigitte e sono le sise della mamma che non sono sise e anche se lui urla io non lo sento forse non è lui ma qualcuno che strilla per la strada io non so chi sia.

Ora si è messo nell'angolo della nursery dietro il paravento giapponese con le pagode e i bambini che pescano nel fiume, si tiene le mani strette sulle orecchie e l'anima gli si è fatta piccola piccola e s'è nascosta dietro il cuore che gli batte forte ma lui non piange perché tutti gli ripetono che i bambini bravi non piangono mai e intanto si apre la porta e lui sente la mamma che dice dov'è il mio ometto e lo cerca e lo trova dietro il paravento lo tira su da terra lo abbraccia e gli dà tanti baci sulle guance e sulla bocca e lui la stringe forte al collo e dietro di lei tende una mano a Brigitte che gliela prende, adesso Filippo non urla piú ma lui sa che piange e quando avrà finito di piangere ricomincerà a gridare e poi il dottore verrà e gli darà la pillola per dormire e lui dormirà perché Filippo sta male, vede tutti fantasmi e per questo urla per la paura ma io non lo sento e non mi ricordo chi è.

Viviane lo tiene sempre stretto a sé e gli si agrappa ma il suo sguardo è fiero. Lei sa combattere. È la moglie di Enrico Grammonte, è una dei de Guiche che governarono il Poitou quattro secoli fa ed erano già conti prima di Luigi Capeto.

– *Allons, allons, mon petit chou, on ne se quittera jamais, nous deux, jamais pour la vie, n'est-ce pas?*

Andrea la stringe e ride felice. Dentro la sua testolina bruna qualche milione di cellule stanno lavorando per escludere quelle terribili urla dal circuito percettivo e raschiarle via dalla memoria spingendole in fondo in fondo, lontane, sepolte, ammutolite per sempre in un abisso di materia che le sommerga e ne cancelli le righe tracciate sulla scheda del tempo. Ma l'anima è rimasta piccola e intirizzita, nascosta in un angolo dietro il cuore per farsi dimenticare.

Anche Viviane vorrebbe dimenticarsi dell'anima sua, del fardello di pena che porta con sé, ma non ci riesce. C'è solo un modo, questo l'ha imparato: poiché senza l'anima non si vive, non resta che moltiplicarla, averne tante di anime, magari altre pene, altri gomitoli di memoria, ma anche altre figure che procurino smemoratezza e soprattutto impediscano che le tante anime comunichino tra loro col rischio che ridiventino una sola.

Pensa a queste cose Viviane mentre esce di casa col suo bambino per mano e la bionda Brigitte a fianco. Andranno a far spese di giocattoli e Andrea sarà felice ma lei non riuscirà a dimenticare la sua pena perché è proprio Andrea che gliela ricorda.

Comprerà dei fiori per rallegrare la casa, il fioraio è proprio davanti a lei sull'altro lato della piazza e la vetrina è colma di mazzi già composti, le rose bianche ravvivate da rami d'orchidea, le rosse insieme ai primi gelsomini e i fiori di campo che durano un giorno e già col cader della sera reclinano come le farfalle che li corteggiano volando dall'uno all'altro inebriate dal profumo delle corolle e poi piegano delicatamente le ali per morire insieme ai loro fiori.

Viviane ha le braccia piene di fiori, ha comprato gelsomini e giacinti, pensa che il loro profumo acuto l'aiuterà, disporli nei vasi l'aiuterà, una bottoniera d'orchidea sulla sua giacca di velluto scarlatto l'aiuterà, ma quella porta chiusa, quel pozzo con le inferriate alle finestre e quel piccolo agnello che grida dietro la porta, di scordarsene non ne ha il diritto, ma di vivere sí, c'è anche per noi un diritto di vivere, come un felice animale senza memoria. Se un cucciolo si azzoppa la madre lo cura, se non guarisce presto lo abbandona; la natura è economa e spietata, lo spreco della pietà non rientra nel suo codice.

– Voglio il camion rosso con la scala gialla dei pompieri –. Andrea la tira per la manica e la guarda col viso rivolto in alto supplichevole e imperioso. L'odore dei gelsomini e dei giacinti le arriva come il fetore d'una putredine. Li getta nel secchio dei fiori marciti ed escono tutti e tre in mezzo al traffico della piazza.

Erano quasi le nove quando Andrea varcò il cancello dello stabilimento di Agrate e fermò la macchina davanti alla palazzina di pietra dove avevano sede la presidenza e la direzione della società Sidera.

A fianco della palazzina, impreziosita da alcune citazioni architettoniche neoclassiche e molto annerita dalla fuliggine, due massicci edifici rettangolari disposti uno di seguito all'altro e comunicanti al livello del primo piano allungavano la loro mole per circa un chilometro. Grandi finestroni su entrambe le fiancate davano luce all'interno; una ciminiera sbucava dal tetto di uno degli edifici e smaltiva nel cielo i fumi della fonderia.

Il complesso dello stabilimento denunciava la sua data di nascita, 1907, quando ancora la pubblicistica radicale e socialista chiamava i Grammonte «i padroni delle ferriere». Loro in realtà non se n'erano affatto adontati: dei giornali e di chi ci scriveva non facevano gran conto; con i loro operai il rapporto era di durezza, di ostilità latente e di reciproca stima, come doveva essere – pensavano i Grammonte e anche i capi operai – in tutte le fabbriche dove il padrone e i dipendenti hanno coscienza del proprio ruolo, capacità professionale e dignità nell'esercitarla.

Molti anni erano passati da allora. Di mezzo c'erano stati una guerra con centinaia di migliaia di morti, uno sconvolgimento sociale profondo, lotte sindacali durissime. Dalla guerra la Sidera aveva tratto benefici immensi e un'espansione industriale che l'aveva portata a diventare una delle maggiori potenze economiche del paese.

Poi era arrivato il fascismo a metter ordine. Anche i Grammonte ne avevano aiutato gli esordi, convinti che si trattasse d'un episodio transitorio e utile per tagliare le punte dell'aggressività operaia e spegnere l'infatuazione ideologica divampata dopo la rivoluzione bolscevica. Ma poi il movimento era sboccato nella dittatura e la dittatura nel regime, una rete fitta e flessibile di interessi, compromissioni, gerarchie, tenuta insieme dal carisma del Capo, dal suo nazional-populismo e da una capacità scenografica che puntava sul protagonismo delle comparse diventate il pilastro su cui si reggevano la nuova rappresentanza politica e il nuovo modo di manipolare il consenso popolare.

I Grammonte, come tutto il loro ceto e anzi come l'intero paese, erano stati avviluppati da quella rete. All'inizio non se ne resero conto poiché essa fu tessuta con gradualità e quasi senza una consapevole intenzione. Quando se ne accorsero era troppo tardi per potersene liberare. Del resto essa lasciava ampi spazi all'arricchimento dell'industria pesante e ampio potere alle famiglie che ne detenevano il controllo; in cambio il regime chiedeva adesione politica e sottomissione alle sue costumanze ideologiche e scenografiche; ma non era questo il prezzo piú alto da pagare, largamente compensato da corpose contropartite. Il prezzo vero era l'isolamento dall'economia e dalla tecnologia internazionali e quello fu pagato non solo dall'industria ma dall'intera nazione.

Di tutte queste vicende, del loro significato e dei loro effetti, il vecchio Fabrizio Grammonte aveva una debole percezione, nonostante fosse dotato di notevole intelligenza. Apparteneva a quella tipologia di costruttori che concentrano in un solo scopo tutte le facoltà mentali, fisiche e addirittura sentimentali. Quello scopo per lui era la Sidera; tutto ciò che la rendeva piú forte era benvenuto, tutto ciò che confermava il ruolo della famiglia e di conseguenza il suo che ne era il capo indiscusso andava sostenuto. Il resto, l'uso politico che si faceva del suo consenso, gli aspetti piú grotteschi e ridicoli della scenografia di regime ed anche qualche personale umiliazione e qualche atto di servilismo che era di tanto in tanto costretto a compiere, li considerava come gesti di lavoro e nulla di piú, necessari per assicurare lo sviluppo della Sidera alla quale l'intera sua vita era dedicata.

Era da trent'anni al posto di comando, in quella stanza dove non aveva mai voluto cambiare né un chiodo né un mobile né un oggetto, in mezzo ai fumi che la ciminiera della fonderia sputava nel cielo, a curare ogni giorno la crescita della sua creatura. Gli stabilimenti si erano moltiplicati e diversificati; ne erano sorti tre nel bergamasco e due nella zona di Varese; quello di Agrate era stato raddoppiato, i macchinari rinnovati interamente due volte, i dipendenti avevano superato le ventimila unità, i prodotti al forno elettrico andavano dai laminati piatti ai tubi, ai tondini, alle corazze per la marina militare, ai cannoni per le navi e per l'esercito. Parlava col ministro della Guerra, con quello dell'Industria, con quello degli Esteri ogni volta che ne aveva bisogno. Si incontrava anche con il Capo, ma cercava di evitarne le occasioni: con lui doveva essere necessariamente ossequiente e questo non gli piaceva sicché usciva da quegli incontri nient'affatto gratificato anzi di pessimo umore. Ma in tutti gli altri casi era lui che dettava la legge ottenendo quasi sempre ciò che chiedeva, anzi che reclamava.

Quella mattina di fine agosto il «vecchiaccio» stava aspettando il nipote da oltre un'ora ed era abbastanza irritato di quel ritardo anche se per lui aveva un debole particolare. Seguiva alla lontana la sua vita scapestrata ma non se ne impensieriva granché, la metteva nel conto d'un apprendistato giovanile che lui non aveva fatto, ma i suoi erano altri tempi – pensava – e lui era d'un'altra pasta rispetto a quella dei giovani d'oggi.

E poi Andrea lo incantava con la sua disarmante leggerezza; era bello come Viviane, stravagante come lei, capace come lei di rischiare tutto su una carta sola, ma allo stesso tempo d'un cinismo sorprendente perfino per lui, che pure ne aveva viste, fatte e superate tante nella vita.

Non aveva mai capito veramente la natura del nipote; del resto non gli aveva dedicato molto tempo. Forse lo aveva un po' viziato come accade ai nonni specie quando hanno poca vocazione da dedicare all'educazione d'un giovane.

Andrea dal canto suo era rimasto presto senza padre, con una madre bizzarra e lontana.

Quand'era a Milano la visita di prima mattina al nonno era diventata un'abitudine cui non avrebbe mai rinunciato. Quel monumento che esprimeva autorità e vigore, arroccato in quella stanza dietro quella scrivania massiccia dove c'erano soltanto un blocco di carta bianca un tagliacarte e un bicchiere d'argento colmo di penne e matite con le punte aguzze, gli dava la certezza d'un punto fermo, d'un occhio al cui controllo nulla sfuggiva, annotando nella memoria ogni atto e ogni pensiero con accanto una lode o una censura.

Da bambino, quando pensava a Dio, vedeva il nonno. È vero che nell'iconografia corrente Dio è rappresentato con una fluente barba bianca mentre il nonno aveva soltanto un sontuoso paio di baffi, che ne facevano piuttosto un personaggio uscito da un album risorgimentale, ma Andrea aveva cancellato dalla sua mente l'immagine del dio barbuto sostituendola con quella del suo dio familiare.

Poi, col passar del tempo, ogni sentimento di natura religiosa era scomparso come, crescendo, si accantonano le favole e le leggende; l'aldilà per lui aveva cessato d'essere quel mondo fantastico, popolato non solo dalle divinità della tradizione ma da fate, folletti, elfi, gnomi e angeli custodi piú o meno imparentati tra loro. La *douceur du vivre* e la sua estenuata leggerezza avevano scacciato ogni altra immagine, la sazietà e la noia avevano riempito i sensi e la mente, ma la presenza del nonno aveva resistito, restituita alla sua realtà effettiva: quella d'un antico monarca che gestiva il potere e amministrava la giustizia dispensando concrete grazie e concretissimi castighi coll'autorità patriarcale di chi fa la legge e la applica.

Andrea riusciva anche a scherzare con lui, era il solo che lo facesse e cui fosse permesso di farlo; le sue licenze facevano parte del repertorio tra il nonno re e il nipote delfino, servivano a marcarne la differenza di qualità rispetto al resto della famiglia.

Quella mattina tuttavia, dopo la lunga corsa in macchina, sulle curve della Riviera e poi lungo le marcite del novarese, Andrea era in ansia: per il ritardo con cui era arrivato, che per esperienza sapeva quanto indispettisse il nonno, e per quella convocazione di un consiglio di famiglia in pieno agosto, fatto assolutamente inusitato.

Ma la sua sorpresa fu grande quando, dischiusa con qualche timore la porta della stanza presidenziale dopo aver garbatamente scostato la segretaria che tentava di annunciarlo, vide il nonno completamente solo seduto sulla sua poltrona dietro la scrivania con il toscano acceso tra le labbra e un fascicolo tra le mani.

Come a un esame al quale si arriva sempre con un po' di batticuore e la testa vuota ma poi, davanti al tavolo della commissione, le idee tornano alla mente e la lingua si scioglie, cosí Andrea ridiventò pienamente padrone di sé entrando in quella stanza, fece il giro del tavolo, abbracciò il nonno che rimase immobile sollevando appena le braccia per corrispondere al gesto del nipote, sedette davanti a lui e disse, con l'aria di ripetere una frase che evidentemente faceva parte di un loro rituale: – L'aria è un po' fredda, deve aver nevicato in montagna, splendida giornata per lavorare.

Di solito il vecchio sorrideva a quella battuta che faceva il verso a un suo modo di salutare i collaboratori in apertura di mattinata, ma quel giorno non sorrise affatto; aggrottò la fronte, guardò fisso Andrea e rispose: – Fa un caldo da crepare.

A sua volta Andrea strinse gli occhi guardandolo con attenzione: – Qualche cosa non va? – disse abbassando la voce.

– Molte cose non vanno – rispose il nonno senza mutar tono. «Non sarà certo perché sono arrivato in ritardo di un'ora», pensò Andrea; «e dove sono tutti gli altri?» Lo chiese con cautela, l'ultima cosa che voleva era peggiorare l'umore del vecchio.

– Quali altri? – ringhiò il nonno.

– Non ci doveva essere una riunione di famiglia?

– Infatti c'è stata. Dalle otto alle otto e venti.

– Breve.

– Quanto bastava.

– Posso conoscere l'argomento? Scusami per il ritardo, ho forato due volte prima e dopo Serravalle.

– L'argomento eri tu.

– Io? – Andrea era francamente stupito.

– Tu. Ti ho nominato vicepresidente della società e non volevo farlo senza informare prima chi di dovere. Ho saputo da fonte certa che è imminente l'invasione della Polonia da parte dall'armata tedesca –. Gli comunicò queste novità con lo stesso timbro di voce oggettivo, impersonale. Per lui risultava evidente che c'era un nesso tra loro e che la prima era la conseguenza logica della seconda.

– Ah! – mormorò Andrea come fosse stato colpito all'improvviso, senza riuscire a dire altro se non quel monosillabo stupefatto. Seguí un lungo silenzio, Andrea si fissava la punta delle scarpe, il nonno guardava la cenere che si allungava sulla punta del sigaro e che minacciava di cadergli sul panciotto. Si tolse il toscano dalla bocca con delicatezza, lo mise in posizione verticale, prese il portacenere con l'altra mano e scosse la cenere. Poi aggiunse, continuando a fissare il sigaro e sforzandosi di mantenere lo stesso tono neutrale: – Dovrebbe accadere tra quarantott'ore o tre giorni al massimo. Penso che subito dopo la Francia entrerà in guerra a fianco della Polonia, c'è un trattato tra i due paesi che parla chiaro: in caso di aggressione l'intervento dell'alleato è automatico.

– E noi? – chiese Andrea.

– Se la Francia scende in campo l'Inghilterra la seguirà, non può non farlo –. Ora Fabrizio guardava dinanzi a sé congetturando ad alta voce. – Non può non farlo. Il pericolo di lasciare che Hitler abbia le mani libere ancora una volta è enorme, non lo permetteranno.

– Ma noi? – insistette Andrea.

– Noi? Per ora resteremo neutrali, non siamo ancora pronti, anzi non siamo pronti affatto. D'altronde il pagliaccio non vuole la guerra, ma non vuole essere assente dal negoziato di pace. La nostra sorte si giocherà tra questi due passaggi.

Dunque c'era tempo, pensò Andrea, niente di irreparabile stava per accadere. Anzi... Lo attraversò con la velocità d'un lampo l'idea che una guerra tra le grandi potenze con l'Italia neutrale sarebbe stata per la Sidera un affare di proporzioni colossali. – Certo per noi... – aveva cominciato a dire guardando il nonno con un'aria di complicità, ma si interruppe subito: il vecchio fissava ostinatamente la parete con uno sguardo tetro come se su quella superficie bianca leggesse eventi terribili. Conosceva bene il nonno per sapere che nulla in quel momento era piú lontano dalla sua mente dell'idea di poter lucrare sulla guerra: Fabrizio era al tempo stesso un capitano d'industria con tutte le brutalità e la spregiudicatezza dei fondatori di grandi fortune e uno spirito religioso che si sentiva perso quando la mano della provvidenza abbandonava il corso delle cose terrene. Aveva bisogno di credere in una volontà superiore, in una superiore saggezza che desse un senso alle azioni degli uomini, e voleva sentire dentro di sé la sicurezza d'una causa giusta da servire. Venticinque anni prima quella causa l'aveva capita e condivisa; il fatto che servendola la sua azienda fosse diventata grande non era stato per lui che la ricompensa d'un lavoro ben fatto nell'interesse della patria e della libertà. Ma oggi tutto era molto piú confuso e Fabrizio non era affatto sicuro di dove stesse il torto e dove la ragione.

La patria era pur sempre la patria e gli interessi della Sidera erano cosí importanti da coincidere quasi con quelli dell'intero paese, almeno cosí lui pensava anche se talvolta gli si insinuava il dubbio d'essere troppo accomodante con se stesso e di raccontarsi le cose in un modo che non corrispondeva alla realtà. Ma la patria guidata da un dittatore senza scrupoli questa volta stava forse dalla parte sbagliata e forse – per dirla con la semplicità con cui Fabrizio affrontava le questioni complicate – forse Dio non era con noi.

Andrea non aveva ereditato in nulla lo spirito religioso del nonno; che ci fosse o non ci fosse una motivazione superiore gli sembrava un pregiudizio ottocentesco se non addirittura una forma di ipocrisia: quando i nostri interessi premono in una direzione, pensava, si fa presto a convincersi che li soddisfiamo per altruismo. Il nonno comunque era fatto cosí: fino a quando non trovava una buona ragione che lo mettesse in pace con la coscienza restava scontento e incerto sul da fare. Ma poi invariabilmente la trovava quella buona ragione e anche rapidamente perché non era uomo da starsene seduto a pensare senza decidere.

Intanto Fabrizio si era girato a metà sulla poltrona e considerava attentamente il nipote come se lo vedesse per la prima volta. Lo scrutò, lo soppesò, ne valutò la consistenza e l'affidabilità dietro alle parvenze di giovin signore che affettava cinismo e ironia. Poi disse: – Prenderai servizio nella tua nuova carica domani mattina. Ho già firmato l'atto di nomina e la comunicazione a tutti i dipendenti.

Andrea smise di giocherellare col tagliacarte che aveva preso dalla scrivania e a sua volta piantò uno sguardo fermo negli occhi del nonno. – Perché io? Perché adesso?

– Perché tu dovrai guidare la Sidera dopo di me e i mesi che verranno saranno durissimi. Io potrei mancare o non essere in grado di agire, il ponte di comando non può restare vuoto neanche per un giorno. E poi tu non sai ancora nulla del tuo lavoro futuro. Pensavo che ci fosse piú tempo ma ora, con quello che sta per accadere, il tempo non c'è piú.

Ci fu un'altra pausa. Andrea stava pensando a sé, alla sua vita come fino ad allora non aveva mai fatto. Sapeva che prima o poi quel momento sarebbe venuto, in un certo senso lo aspettava ma non in quel modo. Aveva immaginato di prendere il posto del nonno quando egli sarebbe mancato e quindi con tutti i poteri che quel ruolo comportava. L'ipotesi di dover imparare al suo fianco come uno scolaro volenteroso non l'aveva mai sfiorato, non era da lui, meglio rifiutare piuttosto che andare a scuola di comando, lui che il comando ce l'aveva nel sangue.

Ma il nonno parlava di nuovo: – C'è un'altra ragione – disse – non so quanto potrà durare la nostra neutralità.

Se anche per noi venisse l'ora di combattere tu saresti chiamato come tutti, ma il vicepresidente di Sidera no, non potrebbe lasciare il suo posto, un posto di combattimento anzi di prima fila.

– E tu pensi che io accetterei? Che me ne starei dietro un tavolo a maneggiare scartoffie? Mi conosci molto poco se pensi questo.

– Penso che quello sarebbe il tuo primo dovere, non solo verso l'azienda ma verso il paese.

– Ebbene nonno, un punto deve essere chiaro tra noi. Se tu mi ordini di accettare la carica che hai in mente io obbedirò, sei mio nonno, sei il capo. Non obbedirò con gioia ma obbedirò e puoi star certo che ce la metterò tutta. Ma l'imboscato non contarci. Dei discorsi sulla patria mi importa poco, ma sarei un pessimo sportivo se disertassi la guerra. Non mi piace, trovo idiota scannarsi. Detesto i nazisti, ma se si deve giocare alla guerra io sarò là dove si gioca.

Il vecchio si alzò gettando il sigaro spento nel cestino. – Comincerai domattina – disse – qui, nella stanza accanto alla mia. Fino a quando non te lo dirò io non muoverti da Milano. E intanto vai a trovare Filippo, tuo fratello ha pur diritto che qualcuno di voi si ricordi che esiste –. Lo salutò con un cenno della mano. Andrea fece un mezzo inchino e uscí dalla stanza.

Quella sera era invitato a pranzo in casa Riccoboni, in uno dei palazzi di corso Venezia di fronte alla Villa Reale. La giovane contessa era una delle dame piú in vista della società milanese e raccoglieva in casa sua, due volte al mese a giorno fisso, il meglio della città: scrittori, musicisti, banchieri, imprenditori, donne belle e donne spiritose. Vi passavano anche ospiti di riguardo che venivano in ragione dei loro affari da Roma e dalle capitali europee dando a quei ricevimenti un tono di cosmopolitismo piuttosto raro in quei tempi.

Rosemary, la padrona di casa, apparteneva a una famiglia americana d'origini polacche; era una strana persona, non bella né particolarmente colta ma dotata di una vivace sensibilità e di grande fascino. Aveva una carnagione pallida e luminosa, del color della luna dicevano i suoi amici, capelli neri e lisci che a volte raccoglieva sulla nuca e a volte lasciava cadere sulle spalle. Non era facile da conquistare, come tutte le *allumeuses* di razza attraeva e subito si sottraeva – perché – diceva – amo solo le persone di spirito che sono assai rare in una società che sta diventando sempre piú ottusa e servile.

Non nascondeva un profondo disprezzo per il regime politico imperante, ma neppure lo esibiva troppo perché il marito ne era invece coinvolto, sia pure con la negligenza di chi rappresenta una grande famiglia e non ha dunque bisogno di impegnarsi con nessuno che non sia il proprio casato e la sua storia.

I politici, specie quelli locali, non entravano in casa Riccoboni; vi si incontravano invece diplomatici e qualche alto ufficiale. Quella sera ve n'era piú d'uno: lo Stato Maggiore aveva spedito al Nord i suoi migliori ispettori per una ricognizione sul campo alle postazioni del confine occidentale da Ventimiglia fino ai valichi alpini sopra Aosta. Alcuni di questi ufficiali, rientrati dalle loro missioni, erano passati da Milano dove era stato dislocato un nucleo operativo alle dirette dipendenze del capo di Stato Maggiore ed erano andati a presentare i loro omaggi alla contessa e al conte Gianfrancesco.

Quando Andrea arrivò, il salone era già abbastanza affollato ma altri ospiti erano ancora attesi, tra i quali quello di maggior rilievo: l'ambasciatore italiano a Berlino, in viaggio per Roma per urgenti comunicazioni al capo del governo. Finalmente arrivò anche lui e le porte del palazzo furono chiuse.

– Ma dunque è vero Eccellenza? È proprio vero quel che si dice? – chiese Gianfrancesco andandogli incontro e facendogli strada verso il centro della sala mentre gli altri ospiti salutavano deferenti, qualcuno lo chiamava per nome e tutti si disponevano in cerchio per ascoltare le ultime notizie da una fonte cosí privilegiata.

L'ambasciatore si inchinò dinanzi alla contessa mormorando una galanteria, poi sedette accanto a lei, salutò un paio d'amici che s'erano fatti largo tra gli altri, si alzò per stringere la mano ad Antonio Inghirami, un napoletano con occhi furbissimi e folte sopracciglia che dirigeva una grande banca milanese ed era tuttavia in odore di antifascismo al punto da essere palesemente seguito da agenti dell'Ovra dovunque andasse; infine si risedette e rispose dopo il lungo intervallo dei convenevoli alla domanda del conte: – In queste circostanze tutto può accadere. Io stesso, come forse sapete, sono stato convocato a Palazzo Venezia per domattina. Mi scuso fin d'ora, contessa – aggiunse voltandosi verso Rosemary – se dovrò lasciarvi prima delle undici, il mio treno è a quell'ora. Credo, e non rivelo alcun segreto perché la nostra linea politica è chiara a tutti, che il Duce voglia ancora una volta lanciare un'iniziativa di pace, ovviamente concordata con Berlino, ma non nascondiamoci che le cose sono andate molto avanti e i margini di negoziato sono strettissimi.

– E allora? Voi pensate che la mediazione del Duce fallirà?

– Il Duce si muoverà soltanto se vedrà una ragionevole possibilità di successo come a Monaco l'anno scorso. Altrimenti sarebbe un segno di debolezza per noi e per l'alleato germanico.

– Lei pensa dunque, ambasciatore, che nei prossimi giorni Hitler invaderà la Polonia?

– Temo proprio di sí, contessa, e vi assicuro, me ne dispiace assai; conosco bene quel paese e quel popolo cosí generoso e fiero. Ma questa volta avrebbe dovuto far posto alla ragionevolezza, impuntarsi sul corridoio di Danzica è una madornale sciocchezza che ferisce non solo gli interessi ma soprattutto il legittimo orgoglio della Germania.

– Quindi sarà la guerra.

– Una guerra di otto giorni, contessa, forse meno. Anche i Russi si muoveranno da est, lo spargimento di sangue sarà minimo.

– E noi che faremo, Eccellenza? – Andrea stava nella seconda fila del cerchio che si era formato attorno alla contessa e all'ambasciatore e aveva posto la domanda che era nel cuore di tutti.

– Oh, caro Grammonte, mi fa piacere vedervi. Come sta vostro nonno?

– Benissimo, Eccellenza, grazie.

– Avrà il suo da fare ora a fabbricare corazze per i nostri incrociatori da battaglia. Mi dicono che ne abbiamo impostati altri due, ma queste sono cose che l'ammiraglio (fece un cenno verso un ufficiale di marina in alta tenuta) conosce assai meglio di me.

– E delle quali – aggiunse l'ammiraglio – è bene parlare il meno possibile di questi tempi.

– Infatti, il meno possibile – concesse l'ambasciatore. – Ma voi mi chiedevate che cosa farà l'Italia. Facciamo parte di una grande alleanza e a essa resteremo fedeli. Io credo che il Terzo Reich non abbia interesse all'entrata in campo dell'Italia in questo momento. Credo – ma esprimo qui un'opinione personale – che un'Italia non belligerante ma ben salda nella fedeltà all'alleanza possa essere molto piú utile economicamente, diplomaticamente e militarmente; anche da non belligeranti per esempio noi costringeremmo la Francia a schierare ai nostri confini un'armata consistente. E poi c'è un interesse diplomatico: se la guerra scoppierà bisognerà subito pensare a vincere la pace. Un'Italia non belligerante potrebbe essere un alleato diplomaticamente prezioso per riannodare i fili del negoziato.

– Lei ha una visione lucidissima della situazione, Eccellenza – disse l'ammiraglio che, come la maggior parte degli ufficiali di marina, continuava a usare il «lei» che era un modo di manifestare la fedeltà di quella forza armata prima di tutto al re. – La non belligeranza è la soluzione piú adatta e piú conveniente per tutti; del resto è anche una soluzione obbligata perché noi non siamo ancora pronti.

– Anche questa, se mi permette ammiraglio, è una di quelle opinioni che è meglio non diffondere soprattutto perché è molto molto personale –. Sua Eccellenza era rimasto assai piccato per la battuta sui due incrociatori e aveva colto al balzo l'occasione per ricambiarla con tutto il veleno possibile, ma l'ammiraglio, comandante della squadra dell'Alto Tirreno che in quel momento comprendeva il meglio della flotta italiana, non era tipo da farsi zittire su un argomento di quell'importanza. Ribatté seccamente che la necessità per l'Italia di poter disporre di almeno diciotto mesi, lasso di tempo minimo per completare la preparazione militare, non era un'opinione ma un dato di fatto che il capo del governo conosceva perfettamente.

– E allora, caro amico, non ci sarà nessuna guerra per noi: ben prima di diciotto mesi tutto sarà finito. Contessa, volete essere cosí gentile da accettare la nostra scommessa e convitarci qui per l'aprile del '41 per festeggiare la nuova Europa pacificata sotto il segno dell'Asse?

– Lei dimentica, Eccellenza, che la mia famiglia proviene dalla Polonia e abbiamo lí parenti e amici. Non so dove saremo tutti noi nell'aprile del '41, mi permetterà quindi di declinare una proposta che certo non conteneva nulla, nelle sue intenzioni, che potesse dispiacermi.

– S'è fatto tardi per me – disse l'ambasciatore guardando l'orologio – il mio treno sta per partire. Prendo congedo con dispiacere –. Baciò la mano alla contessa. Molti si alzarono.

– Restate – disse lei – è ancora presto per lasciarci soli –. L'ammiraglio andò verso una finestra è l'aprí.

– Permette, signora? L'aria s'è fatta pesante, il fumo.

La conversazione divenne generale.

– Non c'è che sperare nella monarchia. Ci vuole un colpo di stato in piena legalità e solo il re lo può fare – sentenziò l'ammiraglio gonfiando il petto pieno di nastrini.

– E lei crede che lo farà? Non è mai stato un cuor di leone.

– Deve avere l'occasione.

– E chi gliela darà?

– I fascisti antifascisti. Ce ne sono tanti, perfino nel Gran Consiglio.

– Ma via, dica un nome, mi basta un nome.

– Le sembra il momento di mettere i nomi in piazza?

– Non c'è un nome, tremano tutti di paura.

– Lo faranno i militari in nome di Sua Maestà e Sua Maestà li coprirà.

– Li coprirà a cose fatte, e se andassero male il Tribunale speciale farà piazza pulita.

– Vedrete, non sarà cosí. Ciano e Grandi si muoveranno.

– Basta con la politica, signori – interruppe la contessa – mi annoia orribilmente. Un tempo si parlava d'arte o d'amore e ci si divertiva molto di piú. C'erano dei bellissimi scandali. Ti ricordi caro (rivolgendosi al marito che seguiva con visibile preoccupazione la piega che aveva preso la serata) quel colonnello che freddò a pistolettate la moglie che era diventata l'amante del comandante del presidio? Come si chiamava? Non mi ricordo piú ma se ne parlò per dei mesi, poi ci fu il processo.

– Si chiamava Raimondi e la moglie era una russa, scappata da Pietroburgo con la famiglia nei giorni della rivoluzione.

– Ma sí, Raimondi. La pena fu lieve, delitto d'onore.

– Il delitto d'onore è una vergogna, voi uomini ve lo siete fabbricato su misura, in realtà è la legalizzazione dell'assassinio.

– Infatti è raro che venga applicato nei tribunali del Nord, è il frutto della cultura meridionale.

– Ma i magistrati sono quasi tutti meridionali.

– Il delitto Raimondi. Sapete come finí?

– Che Raimondi scontò la pena e uscí dal carcere dopo tre anni.

– Sí, ma poi?

– Non se ne parlò piú. Raimondi naturalmente fu degradato e uscí dall'esercito, il minimo che potesse accadere.

– Ah, ma non finí cosí. Ci fu un duello.

– Ma che ghiottoneria. Non ci tenga sulle spine, Inghirami. I giornali non ne parlarono.

– Naturale, il duello è vietato e quindi è vietato parlarne.

– E allora?

– Allora il comandante del presidio, l'amante della signora russa, sfidò alla pistola l'assassino. Si batterono all'alba ai prati della Canonica.

– Ma pensa, sembra la *Traviata*.

– Infatti. Raimondi uccise il rivale e fuggí il giorno stesso in Brasile dove fece fortuna nel caffè. Lo so perché è cliente della nostra filiale di San Paolo.

La contessa batté le mani. – Ma che storia meravigliosa. Adesso non capita piú di sentirne di questo genere.

– Il re non permetterà una guerra contro la Francia e l'Inghilterra. In fondo sono le due potenze che hanno reso possibile il Regno d'Italia.

– Oh, basta, ammiraglio. Capisco che la situazione vi angosci ma basta, vi prego –. La contessa abbassò la voce: – Volete perderci tutti? – L'ammiraglio batté i tacchi contrito e uscí.

In un divano un po' distante Andrea parlava con una bellezza efebica dagli strani occhi lunghi, la bocca grande, le spalle forti da ragazzo. – Avete letto *Gli indifferenti* di Moravia? – gli aveva chiesto lei.

– Qualcuno me l'ha segnalato. Sapete? Ho una certa diffidenza a cominciare la lettura d'un romanzo; so che dopo qualche pagina m'impazientisco e salto in fondo per leggere la fine. Del resto viaggio molto e dovrei ricordarmi di portare il libro con me. In conclusione preferisco non provarci nemmeno.

– Allora non leggete mai? – disse lei stupita.

– Molto poco.

Lei gli pose la mano sul braccio con un gesto di sollecitudine: – E come passate i momenti vuoti della giornata? Quando andate a dormire per esempio: riuscite a prender sonno senza leggere per qualche minuto?

Andrea sorrise: – Di solito non sono solo.

– Dev'esser faticoso – la sua mano era rimasta dimenticata sul braccio di lui.

– Spesso è faticoso, sí, ma non sempre – rispose lui guardandola fisso.

Lei ritrasse la mano. – Vi conosco cosí poco. Dovete esser molto solo anche se siete sempre in compagnia.

– È vero, la mia è una solitudine affollata.

– Vi piace cosí?

– Mi distrae.

– Non si può passare la vita distraendosi soltanto.

– Credete? Conoscete, un altro modo? Dovreste insegnarmelo, Laura.

– Vorreste?

– Sí, credo di sí.

– Pensateci, potrebbe riuscirvi gravoso e forse io non sono fatta per insegnare.

Risero tutti e due come per liberarsi da una conversazione che, quasi a loro insaputa, era diventata impegnativa e furono entrambi sollevati da quella risata. Ha delle gambe fantastiche, pensò Andrea, gambe che ridono da quelle fossette ai lati delle ginocchia. È una preziosa rarità due gambe di donna che ridono anche quando la bocca è imbronciata.

Si salutarono con la promessa di rivedersi. – Leggete

almeno un libro, uno solo, e poi chiamatemi, avremo un argomento di cui discutere.

– Tenterò ma non prometto, ci tengo a conservare la mia verginità –. Risero ancora e si separarono.

Rientrò in casa che non era ancora mezzanotte, troppo presto per dormire, per giunta senza compagnia. Gli tornò in mente Laura Vidoni e le parole che si erano detti sulla sua affollata solitudine. Forse ha ragione, pensò, qualche buon libro dovrei leggerlo ma è difficile cominciare.

Gironzolò per le stanze sentendo montare la noia, distrattamente mise un disco, si versò un whisky, andò al telefono e chiamò Giacomo Vieri. Era in casa e stava per andare a letto. – A quest'ora? – disse Andrea con tono quasi di rimprovero. – Vieni da me con qualche ragazza, questa è la mia ultima notte da scapolo.

– Ma che dici?

– La verità: da domani mi sposo con la Sidera, il vecchio vuole che cominci a lavorare, mi ha nominato vicepresidente.

– Ma è fantastico. Dobbiamo far festa. Chiamo anche Lucien che è arrivato oggi da Parigi. M'ha detto che hanno richiamato i riservisti, c'è aria di guerra imminente.

– Lo so, anche qui ne parlano tutti.

– Ragione di piú. Arrivo.

Bevvero champagne, annusarono un pizzico di coca, si raccontarono le loro vacanze. Giacomo suggerí di comprare oro, il prezzo stava salendo e ancor piú sarebbe aumentato perché – disse – la crisi politica nell'Europa centrale si sarebbe aggravata secondo le valutazioni che si facevano in Borsa. I Rothschild infatti compravano.

– Non ho nemmeno mille franchi – disse ridendo Lucien – il problema non mi riguarda.

Andrea non era d'accordo con i suggerimenti di Giacomo. Secondo lui l'investimento piú consigliabile erano franchi svizzeri e azioni delle industrie siderurgiche tedesche e francesi che avrebbero fatto profitti enormi con i programmi di riarmo.

– Allora anche le tue – disse Lucien.

– Ma quelle le ho già e poi il riarmo italiano fa ridere, da noi lo Stato Maggiore usa la carta stagnola per i carri armati invece dell'acciaio.

Poi parlarono della principessa di Sangro che aveva abbandonato il marito per il fratello. – Di lui o di lei? – chiese Lucien.

– Di lui naturalmente, è figlia unica –. Risero a quella battuta, la principessa era molto spregiudicata e le sue sregolatezze spesso erano al centro delle cronache mondane.

Poco dopo arrivarono le ragazze e suonarono per farsi aprire il portoncino dabbasso. I tre giovani si affacciarono alla finestra. – Guarda Cloe com'è ingrassata – disse Giacomo. – Fatti vedere, Cloe, mettiti sotto la luce del lampione –. Cloe rideva, tutte ridevano contente, conoscevano da tempo quei giovani, burloni ma generosi nelle mance, belli, puliti.

Cloe si spostò sotto il lampione, era una bionda platinata alla Jean Harlow. Sollevò la gonna fino alla cintura, piroettò su se stessa, alzò le gambe per mostrarsi in tutte le posizioni. – Va bene cosí? Avete visto bene?

– Sei grassa come una vacca – gridavano dalla finestra.

– Vai che il grasso ti piace, ti conosco.

– Perché intanto non aprite? – disse la «custode» che le aveva accompagnate e cominciava a seccarsi di quella cagnara. L'esperienza le diceva che quando la serata comincia cosí non si sa quando e come finirà.

– Che fretta – risposero da sopra – un po' d'attesa stuzzica l'appetito. Vi facciamo la corte a distanza, non siete contente?

Andrea sentiva montare una cupa allegria e una voglia di violenza che lo prendeva di tanto in tanto, un bisogno di umiliare, di tormentare, di insozzare chi era piú debole; chi voleva i suoi favori e i suoi soldi doveva guadagnarseli e acconsentire a tutti i giochi che gli passavano per la testa sapendo che alla fine sarebbe stato ben ricompensato.

Portò alla finestra sei o sette bottiglie di champagne e un secchio di ghiaccio. – Ora si comincia a bere – gridò alle ragazze – fatevi sotto e aprite la bocca –. Quelle lo assecondarono, fecero circolo con le facce in su, la «custode» si mise al riparo sotto il cornicione. Sopra, i giovani stapparono le bottiglie e innaffiarono le ragazze di sotto che facevano vista di divertirsi. Il baccano aumentava, Andrea dirigeva ed eccitava i compagni quasi con furore.

Poi rovesciarono sulla testa delle ragazze il ghiaccio e l'acqua gelida del secchio e quelle risero ancora ma il tono era già cambiato. Infine, volendo prolungare il gioco, gettarono di sotto le bottiglie vuote e una colpí sulla testa Linette che lanciò un urlo altissimo vedendo un filo di sangue che le scendeva dalla fronte e rovesciò insulti e sconcezze contro quelli che sopra avevano l'aria di voler continuare.

Andrea prese dal tavolo un piccolo bronzo, una testa d'uomo lavorata con molta finezza, e lo scagliò nella strada colpendo Cloe di striscio sul braccio.

– Basta – urlò la mezzana – svergognati, maiali, basta, andiamocene e non chiamateci mai piú.

– Puttane – gridava Lucien dall'alto, ma Giacomo scese di corsa, aprí il portone, diede alla «custode» un bel mazzo di biglietti, carezzò le ragazze con molte moine e le convinse a salire. La mezzana se ne andò.

Di sopra furono coccolate, spogliate, lavate. Poi furono loro a prender l'iniziativa e tutti insieme si rotolarono sul tappeto della sala e sui divani eccitandosi coi gesti e con le parole.

Dalla soglia della sua stanza da letto Andrea guardava con i tratti del volto induriti. Poi si stancò anche di guardare. – Giacomo – disse – io vado a dormire. Quando avrete finito pagale e mandale via contente.

– Domani ci sei?

– Sarò al lavoro domani, comincia la vita nuova. Addio, ci vediamo.

Ho bevuto troppo stasera, la mia testa è pesante, rientrando a casa sbandavo un po' sulle scale, ma non ho voglia di dormire. Ho voglia di scrivere, invece, di parlare con me stessa guardandomi nello specchio delle mie parole. Sono molto narcisa, io, e questo esercizio di riflettermi nella scrittura mi fa piacere. Lo so che è un vizio, ma mi piace.

C'erano molte persone questa sera in casa Riccoboni, tutte felici d'esser lí perché la presenza di tanta gente importante è per ciascuna di loro una conferma mondana e sociale.

Certo è uno spettacolo deprimente vedere uomini e donne eleganti, ricchi, occupati tutte le sere a sbattersi di qua e di là con gente del loro stesso rango per rassicurarsi, tutti insieme, ma di che? L'ho capito ascoltando ancora una volta i loro discorsi: parlano solo del potere, dei soldi, delle cariche che hanno e di quelle che vogliono avere. Il loro terrore è di scendere di rango, cadere in disgrazia. E allora un altro milione, un altro brillante, un'altra pelliccia, un'altra medaglia li rassicurano, si complimentano per quello che anche l'altro ha ottenuto, si festeggiano, si invidiano. Sono già morti e non lo sanno.

Per questo di solito rifiuto inviti a cene di questo genere; mia madre dice che soffro d'una nevrosi, può anche darsi, sta di fatto che il mondo mi schifa sempre di piú e quando mi trovo in mezzo alla gente mi prende un disagio anche fisico, sento un tanfo dolciastro che la cipria e i profumi non riescono a dissipare. Sarà una nevrosi, ma che ci posso fare?

Per questo ero decisa a non andare ma avevo già rifiutato troppe volte gli inviti di Rosemary e non volevo sembrare scortese. Ci siamo conosciute un anno fa in palestra e abbia-

mo fatto subito amicizia sebbene lei sia piú vecchia di me d'una decina d'anni. È una donna che vuole piacere agli uomini e anche alle donne e ci riesce perché è attraente spregiudicata e libera. Ma senza pose di eccentricità, con tutti i tratti d'una gran signora che conosce le convenienze, le osserva ma è pronta a liquidarle con un'alzata di spalle.

A me piace molto e io piaccio a lei. D'altra parte la solitudine che ho scelto alle volte mi pesa e mi fa sentire precocemente invecchiata. Cosí sono andata e mi sono anche divertita perché è stata una serata diversa dal solito. Chiacchiere se ne sono fatte tante, per lo piú senza alcun interesse per me, pettegolezzi mondani che richiederebbero una conoscenza aggiornata degli amori di questa e quella, oppure notizie della Borsa di cui non capisco niente.

Mi ha stupito l'interesse di molte signore per la Borsa: alcune la seguono come gli uomini, comprano, vendono e ne parlano con eguale competenza. E poi parlano molto di giochi alle carte e di cene che organizzano in continuazione. È un mondo diverso e un modo di vivere opposto al mio, ma mi sono accorta che ascoltavo quei discorsi sentendo dentro di me al tempo stesso un sentimento di superiorità e una punta di invidia. Forse se avessi una maggiore disponibilità di me stessa sarei come una di loro, perfettamente a mio agio in quell'ambiente che di solito giudico severamente solo perché ho deciso di non farne parte.

Comunque mi ha fatto piacere constatare che la mia presenza non è passata inosservata. Alcune delle giovani signore furono mie compagne di scuola e molte nel frattempo si sono sposate. Le amiche mi hanno fatto gran festa rimproverandomi della mia quasi scomparsa; altre mi hanno scrutata con un po' di sospetto: si saranno forse domandate se venivo a insidiare il campo. Gli uomini appetibili, m'ha detto la mia amica Matilde che è molto mondana, sono sempre di meno e perciò la concorrenza è forte.

Sto divagando perché esito a confessare che il solo momento interessante di questa lunga serata è stato l'incontro con Andrea Grammonte, che avevo conosciuto qualche mese fa e mi aveva subito colpito per quel viso e quel portamento cosí fuori dall'ordinario. Sembra un dio che gioca col mon-

do e con le creature che lo abitano. Un dio bellissimo, crudele e gentile. Non sapevo che ci sarebbe stato, Rosemary non me l'aveva detto, e mi ha emozionato trovarmelo lí all'improvviso.

Il resto è scivolato via, compreso l'arrivo dell'ambasciatore «con la piuma sul cappello»: tutti ad ascoltarlo e riverirlo e lui pieno di sussiego e tronfio d'importanza, l'Italia farà questo, la Germania farà quest'altro, giocando ai soldatini sulla carta d'Europa. Gli uomini quando giocano al potere sono ridicoli com'è ridicolo il gallo quando si erge con il collo e la cresta in alto e lancia nel nulla il suo chicchirichí.

Con Andrea abbiamo conversato un po' appartati per non piú di venti minuti ma è stato tutto molto intenso, almeno per me. Lui aveva un atteggiamento contraddittorio: mondanamente spigliato (non è certo nato ieri) ma al tempo stesso imbarazzato e sulla difensiva, quasi temesse di farsi implicare in un rapporto che rischiava di sfuggirgli di mano.

Eppure io non ero affatto aggressiva e mi pare di non aver fatto nulla per coinvolgerlo in un gioco di seduzione. Ma si è creata comunque una situazione curiosa: lui scappava, palesemente; metteva le mani avanti; mi ha lanciato un paio di avvertimenti chiarissimi facendomi intendere che lo interessano solo piccole avventure che non lasciano traccia. E tuttavia scappava. E io ero intrigata da quella sua fuga immatura e perciò molto tenera di fronte a una anche remota ipotesi di rapporto sentimentale.

È evidente che ha paura dei sentimenti e cerca di difendersi. Forse è appena reduce da qualche scottatura o forse si tratta d'una ferita piú antica, di lui so troppo poco per potermi formare un giudizio, ma quella difesa dalle passioni, quel timore di esporsi sentimentalmente, d'impegnarsi, l'ho subito riconosciuto perché è anche il mio. Forse c'è tra noi una differenza: io ne sono consapevole e lui probabilmente non lo è. Sembra il conte Vronskij di Anna Karenina, un ufficialetto amante dei cavalli e delle ragazze di piacere ma pronto a perder la testa per una donna di qualità per poi portarla alla disperazione.

Uomini cosí, secondo me, sono psicologicamente omosessuali, stanno piú a loro agio con altri uomini che con don-

ne vere. Il guaio per noi donne (stavo per dire «vere», ma posso io dirmi una donna vera?) è che questo genere di uomini esercita su di noi un'attrazione forte anche se intuiamo la loro vera natura e i rischi che corriamo frequentandoli. Sarà la loro immaturità a suscitare il nostro istinto materno? È la spiegazione piú semplice ma anche la piú facile. Perché non ammettere con maggior sincerità che l'anima non c'entra e che l'attrazione deriva unicamente dal desiderio fisico? Questa sera lui a un certo punto mi ha guardata come si guarda una preda e io gli ho risposto in identico modo.

Intanto ci scambiavamo parole futili: io gli ho consigliato un libro, lui mi ha risposto che non legge mai. Viaggia, beve e fa l'amore con le prostitute o con ragazze in cerca di svaghi se ho ben capito. Ma lui mi voleva – questo il mio corpo l'ha sentito – e io volevo lui.

Ci siamo promessi di rivederci presto. Non so se avverrà. Certo la pratica della solitudine deve avermi resa affamata, e non è la condizione piú saggia per cominciare un rapporto. Ma se dovessimo ascoltare sempre i consigli della saggezza rinunceremmo alla vita.

Me ne vado a letto ma dovrò leggere un bel po' prima di prender sonno. Ho sul comodino una rivista che si chiama «Teatro» con il testo d'un drammone americano, Desiderio sotto gli olmi. *Il titolo sembra adatto alle mie emozioni di questa sera. C'è solo il rischio che mi tenga sveglia invece di farmi addormentare.*

Fine agosto 1939

I tre blindati inviati al levar del sole in esplorazione verso le linee dell'VIII Armata che fronteggiano le postazioni italiane di El Alamein rientrano alle sei della sera schivando le mine disseminate davanti alle batterie anticarro e ai cannoni da campagna.

Il capopattuglia salta giú dalla torretta a poca distanza dalla baracca interrata nella sabbia per fare il suo rapporto al comandante del battaglione. Riferisce che i reparti inglesi e francesi che secondo le informazioni della ricognizione aerea sarebbero accampati a pochi chilometri di distanza da loro non dànno segno di vita. La pattuglia è arrivata a sei chilometri oltre il campo senza incontrare anima viva e senza percepire rumori di sorta. Davanti ai loro binocoli non c'era che sabbia, dune e la pista carovaniera che avevano evitato di proposito per non scoprirsi. Un paio di volte s'era fatto sentire il ronzio d'un aereo, celato però dalla caligine che si addensava nel cielo sicché non avevano individuato se si trattasse d'un aereo della Raf o italiano o tedesco. Del resto, dice il capopattuglia, a suo giudizio la cosa ha scarsa importanza visto che da entrambe le parti del fronte la posizione dei mezzi e delle truppe nemiche è abbastanza conosciuta.

Il maggiore non sembra dello stesso avviso. – Possono avere effettuato molti spostamenti durante la notte e possono aver portato in linea riserve di carri e di cannoni.

– Non abbiamo sentito niente però – obietta il sottotenente che ha guidato la pattuglia.

– E speriamo che sia cosí. Il comando di divisione pensa che l'attacco avverrà al centro del nostro schieramento, quindi parecchio piú a nord di qui, nel punto di congiunzione tra noi e i tedeschi. Infatti è lí che è stato concentrato il grosso dell'armata di Monty. Ma poi chi lo sa? Non vengono certo a raccontarlo a un comandante di battaglione. Una cosa è certa: se il piano di Monty fosse invece di avvolgere l'ala destra del nostro schieramento è proprio qui, addosso a noi che si scatenerà l'inferno. Tra poco sapremo. Vada a riposare. Tra due ore tutti gli ufficiali a rapporto.

La luna è già spuntata a occidente; una luna rossa come un melone maturo; tra poco sarà di pallido argento a mezzo cielo. «Saremo illuminati a giorno senza bisogno dei bengala» pensa Andrea disteso nella sua buca col fucile mitragliatore appoggiato di traverso sul petto. Accanto a lui, seduto sulla sabbia, il caporale Giuseppe Quadri ingrassa la canna della mitragliatrice; due soldati sull'altro lato della buca dormono con la faccia rivolta verso le stelle.

Ai loro fianchi e dietro di loro altre buche scavate nella sabbia nascondono uomini, armi, pensieri in crisi d'ansia, riscaldati di memoria, raggelati di paura: seicento guastatori del 31° battaglione schierati a sinistra dei paracadutisti della Folgore e del reggimento celere Eugenio di Savoia nella depressione di Deir Alinda.

Il silenzio è totale, quei vivi sono immobili come statue di pietra nelle loro posture, vita e respiro si sono fermati in quel punto del deserto di El Alamein tra quota 77 e quota 125. È il 23 ottobre 1942, le otto sono passate da pochi minuti, tutti sanno ormai che la partita sta per cominciare e che non ci saranno tregue fino alla conclusione finale.

Forse la scamperò – pensa Andrea – ma realisticamente è molto difficile. Ci spareranno addosso per ore da terra e dal cielo, i nostri aerei non possono nemmeno alzarsi non c'e piú una goccia di benzina, i cannoni hanno una potenza che è metà della loro, ritirarsi è impossibile con centinaia di chilometri di deserto alle spalle e un'armata di quella forza davanti ma qualcuno si salverà, anche nelle piú sfortunate battaglie non sono mai morti tutti qui siamo decine di migliaia qualcuno porterà a casa la pelle raggiungerà Bengasi Tripoli sarà rimpatriato o cadrà prigioniero e finirà in India o in America. L'America, ho un sacco di amici in America a New York a Chicago a Pittsburgh, chissà se Teddy sta combattendo anche lui chissà dov'è finito in quale parte di questo mondo insensato. Qualcuno la scamperà in un modo o in un altro magari senza un occhio o senza una gamba magari impazzito per il rumore coi timpani rotti magari inchiodato in carrozzella coi coglioni fracassati da una granata una maledetta scheggia di granata tutta la vita da rottame una macchina rotta senza pezzi di ricambio la pietà distratta dei samaritani e quella interessata dei parenti e delle mezzane, meglio esser accudito dai professionisti pagarli senza sentimenti. Il rottame deve esser lasciato in pace lasciato solo con i servi automi o con automi servi se li avranno finalmente inventati, solo senza debiti verso nessuno, detesto aver debiti, sentirmi debitore, sarà perché sono nato ricco ma la noia? Qui non mi sono mai annoiato da cinque mesi mai un filo di noia eppure non ho fatto altro che un su e giú da Bengasi e Bardia e Marsa Matruch quattro o cinque scopate in cinque mesi poca acqua poco sapone cibo di schifo puzza di morte ma niente noia neppure un attimo. Se ti riduci a un rottame la noia sarà la tua natura e che puoi fare? Se non puoi vedere o sentire o camminare o toccare o pensare, potendo scegliere sceglierei di esser cieco, si diventa d'una sensibilità speciale, il tatto l'odorato l'intuizione, il cieco è un rottame che si è arricchito, il sordo è rintronato e diventa stupido, il cieco sí meglio cieco potendo scegliere, passerei il tempo a indovinare, dove stai come sei com'è la tua forma i tuoi vestiti i colori, il cieco di nascita non conosce le forme, diventarci è diverso te le ricordi impari a vivere inventandoti il mondo e le persone.

Ma non è già ora cosí? Ci inventiamo le persone e le persone si inventano noi. Non sempre. A me è accaduto di rado non credo d'essermi inventato le persone le ho accettate com'erano, la poca fatica che ho fatto è stata di non domandarmi chi erano, in fondo non m'importavano, se mi piacevano se mi divertivano se mi erano utili questo conta perché dovrei inventarmele? Il guaio è che gli altri non hanno fatto altro che inventarsi me, sono entrato nei loro sogni nei loro calcoli nelle loro gelosie nella loro avidità di possesso e quell'immagine di me che s'erano fatta la sbatacchiavano da un punto all'altro della loro testa mi consideravano un pacco postale, da trattare con riguardo, certo, con estremo riguardo, un feticcio un oggetto consacrato da adorare da pregare al quale magari sacrificarsi per ottenere in ricompensa la sua attenzione la sua amicizia il suo amore la sua protezione che altro? Farne il modello da imitare citarne le frasi inventarsi battute mai dette segreti inesistenti voglie mai sentite e quando dovevano infine ammettere che si erano sbagliati e io non ero quello che loro pensavano perché cosí volevano pensare allora dopo aver lottato resistito gridato tu non sai chi sei non accetti d'esser cosí e cosí io ti conosco molto meglio io ti so tu non ti sai, alla fine una rabbia incontenibile pianti insulti rotture definitive minacce e poi il peggio la riconciliazione con l'amaro della cicca riaccesa e la puzza della cenere fredda ma io...

Guarda l'orologio facendo scattare l'accendino: sono le venti e trenta, come si deve dire in linguaggio convenzionale. Intorno il silenzio è ancora aumentato diventando cappa su quelle buche da formicaio scoperchiato. Forse non accadrà niente ma se non sarà oggi sarà domani e se non domani sicuramente accadrà come la morte d'un passero o della cicala appena finiscono di cantare. Fa differenza che sia un giovedí o un sabato d'un mese d'autunno o di primavera?

Ma io chi sono? Che cosa desidero e che cosa progetto per il mio futuro? M'importa di morire stanotte? M'importa di tirarmi fuori vivo da questa fetida buca, della sorte dei miei compagni, del battaglione, della vittoria, della bandiera? M'importa di me?

Di me m'importa, credevo di no e invece m'importa e m'importa anche del battaglione e perfino della bandiera perché quella è la partita, portarla in salvo per sapere chi ha vinto e chi ha perso la battaglia. No quella la perderemo non c'è scampo ma portare in salvo la bandiera è la sola posta che possiamo realisticamente vincere il resto non me ne frega niente della patria e della vittoria, figuriamoci, la vittoria coi carri armati di latta e navi e aerei senza benzina.

Chissà se Filippo sa che c'è la guerra e che cosa pensa che sia la guerra, forse gli farebbe bene star qui a me è passata la noia forse a lui passerebbe la paura dei fantasmi come con l'elettroshock, piú elettroshock di questo, il nonno starà lí a brigare col ministro sulle corazze da fabbricare magari si sta disperando lui predicava che quelle dei carri fossero di settanta millimetri mi ricordo che bestemmiò non l'aveva mai fatto quando gli dissero che quarantadue bastavano, pensavo che lo facesse per guadagnarci di piú adesso vedo quanto aveva ragione gli hanno fatto costruire delle bare non carri da guerra. E la mamma...

L'orizzonte esplode tutto insieme, prima una luce vivissima e poi dopo una decina di secondi un rombo che dalle orecchie ti entra nell'anima, infine il fischio dei proiettili in arrivo che cominciano a piovere su quelle buche.

Sono le otto e quaranta della sera. La grande battaglia è cominciata.

Durò undici giorni la resistenza degli uomini delle buche. Persero la metà degli effettivi ma riuscirono a fermare il primo assalto della Armoured Division che lasciò centoventi carri davanti alle linee della Folgore e del 31° guastatori.

In mezzo a nuvole di sabbia e di polvere sollevate dal vento, dagli scoppi e dai cingoli dei carri, gli uomini sembravano maschere stravolte dal sangue rappreso, dal sudore e dalla sete che incrostava le labbra e le narici.

Andrea e il suo plotone avevano l'incarico di ricollocare davanti alle postazioni le mine che i genieri inglesi della 44ª divisione disinnescavano durante la notte. Lavoravano allo scoperto ai primi chiarori dell'alba, poi tornavano nelle buche e le difendevano con le mitragliatrici e le bombe incendiarie usate come arma anticarro quando il nemico arrivava a tiro di mano.

Dopo due giorni dalla prima linea di buche si ritirarono alla seconda; il 26 ripiegarono sulla terza: da seicento che erano all'inizio della battaglia erano ridotti a trecentocinquanta ma la linea teneva ancora e cosí il resto del fronte sud dove il 187° reggimento paracadutisti e il raggruppamento Marescotti Ruspoli si battevano allo stesso modo.

Il 27 il comandante del battaglione inviò Andrea al comando del 187° a prender notizie: i telefoni non funzionavano piú da ventiquattr'ore ed era impossibile capire se i resti del battaglione erano soltanto un avamposto isolato o un segmento d'una linea che svolgeva ancora un compito di difesa importante. Andrea partí con due uomini, un fucile mitragliatore e una dozzina di bombe nelle tasche della sahariana e alla cintura.

Secondo i loro calcoli c'erano da percorrere quattro chilometri per arrivare al comando del 187° e ce la fecero in meno di mezz'ora perché in quel momento i cannoni inglesi avevano allungato il tiro e sparavano sulle postazioni della divisione Brescia, un paio di chilometri dietro alle buche dell'avanguardia. Ma quando raggiunsero la baracca il comando di reggimento non c'era piú: quello che restava del 187° aveva ricevuto l'ordine di arretrare sul fianco della Brescia per ricostruire una parvenza di schieramento.

Andrea ebbe queste notizie da un gruppo di paracadutisti, una decina guidati da un caporale, che coprivano le spalle del comando in ritirata. – In dieci? – disse Andrea al caporale. – Non è granché come copertura.

– Siamo rimasti quattrocento in tutto il reggimento signor tenente e in dieci siamo già un bel numero. Se lei vuol raggiungere il comando prosegua verso nord-ovest, in una quarantina di minuti ci arriva. Segua le tracce delle autoblindo, le vede? Il vento non le ha ancora cancellate.

– Buona fortuna – disse Andrea allungando il passo.

– Buona fortuna a lei, signor tenente, spero di rivederla tra poco –. Ma avevano percorso appena un centinaio di metri scavalcando una duna che sentirono il rombo di un aereo che arrivava bassissimo e un mitragliare fitto e ripetuto alle loro spalle. L'aereo passò e ripassò sulle loro teste senza vederli concentrando il fuoco sui paracadutisti della pattuglia che avevano appena incontrato. Poi scomparve e tutto tornò quieto.

Tornarono indietro correndo e trovarono dieci morti disseminati sulla sabbia: i soldati della pattuglia erano stati sorpresi dallo Spitfire mentre cercavano di disperdersi per offrire minor bersaglio. Non restò che comporre alla meglio e in gran fretta quei poveri corpi, recuperare le piastrine d'identità di ciascuno e buttargli sopra qualche palata di sabbia. Poi ripresero il cammino seguendo le tracce delle autoblindo. Arrivarono al comando del 187° dopo due ore: una tenda mimetica sepolta a metà nel terreno e intorno le solite buche a raggiera dove avevano trovato riparo i resti del reggimento che combatteva ininterrottamente da quattro giorni.

Andrea si presentò al colonnello comandante, Bechi Luserna, gli dette notizia che la pattuglia di retroguardia era stata falciata dalla mitraglia del caccia inglese, gli chiese se il 31° dovesse tenere la posizione avanzata in cui tuttora si trovava o ritirarsi allineandosi al resto dello schieramento.

– Ritirarsi adesso non sarà facile. Da quante ore siete in viaggio?

– Tre ore, signor colonnello.

– Avete incontrato carri e truppe nemiche?

– Nessuno.

– Infatti da questo lato non hanno avanzato, ma credo che sulla vostra sinistra le cose stiano andando diversamente. Alcuni battaglioni della divisione Pavia sono stati travolti; dalle poche comunicazioni che mi arrivano deduco che gli inglesi vi abbiano sorpassato sul fianco; ora dovrebbero trovarsi a tre o quattro chilometri alle vostre spalle. Dovete ritirarvi immediatamente. Osservi la carta: portatevi verso quota 216, la località si chiama Qaret el Himeimet, la vede?

– La vedo, signor colonnello.

– In quanti siete?

– Tre ore fa eravamo trecentocinquanta, adesso non lo so.

– Bene, rientri al suo comando con quanto fiato le è rimasto. Anzi, aspetti, le dò la mia camionetta: è piú necessaria a lei che a me, vada, ogni minuto è prezioso.

Correva la camionetta a balzelloni su una improbabile pista per lunghi tratti cancellata da buche, pietre e sabbia, coi suoi tre uomini aggrappati ai bordi delle fiancate, Zaccaria Michele al volante, il tenente accanto a lui e Vergonzi Giovanni sul sedile posteriore col fucile mitragliatore in braccio.

Uno stordimento trasognato, la fatica e l'ansia di quelle ore, il sole e la polvere, i morti della pattuglia lasciati a marcire al vento e agli animali, immagini e stanchezza dei muscoli e dei pensieri mescolati insieme davano ad Andrea una sorta di paradossale benessere come se ora la sorte sua, dei suoi compagni di viaggio, del battaglione intrappolato a qualche chilometro davanti a loro fosse affidata interamente al destino. Lui non doveva far altro che sperare nella capacità di quel Zaccaria, nella resistenza delle gomme e nella fortuna. Che cosa avrebbe trovato dietro quella fila di dune che impedivano la vista dell'orizzonte? Il battaglione esisteva ancora? Era in corso una battaglia? Erano stati circondati e fatti prigionieri?

Il cannoneggiamento che in tutto quel tempo aveva fatto da rumore di fondo si era avvicinato; adesso i colpi erano distinti, si potevano contare uno a uno anche se il fischio dei proiettili non si sentiva né si sentiva il crepitio delle armi leggere.

Forse il meglio che c'era da augurarsi era che il 31° fosse stato costretto ad arrendersi. Gli inglesi sono combattenti duri ma leali, avrebbero trattato i prigionieri secondo le leggi di guerra, li avrebbero rispettati. Per loro forse la guerra era finita; li avrebbero avviati ad Alessandria e poi chissà dove, ma la vita era al sicuro, alla fine sarebbero tornati: tra un anno, tra due, in un paese reso diverso dalla sconfitta, sconvolto e atterrato ma pieno di occasioni per mettere alla prova il talento e la vitalità di ciascuno.

Un pensiero attraversò la sua mente: forse quella corsa pazza alla ricerca del suo intrappolato battaglione era solo un eccesso di zelo; forse lasciarli in trappola poteva salvargli la vita, la prigionia era il solo sbocco augurabile. Ma si sarebbero arresi? Caccia Dominioni, il suo comandante, avrebbe consegnato le armi e ripiegato la bandiera? E lui, Andrea Grammonte, avrebbe smesso di giocare la partita alzandosi dal tavolo con le mani levate al cielo?

Il trasognamento scomparve di colpo, adesso si sentiva piú vivo e rabbioso che mai. Fece fermare la camionetta per passare al volante e la corsa riprese in lotta coi sassi con la pista col motore con quel mezzo sconquassato che obbediva alla stretta delle sue mani e del suo furore volando come l'ippogrifo dei miti e delle leggende. Ora il cannone taceva. Il terreno era in salita, la camionetta toccava terra solo per rimbalzare in alto impennandosi sostenuta dal vento che soffiava da sud spingendola avanti.

Raggiunto il ciglio della collina lanciarono insieme un urlo di sorpresa e di guerra: davanti a loro, pigiati all'inverosimile su una quindicina di camion con tre autoblindo che li proteggevano sul fianco, gli uomini del 31° puntavano su Himeimet con lo stendardo di guerra issato sul primo camion. Dietro di loro bruciavano le carcasse di due Sherman.

Andrea raggiunse il camion di testa, rallentò l'andatura mettendosi al passo della colonna. Non sembravano una truppa sconfitta in mesta ritirata ma trecento guerrieri che andavano verso la battaglia. Infatti la battaglia era lí, davanti a loro.

Il pomeriggio del 3 novembre, mentre la battaglia di El Alamein infuriava ormai da dieci giorni, il feldmaresciallo Erwin Rommel, comandante in capo dell'Afrika Korps, ricevette un telegramma dal Comando Supremo. Due giorni prima il feldmaresciallo aveva inviato un appello urgentissimo al Führer informandolo sulla situazione insostenibile in cui si trovava l'armata italo-tedesca, sul divario incolmabile di uomini e mezzi rispetto all'VIII Armata del maresciallo Montgomery, sulle perdite subite e sulla necessità di ricevere immediati rinforzi. Rommel chiedeva anche piena libertà di decisione per poter disporre la ritirata generale su posizioni arretrate e salvare il salvabile.

La risposta arrivò con quarantott'ore di ritardo, firmata personalmente da Hitler. Diceva: – La situazione esige che le posizioni di El Alamein siano tenute fino all'ultimo uomo. Non dev'esservi ritirata neppure di un millimetro. Vittoria, o morte.

– Quest'uomo è pazzo – disse a bassa voce Rommel al generale von Thoma, che era il secondo in grado e che gli aveva portato il messaggio. La situazione dell'Armata infatti era ormai disperata: tre quarti dei carri armati erano già stati distrutti, in cielo il dominio della Raf era totale, la linea di difesa nel settore nord del fronte era stata sfondata in piú punti; al sud la divisione Pavia e la Folgore, provatissime dagli attacchi dei carri inglesi, stavano ripiegando sulla terza linea del fronte circondate da ogni parte.

– Che cosa intende fare feldmaresciallo?

– Camminare e pensare.

– Vengo con lei.

– No, lei resti. Ho bisogno di esser solo.

Uscí dalla baracca del comando, prese un viottolo appena tracciato. Il cannone continuava a tuonare, Montgomery insisteva senza esitazione nella tattica di logoramento che, data l'enorme sproporzione tra le forze in campo, stava portando la sua armata verso una completa vittoria. Intanto era scesa la sera, una sera fredda e nuvolosa, un cielo senza stelle.

Camminò su e giú per quel viottolo sabbioso il feldmaresciallo, sorpassando rade sentinelle e qualche pattuglia che proteggeva la baracca del comando. Poi si allontanò verso nord-ovest da dove venivano i colpi sordi degli 88 della divisione australiana che attaccava da ventiquattr'ore le posizioni della 90ª divisione tedesca con l'obiettivo di chiuderla in una sacca e annientarla.

Dopo un po' si sedette su una grossa pietra in mezzo alla sabbia. Era stanco, anzi era a pezzi. Era arrivato dalla Germania il 25, due giorni dopo l'inizio della battaglia, tirato giú dal suo letto d'ospedale dove si stava curando un'infezione al naso, da una telefonata del Führer. S'era fermato a Roma e a Creta. Infine era atterrato all'aeroporto di Qasada e poi, in automobile, sulla linea del fronte. La sera di quello stesso giorno aveva diramato a tutte le unità una comunicazione di quattro parole: «Ho riassunto il comando dell'Armata».

Purtroppo quelle quattro parole non bastavano a capovolgere le sorti dello scontro. Dopo aver chiamato a rapporto i comandanti dei corpi d'armata tedeschi e italiani e delle quattro divisioni corazzate, aveva già capito che la battaglia era perduta anche se in quel momento la linea difensiva teneva ancora e l'avanzata di Monty in piú punti era stata fermata.

Da allora erano passati altri sette giorni. Sette giorni d'inferno, di attacchi e contrattacchi. Gliene aveva dato di filo da torcere a Monty, ma lo schiacciapietre dell'VIII Armata avanzava inesorabile.

Ora, seduto su quel sasso mentre la sua armata corazzata che appena pochi mesi prima era giunta a due giornate di marcia da Alessandria si stava liquefacendo, il feldmaresciallo vede per la prima volta con chiarezza la catastrofe che incombe sui suoi soldati, sull'Europa, sulla Germania.

«Quell'uomo è un pazzo circondato da altri pazzi» pensa. Lo rivede con gli occhi della memoria in tante occasioni delle quali è stato diretto testimone: quando dette l'ordine d'invasione della Russia, quando volle decidere personalmente i piani d'attacco oltre il Don con l'obiettivo d'arrivare al petrolio del Caucaso da est e ai pozzi dell'Arabia e dell'Iraq lanciando avanti l'armata di Rommel attraverso il deserto marmarico.

Allora non si era reso conto di quella follia. Pensava che il Führer fosse un uomo del destino, la voce e l'anima del popolo tedesco destinato a rigenerare una civiltà decadente e corrotta. Lo aveva servito con fedeltà assoluta, senza porsi domande, senza voler vedere... Non volle vedere, ebbe paura di vedere. Volle credere che l'obbedienza fosse il lavacro per ogni male, la fonte che avrebbe purificato ogni vizio. Conservò il suo cuore puro, fu generoso con i soldati, cavalleresco con i nemici. Adesso però quella nebbia che per tanti anni gli aveva offuscato la mente comincia a diradarsi. La lealtà per il Capo non è in discussione: pensa ancora che il Führer sia animato dall'amore per il suo paese, dalla dedizione alla grandezza della Germania; s'interroga con angoscia seduto su quel sasso in mezzo al deserto mentre la sua gente, i suoi soldati muoiono, cadono storpiati sotto le granate d'un nemico tanto piú potente. Prova ancora affetto per il Capo; non piú l'obbligo della cieca obbedienza che era stato fin lí il sostegno delle sue azioni. Sente d'essere piú consapevole e quindi piú forte del suo Führer: quell'uomo posseduto da un sogno non si è ancora accorto che il sogno è irrealizzabile e che a esso ha sacrificato la vita del suo popolo e della gioventú tedesca. Tra sogno e realtà si è aperto un abisso colmo ormai di cadaveri. È questo che lo sta facendo impazzire. Non può ammettere che tutto quel sangue sia stato versato invano; se fosse vero lui ne sarebbe interamente responsabile. Ma anch'io – pensa il feldmaresciallo – anch'io ne sono responsabile insieme con lui, anch'io ho mandato migliaia di ragazzi a farsi ammazzare, anch'io ho creduto nel sogno, nella vittoria, ma gli dovevo obbedienza, io ho obbedito, sono un soldato che deve fare un soldato, può discutere gli ordini? Non può, non deve, non può distinguere l'ordine giusto da quello sbagliato, chi decide se è sbagliato? Sarebbe la fine d'ogni disciplina la fine d'ogni gerarchia il trionfo d'una libertà caotica, la libertà si esercita nei modi di eseguire l'ordine non di discuterlo, lui sta impazzendo perché misura l'immensità del carnaio che ha provocato, sta impazzendo perché è umano io l'ho visto piangere una volta di fronte alle sofferenze d'un animale un cavallo azzoppato che dovette esser finito a colpi di pistola lui pianse per me fu un trauma vederlo piangere e adesso diventa pazzo, lacerato dentro, circondato da burattini e da mostri, quel Göring l'ho visto nel viaggio da Berlino a Roma vestito come un attore di terz'ordine e truccato come una puttana con quel suo enorme culo impudico e quell'Himmler, cupo e sadico un altro come lui non esiste sulla faccia della terra, il mio Führer è nelle mani di questi mostri solo io lo posso salvare in me ha fiducia solo io posso convincerlo ad accettare la realtà a sacrificarsi ancora una volta per salvare la Germania ma intanto io devo salvare l'Armata, vittoria o morte dilemma senza senso un terzo dei miei uomini sono già morti crepati non ho piú aerei, carburante me ne resta per arrivare fino a Fuka ma non potremo fermarci a Fuka non è difendibile, piú indietro dobbiamo andare ancora piú indietro fino al confine dopo Sollum forse dopo Bengasi. E gli italiani? Noi abbiamo pochi mezzi loro quasi nessuno la Littorio ha perso tutti i carri all'Ariete ne restano una ventina il resto è solo fanteria appiedata li perderemo, il dilemma non è vittoria o morte ma morte o prigionia. Debbo schierare i pochi carri armati che mi restano a retroguardia e mandare avanti la fanteria non ho scelta gli italiani bisogna che convergano verso la costa appuntamento a Fuka se riescono ad arrivarci andremo tutti insieme verso il confine se non ci riescono, subito, subito, l'ordine di ritirarsi non c'è altra strada questa disubbidienza è per salvare i figli della Germania, poi a Berlino per salvare il Führer da se stesso dalla sua follia e la Germania dalla notte che sta attraversando.

Si alzò. Mentre tornava a grandi passi, incontrò un ufficiale che lo stava cercando affannato. – Feldmaresciallo una comunicazione urgentissima dal generale Kesselring –. Arrivarono alla baracca del comando. Kesselring informava che un gigantesco convoglio anglo-americano era stato avvistato nei pressi delle Canarie in rotta verso Gibilterra; probabilmente la destinazione finale era l'Algeria.

Rommel era uscito dalla tempesta dei sentimenti che l'aveva invaso per due ore, era tornato il soldato lucido e determinato che era sempre stato, ma ora deciso a rispondere solo a se stesso e alla sua coscienza. Perché lui, questo aveva scoperto quella sera, una coscienza l'aveva. Fece chiamare von Thoma, senza una parola gli mostrò il dispaccio di Kesselring. – Di quanti carri pesanti disponiamo?

– Trentacinque, Erwin, qualcun altro, una decina, possono essere riparati ci vuole qualche ora. – Domattina l'Armata si ritira verso Fuka, i carri in coda a proteggere la fanteria. Le divisioni a sud di quota 28 convergano a nord-ovest e proseguano verso Bardia.

– Quali divisioni, Erwin? Resta sí e no un battaglione per ogni divisione.

– I conti li faremo dopo. Dirama l'ordine ai comandi. Lasciare le armi pesanti. Buona fortuna.

Von Thoma batté i tacchi, fu l'unica volta che quel giorno Rommel sorrise. Il giorno dopo, 4 novembre, l'Afrika Korps iniziò la ritirata generale. Von Thoma si vestí in alta uniforme alla testa della retroguardia. Il suo carro fu colpito e s'incendiò. Lui riuscí ad abbandonarlo insieme a due carristi e attese. Poco dopo arrivò una pattuglia del 10° Ussari. – Sono il comandante del Panzergruppen generale von Thoma – disse al brigadiere che comandava gli Ussari.

– Il generale Montgomery sarà onorato di cenare questa sera con lei, generale.

A Roma il maresciallo Cavallero, capo di Stato Maggiore Generale, disse a Mussolini: – Se Rommel si ritira tutto è perduto.

Quel giorno stesso Hitler telegrafò approvando l'ordine di ritirata. Ma dall'una e dall'altra parte si continuava a sparare e a morire nel deserto della Marmarica.

L'8 novembre l'Armata americana sbarcò in Marocco e in Algeria.

Mentre puntavano verso Himeimet con la speranza di unirsi al 187° reggimento della Folgore gli uomini del 31° guastatori si accorsero di essere circondati. Alle loro spalle il cannoneggiamento si stava avvicinando, erano i colpi dei 75 installati sugli Sherman che evidentemente li avevano avvistati e stavano aggiustando il tiro su di loro; di fronte, a sbarrar loro la strada, videro un gruppo di carri del tipo Grant e qualche centinaio di fanti.

Non c'era molto tempo per decidere sul da farsi, gli inglesi dinanzi a loro erano a non piú d'un chilometro e avanzavano rapidamente. I cannoni del 31° si fermarono coi motori accesi, Andrea scese dalla camionetta per parlare col comandante del battaglione che era sul secondo camion, un altro ufficiale arrivò dalla coda della colonna.

– Le alternative sono chiare – disse il comandante – o arrenderci o tentar di sfondare. Ma per riuscire dobbiamo lanciarci a tutta velocità verso la linea nemica perché con le armi che abbiamo non possiamo farcela contro i carri. Possiamo attaccarli soltanto con le bombe. Ve la sentite?

– Non c'è altra scelta signor maggiore – rispose Andrea.

– Non c'è altra scelta – ripeté l'altro ufficiale.

– Bene non abbiamo altro tempo. Passate l'ordine a tutta la colonna di avanzare alla massima velocità. Gli uomini preparino le bombe. Puntate dritti sui carri e se riusciamo a passare, avanti senza fermarsi e senza voltarsi indietro. Non so quanti di noi passeranno ma qualcuno ce la farà.

Gli ordini furono trasmessi. Dondolando e sferragliando i camion si gettarono avanti, gli inglesi aprirono il fuoco con cannoni e mitraglia, dai camion non risposero neppure: gli uomini stavano aggrappati ai bordi e alle fiancate dei mezzi, avevano tirato fuori dalle giubbe e dai tascapane le bombe e si preparavano ad armarle appena fossero stati a distanza di lancio.

La fanteria inglese cominciò la fucileria a bruciapelo perché i camion del 31° erano ormai arrivati a ridosso dei carri. Quattro camion centrati dalle cannonate si erano rovesciati prendendo fuoco, molti uomini erano morti, i feriti urlavano a terra. Gli altri continuarono a correre avanti puntando verso i carri alla disperata.

A dieci metri di distanza cominciò il lancio delle bombe incendiarie, due dei Grant colpiti in pieno in mezzo ai cingoli e sulle fiancate furono immobilizzati, gli equipaggi uscirono dalle torrette in mezzo alle fiamme; un altro girò su se stesso e rimase chiuso senza che dall'interno apparisse alcun segno di vita. Ma un carro continuava a sparare a mitraglia sui camion impedendo però alla fanteria inglese di attaccarli perché i colpi ormai si incrociavano senza distinguere tra amici e nemici: fumo, fiamme, urla dei feriti e un puzzo acre di carne bruciata, un inferno in pochi metri di sabbia mentre i camion del 31° continuavano la corsa in avanti.

Andrea saltò giú dalla camionetta, si fece sotto al carro che mitragliava senza soste e lo seminò di bombe innescate, risalí in corsa ma non riuscí a evitare lo spostamento d'aria provocato dalle bombe esplose tutte insieme. Il carro sobbalzò in mezzo alle fiamme, poi esplose; la camionetta fece un volo d'una ventina di metri e ricadde in pezzi.

Uno dei due soldati era già morto, colpito da un grappolo di schegge. L'altro correva verso di lui. Andrea, colpito a un braccio, fu catapultato fuori, si rialzò coperto di sangue ma non sentiva dolore. L'istinto della guerra gli aveva moltiplicato le forze. Vide che due soldati inglesi s'erano impadroniti dello stendardo del battaglione a pochi passi da lui, li inseguí impugnando la pistola, li colpí, riprese lo stendardo, saltò sul predellino d'uno dei camion agitandolo al vento in mezzo al fumo alle urla e agli spari.

Passarono in nove, con un carico di centoventi superstiti tra i quali molti feriti. Lanciarono ancora le poche bombe rimaste mentre la fucileria inglese li inseguiva ormai da lontano. Quando la persero di vista si fermarono per contare le perdite e prestare soccorso ai feriti.

Questa fu la carica del 31° battaglione. Ma non continuarono verso Himeimet perché con la radio da campo avevano intercettato l'ordine di ritirata in direzione nord-ovest. Viaggiarono tutta la notte. All'alba raggiunsero el Daba e furono raggruppati con la divisione Ariete, di cui restava soltanto un battaglione.

Al comandante della divisione Andrea si presentò col braccio bendato al collo e lo stendardo nell'altra mano.
– Tenente Grammonte, del 31° – disse con voce d'ordinanza. – Consegno la bandiera del battaglione, signor generale.

– Grazie tenente, la custodiremo insieme alla nostra e ve la riconsegneremo quando il 31° sarà stato ricostituito. Ora vada a farsi medicare, Grammonte. Ripartiamo tra un'ora.

La battaglia era persa, la guerra pure, ma Andrea l'aveva vinta, la sua partita.

Dieci mesi passati come una lunga notte bianca, una coltre di apatia senza luce né buio. Non è accaduto niente, niente nella mia vita. La mattina mi svegliavo vedendo il vuoto delle ore che sfilavano davanti a me incolori e disperanti. Il mio narciso s'era addormentato, neppure lui riusciva piú a tenermi compagnia, lo specchio non mi rinviava nessuna immagine che mi potesse riscaldare. Le persone che incontravo, le amicizie che tentavo di coltivare vincendo la pigrizia, a scopo unicamente terapeutico, parlavano di nulla, ombre mobili su una liscia parete di indifferenza.

Poi, finalmente, la guerra e un soprassalto di vita. Lo so che è terribile dirlo e perfino soltanto pensarlo ma è cosí che ho vissuto quell'annuncio, quei canti, quell'eccitazione piena di paura ma anche di rischiosa avventura. Non sapevamo che cosa sarebbe accaduto e quali sarebbero stati gli effetti di quel fatto sulle nostre vite, ma la mia apatia è scomparsa di colpo. Ho capito che nature come la mia vivono meglio in compagnia di fatti eccezionali che non in condizioni di normalità. Forse perché solo l'emergenza riesce a bucare il mantello dell'apatia e libera le risorse di affetto che fino a quel momento abbiamo avaramente custodito nel profondo dell'anima, negandole non solo agli altri ma anche a noi stessi.

Cosí da avara che ero sono diventata prodiga con la sola difficoltà di collocare quell'abbondanza di amore che adesso finalmente traboccava fuori di me. L'immagine di Andrea m'è ricomparsa nitida come non mi era piú capitato dal nostro ultimo incontro. Dopo quella sera in casa di Rosemary era rimasta in tutti e due molta curiosità, anzi, almeno per me, assai di piú: m'ero appassionatamente innamorata di lui, se debbo dire la verità, soffrivo la sua assenza, provavo un'inquietudine, un desiderio pungente.

Quest'immagine del desiderio amoroso che pervade il corpo, circola nel sangue, inebria la mente e ne suscita le fantasie piú ardite con la morbidezza avvolgente d'un serpente, io l'avverto fisicamente quando la figura di Andrea mi compare negli occhi. In quei momenti mi sento la sua serva, pronta a compiacerlo in ogni sua voglia. La voglia è mia e mio il desiderio di possederlo anche a suo dispetto e per appagarla mi trasformo in sua schiava e padrona.

Dunque ci rivedemmo in casa sua. Ci arrivai col cuore in gola e le gambe tremanti, mi ricordo tutto benissimo sebbene siano già trascorsi molti mesi.

Lui mi accolse con grande dolcezza, cercò di mettermi a mio agio in tutti i modi, mi disse: se ti andrà faremo l'amore ma possiamo stare benissimo insieme senza farlo e poi abbiamo un vantaggio, non siamo innamorati, siamo soltanto due amici e vogliamo diventarlo ancora di piú. Queste sue parole mi delusero ma al tempo stesso mi tranquillizzarono.

Cominciammo a parlare di noi, a raccontarci la nostra storia. In realtà ero io che parlavo, lui taceva e ascoltava.

La mia è una storia di sentimenti perché i fatti sono quelli d'una ragazza di famiglia agiata, ben assortita, con genitori che si amano, un fratello un po' distratto come tutti i maschi che ho conosciuto. Buone scuole, frequentate con profitto. Amante dei poeti, di certi poeti, quelli che si studiavano a scuola, in particolare Saffo e Foscolo che per certi versi le somiglia.

Ma io mi sentivo animata da una forza e da una voglia segreta di cambiare il mondo che mi sembrava falso, ipocrita, soffocato dalla passione per il potere e per il denaro invece che dal fuoco dell'amore e dei sentimenti. Lo stesso affetto che legava tra loro mio padre e mia madre e che essi riversavano paternamente su di noi mi diventò da un certo momento in poi fastidioso, infine irritante. Avevo la sensazione che il loro amore per me fosse un sottoprodotto. Erano una coppia perfetta, belli da vedere, complici tra di loro, e noi figli eravamo lí a testimoniare quella completa armonia che li univa e li colmava.

Se io morissi – pensavo – o fuggissi di casa, fino a che punto questo li turberebbe? Sicuramente avrebbero sofferto un grande dolore ma la loro armonia avrebbe resistito anche a quella prova, anzi ne sarebbe stata ancora piú rinsaldata. Insomma, io non ero indispensabile a nessuno, né a loro né a mio fratello, a nessuno, nessuno avrebbe avuto la vita spezzata per me. Dunque ero inutile, anche senza di me la vita degli altri sarebbe continuata inalterata, la mia assenza non avrebbe modificato l'equilibrio d'una architettura che era nata cosí e non sarebbe mai mutata.

Guardavo con invidia alcune delle mie compagne che avevano sofferto il trauma della rottura tra i loro genitori. Prima m'ispiravano tenerezza e compassione, io che vivevo in un nido caldo e ben protetto. Ma ora mi sembravano privilegiate: la loro forza di carattere era stata messa alla prova, avevano sofferto emozioni forti, avevano scelto con autonomia i loro affetti. Io invece ero semplicemente un elemento accessorio, importante ma non esclusivo, non essenziale.

Allora cominciai a chiudermi in me stessa. Volevo trovare solo in me le ragioni del mio vivere, darmi da sola l'amore esclusivo che mi serviva. Diventai taciturna, distratta, solitaria.

Cosí – ho detto ad Andrea – sono diventata una donna piena di voglie ma incapace di esprimerle, delusa da nulla e da tutto. Autosufficiente in cerca di dipendenza offresi, potrebbe essere la mia inserzione sugli annunci economici d'un giornale. Immaginavi che fossi cosí?

Mentre parlavo raccontando di me sentivo che la mia timidezza svaniva e l'agitazione con cui avevo varcato la soglia di quella casa era scomparsa. Era subentrata una sorta di consolazione, un tepore affettuoso che aveva Andrea come fonte.

Fu molto lungo il racconto e non so fino a che punto Andrea lo seguisse. Di tanto in tanto mi interrompeva: come è stato possibile, mi ha chiesto a un certo punto, che una famiglia cosí armoniosa abbia prodotto un caso di isolamento come il tuo? Forse si è trattato di gelosia: sei stata gelosa di tuo padre e di tua madre e questo è un sentimento abbastanza co-

mune. Tu non hai pronunciato questa parola ma a me sembra chiaro: tu eri disperatamente gelosa di tutti e due, li volevi per te e non tolleravi che il loro amore reciproco non passasse attraverso di te.

Rise, quasi distrattamente mi passò un braccio intorno al collo, ma io mi imbronciai, non mi riconoscevo affatto in una banale questione di gelosia, no, non era il mio caso.

– Hai bisogno di qualcuno che ti guarisca –. Io risposi: – Di qualcuno che mi ami e voglia essere riamato. – Faticherai a trovarlo – disse lui – di questi tempi ciascuno pensa soltanto a sé.

L'atmosfera di tenera complicità che si era creata all'inizio della serata adesso s'era dissolta. Capii che Andrea non aveva nessuna voglia di parlare di sé mettendosi nelle mie mani come io avevo fatto con lui. Si era chiuso a sua volta e poi s'era fatto molto tardi. Il mio serpente era ripiombato in letargo. La sola idea che lui potesse toccarmi, baciarmi, ora mi pareva assurda, mi irrigidiva.

Ci salutammo con la promessa di rivederci presto, ma fu piuttosto un modo di esser cortesi, di salvare la forma. Desideravo soltanto tornare nella mia casa, curare la frustrazione che mi aveva ferita, dormire.

Ecco come è andata. Non l'ho piú rivisto da allora. Ho saputo che il lavoro l'ha molto assorbito, poi è stato chiamato alle armi al corso degli allievi ufficiali.

Intanto è cominciata la guerra e i tedeschi hanno invaso molti paesi e hanno sconfitto l'esercito francese. Quando ho sentito alla radio che erano entrati a Parigi m'è venuto un nodo alla gola e le lacrime agli occhi. Questi fatti sono molto piú grandi dei nostri problemi individuali. Pochi giorni fa anche l'Italia è entrata in guerra. La notte spesso suona la sirena d'allarme che annuncia aerei nemici in arrivo ma finora non è accaduto niente.

Mio padre è preoccupato. Vuole che io e la mamma ce ne andiamo via da Milano, teme bombardamenti sulla città. Abbiamo vicino a Como una casa di campagna con un bel giardino, vuole che andiamo lí.

Penso che spediranno Andrea in qualcuno dei fronti di guerra e questo mi angoscia. Cercherò di sapere dov'è e di par-

largli. Forse dovrei presentarmi alla Croce Rossa e offrirmi volontaria, farei qualche cosa di utile per gli altri, continuare con le mie giornate bianche m'è diventato insopportabile.

Milano, 22 giugno 1940

Mi sono procurata l'indirizzo di Andrea, è stato mio fratello ad averlo da un amico comune. Ha terminato il corso e sta a Napoli in un reggimento del Genio. Ho potuto telefonargli e mi è sembrato felice di sentire la mia voce come lo ero io di sentire la sua. La guerra ha cambiato tante cose. Mi ha detto: se mi hai chiamato vuol dire che sei diventata meno avara di te stessa. Gli ho risposto: mi sei mancato. E lui: anche tu.

Intanto ho inoltrato la domanda per crocerossina e sto aspettando la risposta; dovrebbe arrivare tra pochi giorni. C'è intorno a me un'atmosfera diversa. Le persone si cercano e si informano le une dalle altre in modo piú affettuoso, come se per fronteggiare un pericolo incombente ci si senta spinti a stare insieme.

Gli allarmi aerei che si ripetono quasi tutte le notti – per ora senza conseguenze – hanno prodotto rapporti di caseggiato che prima non esistevano; io per esempio conoscevo appena il portiere del palazzo dove abito e scambiavo un saluto con un paio di vicini quando li incontravo sulle scale. Adesso, negli scantinati dove ci rifugiamo tutti insieme due o tre ore per notte, si passa il tempo chiacchierando come vecchi amici. Si parla moltissimo dei bambini. Ce ne sono parecchi e tutti se ne interessano affettuosamente. Questo crea una rete di rapporti personali che superano le differenze di classe. Ho visto la signora Candiani, proprietaria di tutto il secondo piano e molto compresa della sua agiatezza, dare consigli alla Iside che abita nelle soffitte sotto il tetto e va a fare servizi a ore (viene anche da me). Iside ha due bambini, il padre non s'è mai visto e la Candiani si è molto appassionata a loro; dopo qualche ora passata insieme nel rifugio si comporta come una vicemadre.

Questo è un piccolo esempio ma in qualche modo si riscontra un po' dovunque. Del resto io lo sento in me: ho una voglia di fare e di dire che non mi conoscevo. Mi sono anche chiesta se il patriottismo sia la causa di questa sconosciuta solidarietà. Per alcuni forse sí, non lo so; ma credo che la ragione sia un'altra: come se fossimo imbarcati su una nave sapendo che per molto tempo saremo lí tutti insieme in un viaggio di cui non conosciamo né la durata né la destinazione. Farsi compagnia, aiutarsi e rincuorarsi a vicenda, viene spontaneo.

Finora avevo piuttosto sfuggito questo tipo di socialità. Dunque, tra tanti malanni e dolori, la guerra suscita anche qualcosa di positivo?

Mio fratello è stato chiamato alle armi e assegnato al reggimento Granatieri di Sardegna, ma prima dovrà fare due mesi di istruzione a Pavia. Mamma è molto in pena.

Milano, fine luglio 1940

Dopo la morte del marito che si è sfracellato nel fondo d'un burrone insieme alla sua auto su un tornante della strada che da Portofino va a Genova, Viviane ha cambiato casa. Ha lasciato l'antico palazzo settecentesco al centro di Milano e si è trasferita con Andrea in un alloggio piú piccolo in corso Garibaldi, vicino alla stazione ferroviaria e a poca distanza dal cimitero Monumentale, dove Enrico è stato sepolto nella cappella di famiglia.

C'era molta gente quella mattina al funerale. Troppa per Viviane che avrebbe voluto una cerimonia strettamente privata. Ma il «vecchio» ha disposto diversamente: se ne va il delfino di casa Grammonte e il funerale non può che diventare un atto pubblico con il suo cerimoniale, le sue precedenze, la partecipazione dei poteri costituiti. Neanche al «vecchio» piacciono queste esibizioni, disprezza gran parte delle persone che partecipano al lutto per la morte di suo figlio, ma cosí devono andare le cose, cambiare non è possibile, si tratta di un atto dovuto. Viviane ha cercato di ribellarsi ma alla fine s'è dovuta arrendere a quella marea di uomini vestiti di nero col cilindro in testa, le carrozze in mesto corteo da piazza Belgioioso per il Cordusio e poi in una fila ininterrotta in corso Garibaldi e infine ai cancelli del Monumentale.

La bara portata a spalla da sei operai della Sidera, ai cordoni i compagni di Enrico del Politecnico; dietro il padre con la nuora e il piccolo Andrea che la mamma tiene per mano. E poi a debita distanza il Consiglio d'amministrazione della Sidera, il sindaco della città, il ministro dell'Industria, il prefetto, il comandante dei Carabinieri, il procuratore del re, il comitato direttivo dell'Associazione industriali. Un altro intervallo come a una parata militare e poi i dirigenti dell'azienda e una folta rappresentanza di operai in tenuta di lavoro. Il vescovo e uno stuolo di sacerdoti salmodianti precedono la bara seguiti dai bambini della scuola professionale Filippo Grammonte, bisnonno di Andrea.

Non ci sono lacrime né occhi rossi in quella folla, ma volti gravi come si conviene a chi porta sulle spalle ricchezza e potere con l'austerità di chi svolge un servizio pubblico dovuto ai propri azionisti e alla prosperità del paese.

Fabrizio Grammonte ha il volto immobile, guarda fisso davanti a sé, non tradisce emozioni né commozione, cammina seguendo il ritmo d'una marcia funebre scandita nella sua testa e tutto il lungo corteo lo segue adattando il passo a quella musica muta. Viviane e Andrea sono le sole persone fuori tempo, quando le figure di tutti gli altri si sollevano su una gamba le loro ricadono sull'altra producendo un curioso effetto di dissociazione dondolante, una discontinuità che svela sentimenti stonati nella compattezza omogenea del corteo. Anche Viviane è senza lacrime ma si guarda intorno in continuazione cercando una faccia amica cui affidarsi, appesa al braccio del suocero come a una stampella che la trattenga dentro al suo lutto e alla sua vedovanza.

Ora, nella sua nuova casa, sta ricostruendo se stessa, ricomponendo i pezzi d'una esperienza dolorosa da cui cerca di uscire dopo dieci anni di speranze, contrasti e dolore profondo che l'hanno portata fino alla piú cupa disperazione.

L'incontro e poi il matrimonio con Enrico, l'ingresso festoso nella piú brillante società milanese, la nascita del primo figlio Filippo e poi quella di Andrea, da subito il suo preferito, il suo amore, hanno reso felice la sua giovinezza trapiantata senza problemi da Parigi a Milano.

Piaceva a tutti, uomini e donne, fatto raro per una ventenne di strana bellezza, il lungo collo di cigno come quello delle modelle di Modigliani e delle madonne del Parmigianino, occhi e bocca in cerca d'essere incontrati, tanto piú seduttivi quanto piú fuggitivi e invitanti nel richiamo. Ma è stata fedele a Enrico, si è sobbarcata perfino i compiti di rappresentanza, pesanti e tuttavia non eludibili, essendo lei la sola donna della famiglia, la «grande delfina» come l'avevano definita nel bel mondo milanese.

Enrico l'aveva affascinata con l'intelligenza, la cultura e un talento musicale coltivato con disciplina fin dagli anni dell'infanzia e poi del conservatorio. Il padre aveva considerato quella sua passione come una stravaganza «artistoide» che non doveva in nessun caso interferire con le sue responsabilità verso l'azienda alla cui guida – quando lui fosse venuto meno – era destinato. Ma Enrico non l'intendeva cosí. Il suo aspetto fisico non somigliava in nulla a quello del padre, tanto lui era imponente tanto Enrico sembrava fragile, quasi femmineo, pallido in viso, occhi febbrili in cerca di qualcuno e di qualcosa su cui posarsi. Ma la sua volontà era ferma come quella di Fabrizio: sapeva che il potere non era cosa che lo riguardasse, lui viveva sotto un altro cielo e altre costellazioni.

Lo scontro tra padre e figlio era dunque inevitabile; avvenne il giorno in cui Enrico compí ventun anni e dette al padre due notizie: che stava per sposarsi e che aveva preso l'irrevocabile decisione di non avere alcun rapporto con l'azienda e con gli affari. La sera raccontò tutto a Viviane, lei ricordava bene quel racconto fatto di parole focose, di chi s'è finalmente liberato da una sudditanza e ha preso tra le mani la propria vita.

Seguirono gli anni felici. Enrico scriveva musica e poesie. Compose alcune partiture per archi e fiati che suscitarono apprezzamento tra i critici e furono eseguite nella sala-concerti del conservatorio. Il modello al quale si ispirava era la musica da camera di Brahms in cui sentiva i motivi che avrebbero animato gli sviluppi successivi della musica. Intanto continuava a studiare e le stanze della casa risuonavano fin dal mattino della voce del pianoforte che dalle finestre aperte si diffondeva nella piazza. Viviane era allegra, anzi felice e bellissima.

Poi arrivarono i figli. Con la nascita dei nipoti Fabrizio si riconciliò con Enrico, pensava che il problema della successione fosse ormai risolto, lui avrebbe vissuto quanto bastava a veder crescere i nipoti e metterli alla guida della Sidera, a loro non avrebbe permesso le bizzarrie artistiche del padre, sarebbe stato piú attento. Ma ormai, parlando di suo figlio, diceva artista e non piú artistoide, il successo che Enrico aveva ottenuto nella Milano colta lo aveva in parte consolato della delusione per quel giovane ribelle alla sua volontà. – Ha preso dalla mamma, povera Olimpia – diceva. – Lei l'ha sempre incoraggiato e difeso e forse aveva ragione. Del resto il salto d'una generazione spesso fa bene alle aziende.

Adesso il salto di generazione si è compiuto davvero ed Enrico è lí, appena pochi passi davanti a lei, chiuso in quella cassa di rovere scura, la pelle gelida come l'ha sentita ieri quando l'ha sfiorata con le labbra per l'ultimo addio, la pelle dei morti, una spoglia dentro la bara portata a spalla dagli operai della fonderia.

Nella chiesa del Monumentale lei ha voluto che l'organo e il coro cantassero il *Requiem* di Mozart, il piú spietato di tutti, con quel Dio della vendetta che ha scacciato da sé la misericordia, *Confutatis maledictis* e quel terribile *Dies irae* che scaglia i fulmini dell'Onnipotente sui morti e sui vivi: è la sua protesta disperata contro quel ridicolo corteo che manomette la memoria di Enrico secondo i canoni voluti dal padre.

E quando, terminata la *Messa da requiem*, la bara scende nella fossa, Viviane ricorda una sera di pochi giorni prima passata a consolarsi con Enrico della pena di Filippo, e la calda voce di lui che, dopo averla a lungo carezzata e confortata, aveva letto dei bellissimi versi dei quali le è rimasto in mente solo l'ultimo: è meraviglioso esser oggetto d'un lamento sulla bocca dell'amata.

Piangeva Viviane con Andrea tra le braccia e il suocero rigido sull'attenti mentre le pale dei becchini riempivano la fossa di terra; il lamento sulla bocca dell'amata, ripeté dentro di sé mentre le lacrime le rigavano il viso silenziosamente.

Improvvisa, a interrompere i primi anni felici del matrimonio, della società dorata e dell'appagata maternità, era piombata su di loro la malattia di Filippo, quella strana e inquietante regressione d'un bambino di cinque anni che si rifiuta di crescere, cessa di parlare e sfugge tutti quelli che lo circondano, fino ad allora le presenze da lui piú desiderate e necessarie: la mamma, Brigitte, il fratellino Andrea, Alessandro, il portiere del palazzo, che lui immaginava essere il nonno, con la sua severa divisa blu, le nappe dorate sulle spalle e il berretto con la visiera lucida.

Era cominciata con una febbre acuta e persistente che i medici avevano diagnosticato come meningite, uno straziante delirio, una convalescenza muta e cupa seguita da quei rifiuti e da quella evidente regressione. Conseguenze della malattia cerebrale? Cosí dicevano i medici, salvo quello venuto a consulto da Parigi che aveva introdotto un dubbio di natura psicologica: la malattia aveva portato allo scoperto una lacuna affettiva profonda che l'amore volatile di Viviane e la debole presenza della figura paterna spiegavano secondo lui ampiamente. La casa era diventata per il bambino un luogo ostile e deserto frequentato da fantasmi che vi penetravano da ogni fessura malgrado la vigile guardiania di Alessandro. Filippo ne era impaurito: che poteva fare un bimbo cosí piccolo e debole contro un'invasione cosí tremenda se non tentare in tutti i modi di rincantucciarsi nel grembo protettivo da cui era stato scacciato nel momento della nascita?

Urlava quando quei fantasmi lo circondavano togliendogli il respiro e agitando davanti ai suoi occhi le loro vesti svolazzanti. Urlava e si nascondeva come poteva, sotto il tavolo, dentro l'armadio di legno scuro, dietro le tende della finestra. E non c'era rimedio che lo alleviasse salvo i sedativi che lo sprofondavano in un sonno ottuso e sbarrato dal quale emergeva dopo molte ore per cominciare il suo combattimento.

Enrico fuggiva di casa per non udire. Viviane cercava di calmare il terrore del suo bambino ma sentiva che la follia cominciava a lambire anche la sua mente e si rifugiava in stanze lontane consolando il dolore con la presenza di Andrea, cosí fresca e non contaminata. Ma anche Andrea viveva nell'incubo di quelle urla che invadevano tutti gli anditi e tanto piú scorticavano i nervi e i sensi quanto piú erano soffocate dai muri e dalle porte. Non erano piú urla ma giungevano come gemiti e lamenti da un altro mondo; non era piú Filippo a emettere quei suoni ma gli stessi fantasmi evocati dalla sua mente a parlare con quelle voci impastate d'ombra e di misteriosi tremori.

Durò due anni quell'angosciosa convivenza con il male. Il nonno sfogava il suo pessimo umore facendo rintracciare in ogni angolo d'Europa e perfino nella lontana America luminari della psichiatria e della neurologia che arrivavano a getto continuo nella stanza di quel piccolo agnello, confondendo ancora di piú la testa e il cuore di quanti cercavano un riparo, una tregua a quel calvario senza fine.

Alla fine la morte improvvisa di Enrico tagliò il nodo: il nonno decise che Filippo fosse ricoverato in un manicomio per ricchi; Viviane rispose abbandonando palazzo Grammonte e portando Andrea con sé. Non c'era altra via per sopravvivere.

Del resto le notizie dal suo ricovero non erano pessime; dopo qualche tempo le urla cessarono; il mutismo durava ma era di tanto in tanto interrotto da lunghi monologhi per metà incomprensibili ma per un'altra metà decifrabili che – dicevano i medici – fornivano qualche preziosa indicazione terapeutica. Ci voleva tempo e soprattutto non bisognava turbare il bambino suscitando in lui sentimenti, memorie, reazioni. Bisognava «vegetalizzare» il paziente, azzerandone la mente distorta e su quel deserto mentale ricostruire quanto era possibile di pianta umana.

Nell'aspetto era un bambino normale, molto somigliante al padre. Le speranze che col tempo riconquistasse un buon equilibrio psichico non erano insomma immotivate, salvo quei lunghi monologhi durante i quali parlava di qualche cosa con qualcuno che non si capiva chi fosse; parlando ed emettendo suoni si eccitava, la sua voce saliva di tono, si arrossava in volto, l'espressione si faceva irata e i gesti concitati; la velocità delle parole-suoni aumentava fino a che tutto il corpo si confaceva a quel getto d'eloquenza masticata e sputata fuori senza interruzione, senza pause, e quasi senza respiro.

Ma a volte la voce diventava sommessa e si interrompeva, i tratti del volto si distendevano e gli occhi si soffondevano di dolcezza come se l'interlocutore misterioso e ostile improvvisamente si fosse trasformato in una presenza amica e rassicurante.

La madre e le altre persone che avevano popolato la sua primissima infanzia non erano ammesse a visitarlo. La terapia adottata si fondava sull'esclusione di ogni ricordo che potesse ricacciarlo in mezzo ai suoi terrori e furori.

Quando il nonno fu informato di quel divieto non nascose il suo sollievo; l'opinione che aveva di quei medici crebbe enormemente in proporzione al fastidio dal quale il loro metodo terapeutico lo liberava.

Viviane invece si disperava, supplicava che per lei si facesse eccezione, provava a convincerli che la sua presenza accanto al figlio lo avrebbe colmato di quell'affetto del quale lui aveva massimamente bisogno. Ma dentro di sé era sollevata da quelle notizie: non solo dai progressi fisici e mentali del figlio che le venivano illustrati con qualche sopravvalutazione, ma anche dal divieto di visitarlo: la sola idea di doversi di nuovo misurare con quella follia infatti la metteva in tale stato di agitazione da provare una gioia inconfessata nel sapersene esentata.

Per Andrea invece la questione si pose in modo molto diverso: stava attraversando quella fase della crescita in cui la ghianda genera un arbusto ancora flessibile e leggero ma già con tutte le caratteristiche dell'albero che poi sarà. I due anni di convivenza con Filippo erano stati per lui una sofferenza straziante dalla quale si era difeso come l'istinto di sopravvivenza gli aveva suggerito: barricandosi dietro una muraglia di indifferenza.

Un'indifferenza cosí profonda – tanto era stato profondo il terrore di poter essere anche lui aggredito da quei fantasmi – da andare molto al di là della persona del fratello. Per superare quella paura la sua indifferenza diventò una modalità esistenziale. Quel bambino cosí sensibile e, come tutti i bambini, bisognoso di affetto e di amore imparò a non amare, a ricevere senza restituire. Il cucciolo diventò una strana macchina di uomo predisposta ad attraversare il tempo senza farsene penetrare, un albero con radici dimenticate e fronde che riuscivano a inverdire senza bisogno di calore e di luce.

La natura sa compiere di questi miracoli perché sa adattare le sue creature alle forme necessarie per sopravvivere. Andrea fu una di quelle forme, capace di vivere un eterno presente senza memoria del passato né fede nel futuro, raccogliendo tutte le sfide per godere soltanto l'attimo dell'azione e poi buttarlo via nel pozzo dei ricordi smarriti.

La mattina del 9 giugno 1945 si riuní nella sede della Sidera in Foro Buonaparte a Milano il Consiglio d'amministrazione della società. All'ordine del giorno c'era un solo argomento: la designazione di Andrea a presidente, che avrebbe dovuto essere poi formalizzata dall'assemblea degli azionisti.

Il nonno Fabrizio era morto otto mesi prima e in quel periodo l'azienda era stata guidata da un comitato esecutivo di cinque persone in mezzo a grandi difficoltà: il paese diviso in due e devastato dalla guerra; i bombardamenti aerei che avevano distrutto fabbriche, vie di comunicazione e interi quartieri cittadini; ostilità e angherie continue da parte dei nazisti e dei fascisti; pericolo di smantellamento degli impianti; richieste pressanti di aiuti da parte dei comandi partigiani che operavano nel varesotto e nel bergamasco dove la Sidera possedeva importanti stabilimenti.

Fabrizio aveva fatto fronte come poteva a quei problemi cercando di tener buoni tutti e soprattutto gli operai, in gran parte comunisti militanti, ma era ormai l'ombra del padrone sicuro e imperioso d'un tempo: la sua creatura stava in piedi per miracolo, la produzione era crollata a un decimo della capacità degli impianti, mancavano le materie prime, l'energia elettrica andava e veniva con interruzioni continue e improvvisi abbassamenti di tensione che rendevano impossibili le lavorazioni al forno elettrico.

Il futuro poi era avvolto nella nebbia piú fitta. Che ormai la Germania si avviasse alla totale sconfitta era fuori dubbio e per questo aspetto Fabrizio si sentiva molto sollevato. Ma che cosa sarebbe avvenuto dopo? In quali forme si sarebbe verificato il cambio di regime? Che cosa avrebbero fatto i comunisti?

I Grammonte, come tutti gli imprenditori italiani, non avevano lesinato l'appoggio al fascismo e ne avevano ottenuto in cambio cospicui favori. Gli sarebbe stato perdonato? Del resto, pensava Fabrizio, avrebbero potuto fare diversamente? Un'impresa dell'importanza della Sidera, che per di piú lavorava per gli armamenti, avrebbe potuto fare la fronda per vent'anni? Impensabile. Fabrizio si perdonava, anzi si riteneva in qualche modo un benemerito: aveva fatto progredire l'azienda, aveva esteso il lavoro e alzato le paghe; ma lo scenario sarebbe stato completamente diverso nel momento del capovolgimento di regime e la Sidera avrebbe perfino potuto essere nazionalizzata. Questo era il rovello di un uomo che aveva speso la vita per creare quella creatura un tempo potente e ora circondata da disastri, egoismi, appetiti e rancore sociale.

Colpito da un ictus, Fabrizio Grammonte sopravvisse poco meno di un mese, poi morí e buon per lui perché sarebbe rimasto senza intelligenza né parola.

Andrea era al Sud, nell'altra metà d'Italia. Perciò fu nominato quel comitato con tutti i poteri: cinque membri, dei quali due azionisti della famiglia Grammonte, il presidente della banca che aveva da sempre assicurato il grosso dei finanziamenti e due dirigenti dell'azienda che guidavano rispettivamente la parte tecnico-industriale e quella finanziaria. Mancava volutamente un capo, ma per portare avanti una situazione d'emergenza potevano bastare. Adesso però Andrea era tornato e il capo sarebbe stato lui, su questo punto non c'era discussione. Ma che genere di capo?

I pareri dentro l'azienda erano discordi. Lui aveva la fama di giovin signore dissoluto e soprattutto poco portato a passare dieci ore al giorno dietro la scrivania. Era proprietario del quaranta per cento delle azioni della società; un altro pacchetto dello stesso peso era suddiviso tra zii e cugini; la famiglia, conteggiando anche le quote intestate a Viviane e Filippo e affidate ad Andrea con procura, controllava il novanta per cento del capitale: su questa base finanziaria poggiava la titolarità del potere. Il residuo dieci per cento era nelle mani di banche amiche e della United Steel, che aveva accompagnato lo sviluppo della Sidera fin dai primi passi mezzo secolo prima.

Si profilava dunque, almeno sulla carta, una successione senza traumi al lungo impero del fondatore, la continuazione d'un potere assoluto affidato ora a un giovane di poco piú di trent'anni che però – cosí pensavano i direttori della Sidera – aveva poca voglia di lavorare, non capiva quasi nulla di affari, meno che mai di siderurgia, e preferiva divertirsi assieme alla sua piccola corte di amici scioperati e di ragazze facili.

Era un bel ragazzo, in guerra si era portato molto bene, piaceva, ma insomma, i tempi di Fabrizio Grammonte non sarebbero piú ritornati. Era venuto il momento dei manager, ora toccava a loro governare la baracca; Andrea era il re con tanto di scettro e corona, ma il potere vero non sarebbe stato nelle sue mani e tanto meno in quelle dei suoi familiari ai quali premeva soltanto dividersi i profitti dell'azienda.

Andrea sarebbe stato utilissimo per rappresentare la Sidera nel nuovo mondo politico che stava emergendo dalle rovine della guerra, era giovane, non compromesso con il passato, si presumeva che avesse simpatie per i partiti dell'antifascismo, era il rampollo d'una grande famiglia. Insomma, tutte le carte in regola purché non gli venisse la voglia di governare l'impresa. L'impresa deve stare nelle nostre mani, pensavano i direttori. Ma di chi tra loro? Chi sarebbe stato il primo ministro sotto il manto di quel re di rappresentanza? E già si guardavano sospettosi, già invidia e cupidigia si diffondevano nelle stanze della direzione, già i sottocapi prendevano partito per l'uno o per l'altro, si stipulavano alleanze nascoste, si spartivano ruoli, ci si appoggiava a questa o quella forza politica e sindacale.

I venti membri del Consiglio d'amministrazione sedevano in attesa attorno al lungo tavolo ovale nella sala delle riunioni quando alle dieci in punto Andrea entrò. Tutti si alzarono in piedi con grande rumore di seggiole. Andrea fece il giro distribuendo sorrisi e strette di mano, abbracciò il prozio Gianantonio, fratello del nonno e decano della famiglia, sedette nella poltrona lasciata vuota per lui a capo del tavolo.

Gianantonio aprí la seduta. Ricordò con parole commosse il fratello Fabrizio, lesse una breve memoria sulla situazione dell'azienda che gli era stata preparata dal direttore finanziario, ringraziò i cinque membri del comitato esecutivo che avevano guidato la Sidera nei mesi di interregno seguiti alla morte di Fabrizio. Poi parlò di Andrea, ricordò d'averlo visto nascere, elogiò i suoi buoni studi e la brillante laurea in ingegneria (in realtà era stata una laurea di guerra, di quelle che badavano assai poco al contenuto e molto di piú al «curriculum» militare del laureando). – Tu sei nato nella Sidera, tuo nonno ti aveva già designato a succedergli nella guida dell'azienda e proprio per questo, col consenso di tutti noi, ti indicò come vicepresidente cinque anni fa. Ma poco dopo tu partisti per assolvere un ben piú alto compito. Anche se la causa per cui hai combattuto con valore era persa e dissennata, tu hai tenuto alto il senso del dovere e quello dell'onore. Per questo tutti noi ti siamo debitori; per quello che hai fatto, per le ferite che hai riportato, per le medaglie al valore che ti sei guadagnato difendendo non un regime nefasto ma la bandiera della patria.

Gianantonio si interruppe mostrando segni di commozione, si raschiò la gola, si soffiò il naso a beneficio di chi non si fosse accorto che gli occhi gli si erano inumiditi e riprese con voce conclusivamente solenne: – Chiedo dunque a questo Consiglio di esprimere voto unanime per la designazione di Andrea Grammonte a presidente della società. La designazione sarà sottoposta al voto dell'assemblea degli azionisti oggi pomeriggio alle ore sedici. Non dubito che sarà approvata per acclamazione.

Tutti si alzarono in piedi applaudendo a lungo, poi si risedettero. Toccava ad Andrea, il quale non si alzò affatto e rispose con voce asciutta: – Ringrazio –. Poi aggiunse: – Prima di accettare desidero sapere quali sono i poteri del presidente.

Una secchiata d'acqua gelida sulla testa di ciascuna delle venti persone sedute attorno a quel tavolo non avrebbe prodotto maggior stupore di quello che irrigidí le facce di tutti. Qualcuno doveva pur rispondere ma nessuno lo fece. Andrea dal canto suo aspettava guardando tranquillamente i suoi interlocutori e accrescendo il loro imbarazzo.

Finalmente Gianantonio ruppe il silenzio cercando di recuperare un'atmosfera colloquiale. – Naturalmente – disse – sono i poteri di Fabrizio, i poteri che tuo nonno ha esercitato per quarant'anni. – Conosco benissimo lo statuto della società – rispose Andrea. – I poteri del presidente sono di pura rappresentanza legale. Quelli di direzione effettiva sono attribuiti ai vari dirigenti di settore e di stabilimento. Mio nonno, come voi sapete meglio di me, non aveva bisogno che lo statuto gli conferisse speciali attribuzioni, faceva e decideva tutto lui. Ma per me sarà diverso perciò i poteri e le deleghe al presidente vanno indicati con precisione.

– Signor Andrea, lei controlla la quasi totalità del capitale, maggior potere di quello...

– È vero, Conterno, oggi le cose stanno cosí perché la famiglia è sempre stata unita attorno a mio nonno. Ma lei sa bene, proprio per il suo incarico di direttore finanziario, che per rilanciare l'azienda e metterla al passo con la concorrenza mondiale, che noi non abbiamo mai veramente sperimentato negli ultimi vent'anni, dovremo effettuare investimenti di una mole inusitata. Per di piú dovremo diversificare le nostre attività: l'epoca dell'acciaio non è certo finita ma secondo me ha un futuro che non supera il tempo d'una generazione o due al massimo. Dovremo reinvestire tutti i profitti nell'azienda, indebitarci e anche, molto probabilmente, quotare la Sidera in Borsa per procurarci i capitali necessari. La famiglia potrebbe disunirsi, le quote di controllo annacquarsi. Perciò bisogna definire poteri e ruoli dei vari organi societari, a cominciare da quelli del presidente.

Lo ascoltavano a bocca aperta. Come faceva a conoscere quei problemi e a parlarne con tanta consumata disinvoltura? L'epoca dell'acciaio sta per finire, la famiglia non sarà piú compatta come un tempo, bisogna quotare l'azienda in Borsa: ma chi gliele ha dette quelle cose? Chi è il suggeritore che ha preparato quel *coup de théâtre* mozzafiato?

– E allora dillo tu quali poteri vuoi – disse con dispetto lo zio.

– Sí, li dica lei, ingegnere – ripeterono gli altri.

– Non chiedo certo la luna, state tranquilli.

– Ingegnere, noi siamo ai suoi ordini e vogliamo solo il bene della società, perciò siamo tranquillissimi.

– Caro Giulietti, voi non siete ai miei ordini. Voi siete membri del Consiglio e avete responsabilità autonome nei confronti degli azionisti, dei creditori e del Codice civile. Chiedo solo che la gestione patriarcale durata per quarant'anni sia sostituita da una gestione moderna. La vecchia Sidera mio nonno se l'è portata con sé nella tomba, gli impianti sono stati in parte distrutti e comunque sono tecnicamente superati, dovremo far fronte subito a un aumento di capitale importante. Voi pensate che la famiglia Grammonte potrà sopportarne da sola il peso? Forse sí, potrebbe. Ma lo vorrà? Lo vedremo nelle prossime settimane. Comunque, io chiedo per il presidente i seguenti poteri: compiere tutti gli atti di ordinaria amministrazione senza bisogno di preventiva autorizzazione del Consiglio; idem per gli atti di straordinaria entro il limite di dieci miliardi; i direttori centrali e l'eventuale direttore generale, se decideremo di istituire questa carica, risponderanno direttamente al presidente ed eseguiranno le sue direttive. Per tutto il resto varrà lo statuto sociale e il codice. Signori, è tutto – concluse Andrea alzandosi – la mia segretaria ha già preparato l'ordine del giorno per l'assemblea di oggi pomeriggio alla quale, ovviamente, questo Consiglio si presenterà dimissionario. Buon pranzo.

Rimasero trasecolati a guardarsi tra loro. – Ha preso il potere – disse il direttore di produzione Giulietti.

– Tutto Fabrizio – mormorò Gianantonio. George Griffith, che rappresentava la United Steel nel Consiglio della Sidera, sorrideva accarezzandosi il mento. Aveva l'aria soddisfatta. Conterno toccò il gomito di Giulietti indicandoglielo. – Guardalo – disse – è tutta opera sua. I veri padroni saranno gli americani. Hanno vinto la guerra, no? E noi, imbecilli, non ci avevamo pensato.

Rientrò in casa subito dopo l'assemblea che si era svolta cosí come lui aveva pensato e voluto, con la ratifica di tutte le proposte del Consiglio all'unanimità. Nel nuovo Consiglio aveva voluto soltanto i tredici direttori centrali della società piú Griffith l'americano. – Sarà un Consiglio operativo – aveva detto – ci riuniremo ogni lunedí e il Consiglio diventerà lo staff del presidente.

Una giornata positiva, l'avvio del suo regno alla Sidera, una sfida riproposta ogni giorno che sarebbe durata chissà quanto, forse per tutta la vita. Si sarebbe annoiato? Probabilmente sí se si fosse lasciato prendere dalla routine, ma era ben deciso a schivare quel rischio; avrebbe cercato qualcuno sulle cui spalle caricare la fatica della gestione, un docile e intelligente esecutore dei suoi voleri che governasse ai suoi ordini là dove lui regnava.

Ne parlerò con Griffith, pensò; non può essere lui, questo lo sa, dev'essere un italiano e poi George rappresenta pur sempre un concorrente anche se alleato. Lo troveremo.

Guardò l'orologio, le sette, appena il tempo per una doccia e per prepararsi: veniva a cena Laura Vidoni ed era un appuntamento importante, eccitante, divertente, l'incontro con una donna d'eccezione, o almeno cosí lui la giudicava.

Non si vedevano da anni, e che anni. L'ultima volta si erano incontrati a Taranto nell'inverno del '42, lui sarebbe partito per la Libia di lí a pochi giorni, tenente del Genio nel 31° battaglione, lei era crocerossina destinata in

Albania. Un incontro fuggevole ma molto affettuoso al Circolo della Marina. Avevano parlato poco, c'era poco da parlare in quel luogo e in quel tempo di destini sospesi; in compenso avevano bevuto e ballato molto, per tutta la sera.

Passata la mezzanotte Andrea le aveva proposto di finire la notte insieme e Laura aveva accettato con disinvolta naturalezza. Avevano affittato una spoglia anzi desolata camera d'albergo, ma lo squallore della stanza non aveva creato nessun anticlimax: erano due militari in zona di guerra con molta voglia di fare l'amore e l'avevano fatto ripetutamente senza problemi, godendosi cameratescamente la loro porzione di sesso.

La guerra ha questo di buono: ti toglie ogni altra responsabilità che non sia quella di far bene il mestiere di combattente. Tutto il resto è dovuto a chi ha voglia di prenderlo e loro la loro voglia di quella sera se l'erano vissuta senza nessuna complicazione.

– Se non fosse stato cosí e se su quelle due sedie non ci fossero le nostre divise forse l'amore non l'avremmo mai fatto noi due – gli aveva detto Laura a bassa voce guardando il soffitto mentre lui le baciava l'orecchio e le accarezzava la nuca con le dita tra i suoi capelli.

– Forse no, tu sei molto complicata.

– Anche tu non scherzi.

– Io? Sono onnivoro, gusto qualunque vivanda, potrei esser scelto come il simbolo della semplicità.

– Figurati.

Ed erano tornati a baciarsi e a godere l'uno dell'altra, ma Laura aveva ragione, e anche lui lo sapeva: la guerra e quelle due divise ammucchiate alla rinfusa sulle sedie al fondo del letto avevano tagliato i nodi cancellando per quella notte i problemi accartocciati intorno ai sensi e ai sentimenti.

Erano passati tre anni da allora senza che avessero piú notizie l'uno dell'altra. Lei aveva solo saputo che Andrea era stato ferito a El Alamein e che poi era rientrato in Italia; lui che Laura era stata rimpatriata dalla Grecia prima dell'8 settembre. Poi piú nulla. Ma appena arrivato a Milano pochi giorni prima l'aveva cercata e trovata al suo vecchio indirizzo. – Adesso non ci raccontiamo niente, non voglio anticipi, abbiamo un mucchio di cose da dirci. Ti aspetto a cena il 9, ti va?

– Certo che mi va.

Intanto le aveva riempito la casa di fiori, tutti quelli che aveva trovato. Lei gli aveva fatto arrivare proprio quella mattina un pacco di dischi, due libri e cinque biglietti. I libri erano *Le occasioni* di Montale e *Addio alle armi* di Hemingway e il biglietto che li accompagnava diceva – Un poeta per i pensieri, un romanzo per le passioni –. I dischi erano i *Blues* di Ellington (biglietto: «Questi li avrai sentiti e ballati cento volte, ma ora sono io che te li mando»), la *Quinta Sinfonia* di Beethoven (biglietto: «La potenza e la malinconia») e la *Ciaccona* di Bach (biglietto: «Questa è da ascoltare quando sarai diventato grande»). Infine una busta che accompagnava il tutto con queste parole: «Contributo di Laura Vidoni all'educazione sentimentale di Andrea Grammonte, impresa disperata e quindi degna d'esser tentata da spiriti forti».

Andrea aveva aperto i pacchi, letto i biglietti, sorriso compiaciuto. E preparato il grammofono con il disco di Bach.

Dopo la doccia si vestí con molta cura: pantaloni grigio scuro di vigogna, camicia di seta bianca senza cravatta, un pullover azzurro-cielo. Scelse tra i tanti un portasigarette di cuoio leggermente incurvato per meglio aderire alla coscia, affibbiò al polso un orologio col quadrante di sottilissimo metallo. Mocassini di pelle marrone.

Si fissò a lungo nello specchio ovale poggiato sul cassettone della stanza da letto. Di solito si guardava di sfuggita e non dava gran peso all'abito che decideva di indossare, non aveva mai seguito le mode, tra i suoi amici la moda era lui che la faceva con naturale noncuranza. Ma quella sera era curioso di sé. Vide che le basette cominciavano a imbiancarsi, solo una spolverata leggera, nevischio piú che neve, combinandosi perfettamente con un reticolo di piccole rughe attorno agli occhi. L'attaccatura dei capelli era un poco arretrata sottolineando la punta nel mezzo della fronte da cui scendeva quella linea dritta che lo segnava in modo inconfondibile; una sorta di marchio che spartiva in due la fronte larga da animale sacro custode di enigmi.

Ma dietro quel segno di destino, dietro quel volto triangolare e quegli occhi azzurro-cenere prominenti e, distaccati tra loro, dietro quei tratti cosí finemente incisi e quell'espressione al tempo stesso volitiva e ironica, chi era la persona che rispondeva al suo nome e misurava le cose e le altre persone sul proprio metro lasciandole presto cadere nella dimenticanza dopo averle appena sfiorate, dopo avere appena bevuto un sorso della loro vita, intravisto appena una fessura stretta della loro essenza?

Non riusciva a sentire come propria neppure quella persona che chiamava Io, con cui aveva già ininterrottamente convissuto per trent'anni, ma con la quale non gli riusciva di identificarsi completamente. Come se, in fondo, non la conoscesse. Quella persona gli sfuggiva di continuo. In realtà – pensò – io non faccio nulla per trattenerla, anzi sono io che l'incoraggio a fuggire. Ma dove fugge se è sempre con me perfino quando dormo?

Aveva preso la boccetta della colonia che era d'un tenue verde acqua-marina ma quando se ne versò qualche goccia nel cavo della mano vide che aveva il colore della sua pelle. Si incuriosí. Ne versò un po' nel fazzoletto e mentre lo faceva notò che era perfettamente incolore. Come l'acqua, che assume il colore del recipiente in cui viene raccolta.

Suonarono alla porta, era Laura. Smise di guardarsi e di pensare, cosa che del resto gli accadeva molto di rado, quando la testa della mia tartaruga esce dal guscio, si disse.

Laura non aveva fatto toletta o almeno non sembrava; aveva una sottana lunga d'un verde scuro e un maglione a collo alto, gli occhi appena ritoccati a matita senz'altra ombra di trucco; i capelli del colore delle castagne, raccolti a crocchia sulla nuca, lasciavano il viso scoperto e ne mettevano in rilievo i tratti forti, la bocca grande, le labbra ben disegnate. C'era qualcosa di mascolino in quel viso, di provocatorio, che sembrava ad Andrea terribilmente attraente. Lo era stato subito per lui fin dal loro primo incontro e quell'attrazione era aumentata nonostante i lunghi intervalli di silenzio e di lontananza tra un incontro e l'altro o forse proprio a causa di questa mancata ma desiderata intimità, di tanto in tanto sfiorata ma poi subito interrotta.

Il loro incontro di Taranto, quasi sul fronte nel momento culminante della guerra, faceva storia a sé perché la notte passata insieme era stata una notte d'avventura per tutti e due, una parentesi tra due partenze dalle quali essi non sapevano se e come sarebbero tornati: insomma, il piacere pieno e senza pensieri di un attimo che non faceva parte di nessuna storia e perciò tanto piú libero e prezioso.

Lei gli gettò le braccia al collo giubilante, lui le cinse la vita, si scambiarono un bacio fuggevole sulle labbra e si misero a parlare tutti e due insieme come fanno i vecchi amici quando si ritrovano dopo mesi o anni di separazione, attraversati da vicende straordinarie che li hanno resi diversi da come erano prima.

Per gli amanti invece rincontrarsi dopo molto tempo di lontananza porta con sé emozione, passione troppo a lungo trattenuta, gelosia per quell'intervallo di tempo non trascorso insieme e tuttavia vissuto ma come? con chi? con quali pensieri, frequentazioni, abitudini nuove? Il trasporto degli amanti dopo una lunga separazione è sempre attraversato da una timidezza che prima non conoscevano, da una diffidenza: sei sempre quello che ho conosciuto? Se sei cambiato chi ti ha cambiato? E infine: sei vivo, stai bene, dunque hai potuto vivere anche senza di me.

Ma non erano queste le emozioni di Laura e di Andrea. Lei aveva represso lo slancio amoroso che all'inizio aveva sentito per lui; lui quel sentimento non l'aveva mai avuto ma solo desiderio fisico e curiosità. O almeno cosí credevano entrambi e su questa credenza era nato il fiore d'una amicizia sincera sotto alla quale tuttavia le pulsioni originarie erano tutt'altro che spente.

Si distaccarono l'uno dall'altra continuando a tenersi per le braccia senza smettere di guardarsi, di esaminarsi per cogliere i cambiamenti. Lui l'attirò verso il divano. – Ti sei tagliata i capelli – disse.

– Ma no, li ho solo annodati sul capo.

– Sei piú bella cosí.

– Tu sei dimagrito... guarda, hai già qualche filo bianco – disse sfiorandogli la guancia.

– Sarà stata la guerra – rispose sorridendo. Ma subito diventarono seri.

– So che sei stato ferito. Dove?

– Al braccio, cosa da nulla, guarito in venti giorni.

– A El Alamein? Nel deserto.

– Romantico non ti pare? Come Lawrence d'Arabia.

– Dev'essere stato un inferno.

– Diciamo che non era una villeggiatura. Ma sai, quando sei in battaglia non te ne accorgi. Le situazioni piú assurde ti diventano naturali, ti ci muovi dentro come un pesce nell'acqua, puoi restare due giorni senza dormire, una settimana senza lavarti e a stomaco vuoto senza l'infame galletta. In compenso è la sete che ti divora, ma l'acqua per fortuna non ci è mai mancata. Mancava tutto il resto, ma l'acqua no.

– Raccontami la battaglia. Lí dov'ero io ne parlavano tutti.

– Ho visto ben poco della battaglia mentre c'ero dentro: quel pezzetto di sabbia in cui mi muovevo e poco di piú. Dopo ho capito qualcosa di quello che era accaduto; molto semplice: loro erano piú di noi, quasi il doppio, armati molto meglio, piú freschi, piú riposati. Ci venivano addosso con tutti i mezzi che avevano da terra e dal cielo. Anche dal mare per quelli che combattevano sulla fascia costiera. Per dieci giorni hanno continuato a venirci addosso di giorno e di notte. Poi è finito.

– Tanti morti?

– Molti, sí. Il mio battaglione ha perso l'ottanta per cento dei soldati tra morti e feriti. Piú o meno questa è stata la media per tutta l'armata.

– Dio, un macello!

– Ma dimmi di te. Quel giorno a Taranto partivi per l'Albania.

– Sí, a Durazzo. Poi m'hanno mandato a Pristina e poi in Epiro, un ospedale da campo.

– Dov'eri l'8 settembre?

– Eravamo rientrate in Italia per i turni di avvicendamento. L'8 settembre ero a Como, dai miei.

– Che è successo? Racconta; io ero a Cesano, si sfasciò il reggimento in poche ore. Andai a Bari, poi dopo settimane di sbandamento si formò un nucleo organizzato ma non eravamo che poche centinaia, piú ufficiali che soldati. Ma tu?

– La nostra casa è fuori città. Quel pomeriggio andammo, mio padre e io, a Como. C'era un reparto di poche decine di militari nella sede del presidio. Si misero in abiti civili e se ne andarono. Ma non c'erano truppe nelle vicinanze, né italiani né tedeschi, per cui quel giorno e fino al 10 non accadde nulla di particolare. Dopo no, fu durissimo, specie dal febbraio in poi, quattordici mesi di fame, paura, angoscia. I quattordici mesi piú terribili della mia vita.

– Hai fatto la guerra partigiana?

– No, non l'ho fatta. Non ero preparata: in montagna, una vita promiscua, bande irregolari che combattevano contemporaneamente coi tedeschi coi fascisti e tra di loro. Non era roba fatta per me, non ci ho pensato neanche un minuto. Ma naturalmente era come se, capisci? Noi eravamo per i partigiani, e con chi dovevamo essere? e loro scendevano di notte per ritirare viveri, medicinali, indumenti che noi accumulavamo per loro. Anche armi qualche volta. Ce le portavano quelli che raccoglievano i lanci aerei degli alleati, sapevano che la nostra casa era un piccolo centro di smistamento.

– E i fascisti? Non sospettavano?

– Sospettavano di tutti, ma noi eravamo un tassello cosí piccolo e amatoriale...

– Che vuol dire?

– Voglio dire che non facevamo parte di un'organizzazione vera e propria. Era un lavoro da dilettanti il nostro perciò sfuggiva all'occhio dei fascisti. Una volta fecero una battuta con i cani in tutta la zona, cercavano due prigionieri inglesi fuggiti da un campo, cosí capitarono anche da noi, e perquisirono la casa, ma non trovarono niente. Avevamo messo un po' di viveri in una grotta nel bosco vicino e lí non andarono; armi in quel momento non ne avevamo.

– Insomma non hai combattuto ma hai parteggiato, con rischi che potevano essere tremendi.

– Ti aspettavi che lavorassi a maglia mentre fuori si scannavano?

– Perché l'hai fatto?

– E tu? Perché l'hai fatto?

– Perché sono sportivo.

Lei lo guardò fisso negli occhi stringendo un poco i suoi. Poi parlando quasi a se stessa mormorò senza cessare di guardarlo: – È vero, tu sei sportivo – risero. La tirò a sé e lei appoggiò la testa sulla spalla di lui chiudendo gli occhi. Sentiva un benessere caldo, una culla protettiva. Lui disse: – Non puoi sapere che piacere mi fa –. E lei, senza cambiar posizione, annuí con la testa per dire lo so, provo anche io lo stesso piacere e non ce n'è un altro piú intenso.

– Ora voglio mettere uno dei dischi che m'hai regalato.

– Bravo, mettilo. Qual è?

– Bach – disse lui alzandosi per accendere il grammofono.

– Oh no, ti annoierai e dopo un minuto ti addormenterai.

– E se fossi cresciuto abbastanza per ascoltarlo come si deve?

Risuonarono i grandi accordi della *Ciaccona* in re minore e loro ascoltarono abbracciati come prima senza piú parlare. Alla fine Andrea si accorse che Laura si era addormentata cosí, nelle sue braccia.

Andrea vorrebbe che andassi a vivere con lui ma ormai lo conosco bene e so che in fondo non ne ha voglia. Me lo ha detto per farmi capire che il suo rapporto con me è diverso da tutti quelli che ha avuto con altre donne e questo è certamente vero: lui ha paura delle donne, ha un fondo invincibile di misoginia. A volte mi accorgo che cerca di superarlo ma non ci riesce.

Mi fa molta tenerezza questa sua impotenza psicologica che probabilmente è una delle ragioni del mio testardo amore per lui; in quest'amore ci sono tante cose e c'è anche una sfida che è quella di fargli amare l'amore.

Finora però la sfida è fallita. Con me la sua misoginia è stata superata ma a una condizione ben precisa: di avere un rapporto scanzonato, da compagni e non da amanti.

Naturalmente adesso facciamo spesso l'amore, quando ce ne viene voglia; soprattutto se la voglia viene a me e se mi va di eccitarlo, cioè se mi comporto – dice lui – come una porca. Lui è abituato cosí, per eccitarsi ha bisogno delle puttane o di droga o di tutte e due, lo aiuta a disinibirsi, non gli è mai capitato di eccitarsi per amore, non ce la fa e basta.

Per me accettare tutto questo al principio è stato molto difficile, mi pareva di sporcarmi, non per moralismo ma per disgusto rispetto a tutto il mio modo di essere e di sentire. Ho sempre avuto bisogno di sentirmi desiderata e amata con intensità esclusiva; solo allora sono riuscita ad aprirmi e a restituire amore e passione. Ho sempre fantasticato questo tipo di incontro ma non sono mai riuscita a realizzarlo. Poi ho incontrato lui, che era e continua a essere imprendibile, è pro-

prio l'opposto dell'uomo che vorrei, eppure questa volta mi sono presa una vera cotta, un amore con i fiocchi insomma. Al punto che, quando lui me lo chiede o mi fa capire quello che vuole da me, lo faccio meglio che posso. Sono il suo confidente, il suo compagno e amico, il suo educatore culturale e la sua viziosa puttana.

Sí, proprio cosí, e ormai lo sono con naturalezza e direi che mi piace farlo, mi piace vedermi trasgredire, mi piace dirgli mentre lui mi prende sono una troia e mi piace scriverlo qui su questa pagina e mentre lo scrivo mi sto eccitando perché le parole viziosa puttana, troia, mi fanno scattare una scarica elettrica che dal cervello mi attraversa il corpo e mi prepara come in una cerimonia d'iniziazione.

Il telefono ha squillato, è Andrea, gli ho detto stavo pensando a te, è rimasto in silenzio, forse teme parole sentimentali.

Gli ho detto mi sto carezzando, ho allungato le gambe e mi sto carezzando, lui ha cominciato a mugolare piano come seguendo un ritmo, adesso siamo in sintonia e il ritmo è lo stesso, e adesso, sí ora ora ora ora.

Mi sono addormentata d'un sonno fondo, mi ritrovo sulla poltrona infreddolita e indolenzita, senza miele dentro di me né desideri. Spenta. Con questo diario aperto sul tavolino.

La prima idea è stata di strappare la pagina che ho scritto due ore fa. Invece non lo farò. È una testimonianza a me stessa, perché dovrei cancellarla? Mi sono lasciata andare, proprio io che finora ero asserragliata dentro di me. Forse è una metamorfosi cui sto assistendo ma non so quale nuova forma prenderò né posso guidare questo processo che sfugge alla mia volontà. La ragione mi dice che mi sto liberando, sarà cosí ma mi sento pesta e svuotata.

Andrea era sempre in movimento; a Milano nel suo ufficio di Foro Buonaparte presiedeva riunioni coi suoi collaboratori, incontrava banchieri, uomini d'affari, partiva per Roma per consultare ministri e dirigenti d'imprese pubbliche che operavano in settori che interessavano la Sidera, tesseva una rete di alleanze a New York, Pittsburgh, Düsseldorf, Londra, Parigi. Non dormiva mai piú di due notti nello stesso letto.

Quella vita gli piaceva; gli piaceva quel continuo passare da un problema a un altro, dai processi di fusione dei rottami di ferro ai contratti d'acquisto delle materie prime, al noleggio delle navi che trasportavano i prodotti dell'azienda sui mercati europei, asiatici, sudamericani. Aveva ottenuto aperture di credito molto elevate da quasi tutte le banche italiane e da alcune grosse banche straniere, la Chase Manhattan e la Guaranty Trust di New York, la Paribas di Parigi. Il capitale della Sidera era stato triplicato, gli impianti interamente rinnovati, nuovi azionisti erano entrati nella società che aveva anche collocato in Borsa una parte delle sue azioni.

La mente di questo rinnovamento era stato George Griffith. Andrea l'aveva nominato vicepresidente esecutivo accantonando gli scrupoli per la diversa nazionalità; George si era dimesso dalle cariche che aveva nella United Steel ed era ormai l'uomo della Sidera, il primo ministro di Andrea. Insieme costituivano un tandem di primo ordine perché erano creativi tutti e due, animati dallo stesso progetto che era quello di fare della Sidera la stella polare del business italiano, portandola a livelli di tecnologia e di efficienza comparabili agli standard europei. Per di piú George aveva una capacità di lavoro eccezionale e questo liberava Andrea da ogni routine sedentaria che non avrebbe saputo sopportare.

Intanto il suo rapporto con Laura continuava ma col passare dei mesi si era molto trasformato. La caratteristica dominante non era piú l'amicizia tra compagni, anche se questa continuava a essere l'apparenza; era subentrata una reciproca dipendenza diventata sempre piú forte, al punto che non potevano piú fare a meno l'uno dell'altra, ma la radice di questo bisogno reciproco era di natura erotica e in qualche modo viziosa. Laura aveva capito che il solo modo di tenerlo legato a sé era di assecondarne le fantasie trasgressive. Aveva anche capito che doveva lasciare a lui l'iniziativa di proporre quei giochi ai quali lei doveva prima rifiutarsi per poi cedere dopo avere resistito e infine rilanciare per rendere il gioco sempre piú ardito e non ripetitivo.

In realtà l'iniziativa era passata nelle mani di lei, irretita da quel tipo di piacere, impigliata in quella rete di ambiguità erotiche e infine diventata maestra nella gestione di quella partita a due che si moltiplicava continuamente attraverso travestimenti psicologici, rifrazione di immagini e complicati labirinti costruiti con accenni fugaci, parole allusive e sospese, presenze evocate che ciascuno dei due traeva dalle proprie nevrosi e dalle proprie esperienze reali o soltanto immaginate. Insomma, un gioco di testa che ormai li teneva avvinti a doppio filo, sotto forma di un capriccio sempre nuovo da sperimentare.

Una sera – avevano già deciso di cenare in un locale molto alla moda in via Sant'Andrea – lui l'avvertí che era arrivata a Milano una sua amica americana e che l'avrebbe condotta a cena con loro. – Ma se non ti va la vedrò domani, non è un problema.

– Sono curiosa delle tue amicizie, lo sai, portala, mi fa piacere.

– È molto bella – disse lui come per avvisarla in anticipo. – Ragione di piú – rispose Laura.

Infatti era bellissima, una bellissima bionda, anzi fulva, appena un po' opulenta nelle forme del corpo, occhi neri che colpivano per il taglio allungato e il contrasto di colori con i capelli e la carnagione chiara del viso. Voluttuosa, pensò Laura mentre si stringevano la mano, una donna da letto, sarà stupida, speriamo bene.

Ma Dorothy non era stupida, era invece molto bizzarra, voluttuosamente bizzarra; senza timore di mostrarsi nella sua autentica natura.

– La tua amica è tremendamente attraente – disse rivolta ad Andrea – se fossi uomo me ne innamorerei subito.

– Pensavo la stessa cosa di te – rispose Laura fissandola.

Andrea sorrideva divertito. – Apertura eccellente – commentò – un doppio servizio, ma io sono solo contro due, la partita non è leale.

– Sai – disse Dorothy a Laura – trovo l'Europa divertentissima. A Parigi ho conosciuto un ministro stupendo, nobile, altissimo, quasi quanto il Generale. Mi ha portata in giro per tutta la notte, anche in un bordello molto privato. Lui era fantastico, qualcuna delle ragazze lo conosceva e lo chiamava «*monsieur le ministre*» e lui per niente imbarazzato ne convocò un paio, e propose che mi facessero divertire «*si madame est d'accord*». «*Pourquoi pas?*» «*Tu viendras avec nous, bien entendu*» dissi io. «Sfortunatamente no, debbo rientrare, si è fatta mattina, ma tu sei a Parigi per *t'amuser, donc amuse-toi*, stasera mi racconterai». Non vi pare una delizia? E poi che città, sai è la prima volta che vengo in Europa.

– Che altro hai visto?

– Un viaggio in jeep da Amburgo a Berlino con due ufficiali americani e un'attrice svedese, cantante di cabaret, una vera vichinga. Due città, tutta una rovina, ma gente piena di voglie. Ci metteranno poco a rimettersi in piedi, sono tutti innamorati degli americani, in realtà ci somigliano molto, sai Andrea, sono anche io mezza tedesca, i miei nonni materni vengono da lí.

– Un ritorno a casa?

– In un certo senso. Ma Berlino! Vedi le rovine, non distingui le strade dalle piazze, le case dalle macerie, ma le luci, il neon, i locali da ballo, i teatrini improvvisati, una vitalità addirittura sfacciata. Clark, il mio capitano americano, mi diceva che erano piú le spie degli abitanti, insomma un'avventura.

Rideva rovesciando un po' la testa all'indietro e assaporando i ricordi tra le ferite ancora spalancate di una guerra feroce offerte all'estro dei sopravvissuti e dei vincitori, sedotti da quell'umanità affamata di speranze e posseduta da una folla di incontenibili appetiti.

– Ma tu, tu la guerra non l'hai vista, appartieni a un paese sazio, ricco, il piú potente del mondo. Che ne sai tu degli appetiti di chi ha fame di tutto perché il suo mondo è stato distrutto e l'inferno che aveva creato gli si è aperto sotto i piedi e l'ha ingoiato? Non è roba da turisti in cerca di emozioni.

Laura la guardava con gli occhi infiammati da un'ira improvvisa, forse perché la sua risata e quella gola nuda e impudica sotto l'onda dei capelli l'avevano ferita e smossa nel profondo, avrebbe messo le mani su quella gola, per stringerla, ferirla a sua volta con la carne non con le parole.

– Ma guarda, parli come una maestrina, moralista per di piú. Gli appetiti anzi la fame, la voglia che ti torce le budella, qualunque voglia sia, del necessario e del superfluo, che cos'è superfluo in questa lurida vita? quella voglia ce l'hanno i ricchi e i poveri, i ricchi forse piú dei poveri. Andrea, ma non le hai insegnato niente? Avessi visto il mio capitano come ci si trovava bene tra quelle rovine, non era per niente sazio e poi veniva da quattr'anni di guerra. Io? Un giorno ti racconterò la mia vita, uno schifo di vita. Beh, ho mangiato di tutto, ma lo sai, bella, ho piú fame di prima. Sono ingorda io, molto ingorda...

– Che cosa vuoi vedere dell'Italia? – Andrea cambiò discorso. – Potresti visitare Napoli, se cerchi la bellezza purulenta Napoli oggi è meglio di Berlino a parte le spie che lí non ci sono. Milano è coscienziosa, niente che ti possa interessare.

– Ci sono venuta solo per rivedere te. Mi hai già fatto la sorpresa di presentarmi questa adorabile maestrina, *ça vaut le voyage*. Napoli, perché no, se si va insieme noi tre.

La cena era finita. – Ma è presto per dormire – disse Laura – venite da me, berremo una cosa.

Fu una notte del tutto normale per persone cosí libere nei pensieri e nei comportamenti, ma anche molto speciale per il gioco degli incastri che si svolse senza che né Laura né Andrea si rendessero conto che le loro vite e i loro destini ne sarebbero stati in qualche misura coinvolti.

Nessuno si accorge mai di dove sia collocato il punto di svolta d'una vita, nessuno lo avvista in tempo né ci si prepara. Anche mentre già ci stai dentro perché un gesto è stato compiuto, una parola è stata detta, un desiderio e un sentimento si sono accesi concatenandosi a un deposito di fatti stratificati nella memoria e determinando i passi futuri, ebbene anche allora noi non siamo consapevoli che l'incastro è avvenuto e che un mutamento si sta producendo nelle immagini che lo specchio della mente rifrange di noi e degli altri.

Chiacchierarono, bevvero, fiutarono una pizzicata di bianca, alle tre cucinarono spaghetti, Laura mise sul grammofono *La morte e la ragazza*, Dorothy tolse il disco e lo sostituí con *Lola* e la voce di Marlene.

Andrea ballò con tutte e due insieme e giocarono a baciarsi in tre. Poi si sdraiò in poltrona a guardarle ballare tra loro. Mimavano figure di danza ma poi Dorothy avvinse Laura e aderirono l'una all'altra con volti arrossati e le mani intrecciate.

Durò a lungo quel ballo, Andrea per non farlo interrompere cambiava i dischi. Infine Laura sedette al pianoforte che stava in fondo alla stanza e suonò.

Suonò alcuni blues e uno dei preludi di Chopin. Alle quattro del mattino li spinse fuori. Due giorni dopo partirono tutti e tre per Napoli con l'aereo di Andrea.

I pioppi si inseguivano ordinatamente, uno dietro l'altro a intervalli regolari, senza mai raggiungersi. Spuntavano dalla nebbia, si avvicinavano diventando piú nitidi, si allontanavano sempre in corsa e poi un altro e un altro ancora in rapida teoria, ma senza che nessuna foglia e ramo si muovessero. Correvano immobili portando con loro il terreno gelato, le marcite, i casali con le finestre chiuse e buie, i binari che d'improvviso si biforcavano dividendosi per lunghi tratti per poi tornare a riunirsi e infine a separarsi per sempre, in fuga verso luoghi diversi e lontani.

Il treno sferragliò piú forte sul ponte; sotto, il fiume grigio scorreva pigramente trascinando qualche tronco strappato dagli argini ma sparí in un attimo inghiottito dalla nebbia. Anche i pioppi erano scomparsi e i casali, i solchi e i campi imbiancati dalla gelata: dietro il finestrino ora c'era soltanto una coltre di nebbia spessa e le lampade dello scompartimento che si riflettevano sul vetro.

Andrea guardò l'orologio, mancava ancora un'ora per Milano. Era arrivato in aereo a Bologna ma la pessima visibilità gli aveva impedito di proseguire se non in ferrovia. Era solo in quello scompartimento, senza poter fare altro che aspettare, aveva sperato di assopirsi ma era distratto da pensieri svagati e tuttavia vividi, pensieri a colori.

Ci fece caso e se ne stupí; di solito lui pensava in bianco e nero e sognava anche in bianco e nero le poche volte che i sogni gli restavano nella memoria al risveglio.

Cercò di concentrarsi su quello che avrebbe fatto la sera arrivando a Milano, aveva avvertito due dei soliti amici, aveva voglia di passar la serata con loro. L'indomani c'era la seduta settimanale del Consiglio della Sidera ma ormai le saltava spesso, George presiedeva e lui evitava di annoiarsi con i suoi direttori in doppiopetto. Era di passaggio a Londra il segretario di Stato americano, forse valeva la pena di incontrarlo se avesse avuto tempo per lui, poi sarebbe rimasto a Londra un paio di giorni.

Faceva programmi per le prossime quarantott'ore solo per ingannare il tempo e la noia di quel viaggio maledettamente lungo: da Napoli era partito al mattino mentre le ragazze dormivano ancora. Aveva lasciato un biglietto sul loro letto: «Il lavoro mi chiama, love».

Napoli, due giorni pieni di luoghi, odori, fetori, mare, carrozzelle, pesce, guappi, mezzane, indovini, guitti, scugnizzi. Le bombe dei Constellations avevano fatto coscienziosamente il loro lavoro, mezza città era ancora per terra, ma la gente era abituata, allegra, mariola.

La gente soprattutto recitava, una recita collettiva cui partecipavano tutti e in tutti i luoghi, perfino i Carabinieri e chi arrivava da fuori ne veniva subito coinvolto: come fai a restartene per conto tuo in una città che è un immenso palcoscenico dove si commercia, si ride, si piange, si ruba, si uccide, si fa l'amore, si canta sempre recitando, passandosi le battute, improvvisando gesti e parole, alternando fierezza, bugie e coraggio servile?

Dorothy era felice, niente a che fare con Berlino, Laura incantata e io, anch'io recitavo con le mie donne, col maître dell'albergo, col tassista, col venditore di limoni e con le ragazze che si offrivano agli angoli di Toledo.

Avevamo trovato soltanto due camere all'Excelsior e c'era stato un po' di imbarazzo su come dividerle ma io avevo tagliato corto tenendone una per me e loro due insieme nell'altra. Non volevo che una di loro dormisse da sola.

E poi mi piaceva immaginarle. Mentre si spogliavano parlando tra loro, scambiandosi le impressioni della giornata.

Sentivo le voci e le risate di là della parete e vedevo nella fantasia quei due corpi distesi uno accanto all'altro, le loro gambe le loro mani, le sentivo vicine piú che se fossi stato nel loro letto, forse sarebbe stata Dorothy a prendere l'iniziativa ma chissà, nessuna gelosia comunque, sono stato io a escludermi ma sto anch'io giocando con loro.

Al di là di quella parete il mare luccica di luci, le lampare al largo tra Capri e Punta Campanella, sono uscito sul balcone in mezzo a quella natura con dentro il piacere di desiderare il piacere, la loro finestra socchiusa, sono entrato mi stavano aspettando, i loro corpi morbidi e caldi li ho trovati nel buio.

Ma ora le voglio qui, da lontano la loro assenza è una puntura al cuore e gelosia per le carezze che si staranno scambiando, voglio che tornino domani stesso.

Il treno fischiò sbuffando fumo, con un alto stridore di freni. Già era calata la sera. La macchina lo aspettava ai piedi della gradinata della stazione.

La villa in cui viveva Viviane distava dieci chilometri da Chartres e una trentina da Parigi. In realtà non era una villa ma la dépendance d'un castello seicentesco, un tempo residenza dei La Rochefoucauld, poi passato ai de Guiche e infine ceduto a una compagnia alberghiera che ne aveva fatto un hotel per turisti di qualità.

La dépendance era circondata da sei ettari di parco e abbastanza lontana dalla residenza principale di cui si vedeva soltanto la torre tra le cime dei faggi e delle querce. Viviane ci abitava da una decina d'anni; aveva anche una casa a Parigi, un *hôtel particulier* in rue Monsieur Le Prince dove però andava di rado, un paio di mesi nel pieno dell'inverno e le sere in cui si tratteneva in città per qualche concerto o qualche cena con i pochi amici che frequentava.

Negli anni della guerra e dell'occupazione tedesca aveva fatto in tempo a rifugiarsi in Svizzera, ci aveva trascorso quattro anni tra Ginevra e l'Engadina: quattro anni in cui la sua casa ginevrina dentro le mura della città vecchia era stata un punto di raccolta di intellettuali, diplomatici, giovani di France Libre e della resistenza italiana; ma appena s'era finalmente spento l'orribile fragore delle armi, era tornata nella pace della sua campagna di Chartres, finalmente rassicurata sulla sorte di Andrea che in quegli anni di guerra era stato il suo pensiero costante e l'ansia di tutte le sue giornate.

Era invecchiata poco, Viviane, sebbene piú di trent'anni fossero passati dal giorno del matrimonio con Enrico

Grammonte e tante cose fossero accadute perché non lasciassero il segno. Era ancora una bella donna appena un po' appesantita nella figura, con molte rughe attorno agli occhi e alla bocca, ma il collo di cigno sembrava ancora di miracolosa porcellana e gli occhi attrattivi e seducenti come un tempo.

Si dice che gli occhi siano lo specchio dell'anima. Ebbene, non è vero: la gioia lo stupore la sofferenza non passano dagli occhi ma dalle pieghe del volto che si aggrottano nel dolore, si spianano nella quiete, si allargano nel sorriso; sono i muscoli del viso a trasmettere i moti dell'anima, gli occhi se li isolate dal resto non comunicano né l'ombra delle nuvole né la luce gioiosa del sole. Ma è vero che la mobilità dello sguardo, quel suo fissarsi su una persona, su un fiore, su una stella, e poi quel suo rapido o lento nascondersi dietro le palpebre, quel distogliersi e poi quel ritornare, quell'accennare a un varco o sbarrarne l'entrata, quelli sí, sono messaggi che gli occhi trasmettono e che altri occhi ricevono e decifrano senza fatica. E gli occhi di Viviane erano stati fin dalla sua prima adolescenza le frecce della sua seduzione, talvolta guidata e talvolta inconsapevole e tuttavia non meno intensa e penetrante.

Ebbene, nonostante l'anima fosse stata aggravata da molte tristezze e i covoni dell'estate non avessero piú la freschezza dell'erba appena colta nel campo, la seduzione che essi emanavano era la stessa di allora. E anche se la voglia di incantare si era attenuata col trascorrere degli anni, quella tuttavia era l'immagine che la natura aveva impresso su di lei e che il tempo non aveva cancellato.

Dopo la morte di Enrico aveva vissuto con Andrea nella casa di corso Garibaldi cercando di riprendere una vita sociale che la malattia di Filippo prima e poi l'improvvisa vedovanza avevano quasi del tutto interrotto. Ma sentiva come un peso sempre piú intollerabile il controllo del suocero che considerava Andrea come cosa propria, anzi dell'azienda, pretendeva di guidarne l'educazione e assegnava a Viviane il compito di eseguire le sue indicazioni annullando la sua personalità in quel ruolo di madre istitutrice e guardiana che – sembrava a lui – doveva essere pienamente gratificante ed esaustivo. Una regina madre, con gli onori e gli agi dovuti purché si mantenesse strettamente nei limiti imposti da una cosí delicata mansione. Solo che la vagheggiata regina madre era una giovane non ancora trentenne, bella, ricca, con una gran voglia di vivere e con le sue idee sull'educazione da dare al figlio.

C'era poi un altro motivo di disagio per Viviane oltre all'occhiuto controllo del suocero e ai litigi che ne derivavano, ed era il rapporto che aveva con Andrea: un rapporto esclusivo, senza sponde né mediazioni, il solo comunque in cui entrambi si riconoscessero interamente riversandovi tutto l'amore di cui erano colmi e che non aveva sbocchi alternativi.

Viviane percepiva come il legame che cosí strettamente la univa al figlio si andasse caricando di inclinazioni e tentazioni morbose; capiva che spettava a lei d'interromperle prima che il danno per Andrea diventasse irreparabile. Ma per rompere quella simbiosi e popolare lo spazio psicologico del ragazzo e il proprio con nuove figure era necessario un intervento esterno. Con la precipitazione irruente che era nella sua natura decise di mettere Andrea a mezzo collegio, dalle otto del mattino alle cinque del pomeriggio, scegliendo una scuola francese e confidando che Andrea, oltre a una buona istruzione, imparasse a vivere con coetanei uscendo dalla condizione di figlio unico in cui la sorte l'aveva confinato. Lei dal canto suo avrebbe acquistato una libertà di cui sentiva il bisogno e quella distanza dal figlio che riteneva salutare per tutti e due.

La mente veste di ragionevolezza le decisioni delle persone e crede che la volontà sia docilmente al suo servizio per attuarle. Nella egotistica contemplazione di sé in cui resta assorta per tutta la vita crede di potere governare il corpo, di signoreggiarne gli istinti conducendoli dove si è prefissata, e non vede – non può vedere – che non è lei a scegliere, non è lei a prefigurare scenari e orizzonti e soprattutto non è lei a scartare o cogliere le occasioni che il caso propone.

E fu il caso, che altro? a offrire a Viviane l'occasione che il suo corpo cercava, la compagnia di cui aveva bisogno, l'uomo che Enrico era stato, che Andrea non poteva certo essere e del quale ora, subito e non domani, aveva bisogno.

Lo incontrò a un ricevimento in casa Monforte, si chiamava Carlo Giuffrida e aveva tutto per piacere a una donna come Viviane: aviatore spericolato in guerra, scrittore, uomo d'avventura. Era appena tornato da Fiume con la testa ancora piena di infatuazioni dannunziane. Amava le donne da espugnare. Amava fervorosamente se stesso.

Quella sera stessa, dopo avere parlato insieme per due ore raccontandosi la vita, i sogni, i desideri, le malinconie, giocando con le parole e con gli occhi, si innamorarono perdutamente e se lo confessarono perché – si dissero – non potevano aspettare, non avevano il tempo per corteggiarsi, erano già entrati l'uno nella pelle dell'altra. – Ti cercavo da sempre – aveva detto lui in un soffio sporgendosi fin quasi a sfiorarle le labbra.

– Ti ho aspettato – rispose lei allo stesso modo.

– Siamo ridicoli – disse lui ritraendosi. – È vero – disse lei – tutti gli innamorati lo sono.

Naturalmente non passarono inosservati anche perché non avevano fatto nulla per nascondere il loro *coup de foudre*. L'indomani nell'alta società milanese non si parlava d'altro e dopo pochi giorni anche Fabrizio Grammonte ne fu dettagliatamente informato. Intanto Viviane e Carlo erano diventati amanti.

Ci fu un incontro tempestoso tra il suocero e la nuora; Viviane non negò nulla, anzi confermò con orgoglio e passione; Fabrizio ascoltò senza guardarla come se il solo vederla gli desse ripugnanza. Quando lei ebbe concluso la sua difesa in nome dell'amore, come un giudice emise la sentenza: – Te ne andrai immediatamente da Milano, non importa dove e non importa con chi; avrai tutto ciò che ti spetta del patrimonio di Enrico; firmerai una carta di rinuncia all'esercizio della patria potestà. Andrea verrà a stare qui con me. Potrai vederlo per tre giorni ogni mese. Credo che non ci sia altro da dire – fece una breve pausa e aggiunse: – Ti avevo accolto come una figlia – ma a Viviane sembrò una frase dovuta, uno stilema di burocrazia familiare.

– Non farò nulla di quanto mi chiedi.

– Puoi rifiutarti. Ti dico che cosa accadrà: ti citerò per condotta immorale, le prove ci sono tutte, lo sai; chiederò che ti venga tolta la patria potestà e conferita a me. Otterrò dal giudice quello che tu adesso rifiuti. Non credo che ti convenga. E non provare a fuggire portandoti dietro il bambino, ti sarà impedito, ho già previsto tutto. Perciò, non rendere inutilmente difficile una situazione già terribilmente incresciosa.

Viviane silenziosamente piangeva. Fabrizio le si avvicinò. – Credi che non capisca? Credi che non abbia avuto anche io le mie passioni e i miei desideri? Bisognava saperli dominare e tu non hai saputo, non te ne faccio una colpa – le sfiorò appena i capelli, lei continuava a piangere in silenzio senza singhiozzi. – Sarai protetta, chi entra in questa casa non ne esce piú, anche da lontano. Ti rifarai una vita, ma non qui, non con Andrea. Non c'è altro da fare né da dire. Spiega tu ad Andrea, trova tu il modo.

Tre giorni dopo Viviane partí per Parigi. Carlo la seguí poco dopo. Ad Andrea lei disse che suo padre era molto ammalato e che per qualche tempo avrebbe dovuto stargli accanto. Lui fu contento di tornare nel vecchio palazzo di famiglia con Alessandro di guardia al portone, ma capí che la mamma non sarebbe tornata, lo capí dai baci e dalle lacrime che gli dette quando lo sbarcò dalla carrozza piena di bagagli in piazza Belgioioso nelle mani delle tate e di Alessandro che aspettavano al portone. E capí che il muro di indifferenza col quale si proteggeva avrebbe d'ora in poi dovuto escludere anche la mamma che l'aveva tradito e abbandonato.

La casa di Chartres era preparata per riceverlo. L'ultima volta era stata nel '39, a guerra scoppiata da pochi giorni, con l'Italia ancora neutrale. In tutti quegli anni madre e figlio s'erano incontrati tante volte a Parigi, a Silva Plana, a Roma, a Firenze. E, di nascosto dal nonno, anche a Milano.

Erano stati incontri via via sempre meno emotivi: Andrea correva lungo la sua vita senza piú porsi domande, gettando al vento i fogli del suo calendario con la sovrana noncuranza di chi conosce soltanto l'intensa eternità degli attimi non curandosi di dare un senso alla loro sequenza.

Carlo se n'era andato con la stessa rapidità con cui era entrato nella vita di Viviane quando si era accorto, dopo qualche mese di convivenza, d'esserne ancora innamorato sí, ma non piú perdutamente. Glielo disse senza drammi, con grande affetto e dopo aver fatto ancora con passione l'amore con lei. – Potremmo continuare a stare insieme per anni, magari per tutta la vita, invecchiare insieme, non sarebbe dolcissimo? Ma io non lo sopporterei e tu neppure. Sei stata finora la mia religione; ora sei la mia bellissima amante e io lo stesso per te. Siamo scesi d'un gradino. Meglio chiudere prima di scenderne altri.

Sapevano tutti e due che quel momento sarebbe arrivato, arriva sempre per chi non sa riscaldarsi al calore delle braci e modella la sua vita solo sulle guizzanti figure della fiamma. Viviane per qualche giorno fece finta con se stessa di soffrirne ma in realtà si sentí liberata da quel gentile abbandono: era una creatura dell'aria, una farfalla sensibile e svagata tra gli odori e i colori del vento. Aveva esaurito tutte le sue lacrime per Filippo e per Andrea e adesso era stata restituita alla sua autentica natura.

Con la guerra le comunicazioni tra madre e figlio si interruppero ma la segretaria di Fabrizio la teneva al corrente. Seppe della ferita, del ritorno in Italia; seppe che era vivo e libero e infine fu lui stesso a chiamarla dopo la sua nomina a presidente della Sidera. Le promise che sarebbe andato a trovarla prestissimo ma passò ancora qualche mese. Infine un telegramma con la data dell'arrivo, 2 marzo del '46, non si incontravano da sette anni.

Lei era uscita di casa impaziente di vederlo, alitante tra gli alberi e i cespugli di camelie sparsi sotto la frescura d'un cielo di nuvole bianche naviganti a caso.

Lui la vide da lontano, le corse incontro, l'abbracciò sollevandola da terra in un gran girotondo mentre lei stringeva a sé la sua testa carezzandogli la nuca, il collo, le orecchie, baciando i capelli corti, tagliati alla militare. – Il mio bambino, il mio bambino – ripeteva non trovando altre parole per esprimere l'amore, il ricordo d'una stagione lontana, la zolla fertile di affetti e dolori da cui la radice dell'anima non si era mai separata.

Di colpo s'interruppe, lo allontanò nell'abbraccio domandando ansiosa: – Dov'è la ferita? Ti hanno ferito, dove? Dov'è? – E gli toccava le spalle, il petto, le braccia in cerca di quel foro da cui era entrata la palla assassina, d'una cicatrice, d'un segno che volesse esser risarcito e consolato dalle sue dita materne.

Lui rise allegro deponendola a terra. – Non c'è la ferita, è guarita da tanto tempo, sto bene non vedi? Sto bene.

– Dov'è? – continuava lei e volle che si aprisse la camicia per rassicurarsi che il suo bambino fosse di nuovo integro dopo tanto combattere tra gli spari e gli agguati della battaglia. Tenendosi per la vita entrarono in casa, si sedettero su un divano del salotto e lei cominciò a suonare il campanello d'argento perché qualcuno venisse a vedere il suo bambino guerriero, a ristorarlo, a fare festa con loro. – *Venez Mathilde, venez, regardez comme il est beau, il aura soif, il aura faim peut-être, qu'est-ce que tu veux? du champagne, du vin? Veux-tu manger quelque chose? Une tarte Tatin? Veux-tu une tasse de thé?* Il mio bambino – e di nuovo gli carezzava il viso guardando il suo miracolo di trent'anni prima.

Intanto erano entrate, chiamate dal campanello che lei scuoteva a festa, altre due cameriere devotamente esclamanti sugli stessi toni e le stesse esclamazioni di lei e il maggiordomo in giacca nera, silenzioso ma compreso anche lui dalla circostanza. Entrò Anna, la sua giovane *demoiselle de compagnie*, una bellezza indonesiana che sembrava uscita dal pennello di Gauguin. – Su abbraccialo – disse lei – te ne ho tanto parlato, abbraccialo –; lui sorrideva, la baciò sulla guancia vicino all'angolo della bocca, lei si ritrasse subito abbassando gli occhi ma guardandolo da sotto le palpebre ombreggiate di lunghe ciglia sulla pelle colore dell'ambra.

Mathilde aveva portato il tè, Viviane parlava a piccole frasi dirette all'una, all'altra, a lui, a tutti, frasi da nulla come il becchettare dei colombi di qua di là, per raccogliere le briciole sparse, briciole di parole che emanavano sentimenti, immagini d'un altro tempo ravvivate e richiamate agli occhi da quella presenza, da quel giovane uomo coi capelli alla militare e il segno dritto sulla fronte larga. Lei seguí col dito quel segno come tante volte aveva fatto quando era bambino e il segno spartiva la fronte della sua testina delicata, odorosa di seta e di nido.

L'accompagnò alla sua stanza. – Sarai stanco – disse. – No – rispose lui, ma aveva voglia di stare solo, pensare, dormire. – Riposati. Ci vediamo stasera per il pranzo –. Lui si stese sul letto con gli occhi aperti verso il soffitto.

Al centro, dentro un festone blu ornato di rose e foglie di rosa, due putti alla maniera di Boucher sporgevano le teste sorridenti da quella balconata fiorita. La luce del tramonto entrava dalla persiana accostata ma la sera sopravvenne d'improvviso e un'ombra soffice si diffuse, una protettiva coperta d'ombra oltre la quale i volti maliziosi dei due Cupidi ancora si intravedevano tra le rose del festone.

Si assopí, ma dopo poco aprí gli occhi; ora dalla persiana filtrava la luce dei lampioni accesi in giardino. Udí la voce della mamma e quella di altre due donne che parlavano con lei e il tempo corse all'indietro in un attimo e lui era felice di avere ritrovato quella lontananza cosí vicina, lontananza che stava dentro di lui, usciva da lui, era lí, era lui restituito a una vicinanza smisurata.

I Cupidi erano scomparsi, la luce del lampione attraverso la persiana proiettava ora una scala che attraversava tutto il soffitto e su per i gradini di quella scala passavano le ombre delle persone che muovendosi si interponevano tra la finestra e la luce, un punto al primo gradino, poi piú grande, piú grande finché scompariva oltre la parete per riapparire di nuovo, un punto, una figura e di nuovo piú nulla. Quel soffitto animato gli teneva compagnia insieme alle voci sommesse delle donne e al profumo di lavanda e di menta che saliva dal giardino. Si disse: «Sarebbe bello fermarsi». Ma poi pensò alla cena con la madre, a una serata in cui si doveva pur parlare di qualche cosa e non solo effondere i sentimenti in parole; pensò al giorno dopo ancora lí in quella casa, a raccontarsi il passato, riviverlo e banalizzarlo per legittima difesa e tutto gli divenne insopportabile e la noia passeggiò sulla scala proiettata sul soffitto dalla luce dei lampioni e lui la vide ingrandire e ingrandire.

Si promise che la mattina dopo sarebbe partito. Intanto si voltò sul fianco e si addormentò.

Dopo cena passarono in salotto. Lui si versò un Calvados, lei beveva whisky a piccoli sorsi, senza interruzione.
– Vuoi sentire un po' di musica? Che cosa?

– Quello che vuoi tu, sono tuo prigioniero –. Lo guardò sorpresa da quella parola. – Dolce prigionia – aggiunse lui – mi piacerebbe che fosse lunga.

Lei lo guardò ancora, erano diventati guardinghi, ora si studiavano. Lei pensò: «Quasi non lo conosco, non è piú il mio bambino, è cresciuto senza di me».

«È ancora bellissima» pensava lui guardandola come un uomo può guardare una donna, le lunghe gambe tornite, i fianchi larghi, il seno opulento e solido, e quel collo impennato verso l'alto.

Mise una ballata di Brahms. – Vedi molta gente a Parigi?

– Ci vado di rado. Preferisco invitare gli amici qui, la casa è grande, vengono con piacere. Qualche volta organizzo serate musicali, terzetti, quartetti, in campagna riesce meglio che in città; poi si discute, leggiamo ad alta voce...

– Leggete? Che cosa?

– Alcuni dei miei amici scrivono, talvolta leggono pagine che hanno appena scritto, qualcuno di loro si ferma qualche giorno per lavorare.

– Ma guarda, sarà piacevole.

– Infatti lo è.

– Chi sono?

– Non credo che tu li conosca. Qualche volta viene Jacques Prévert. Una volta è venuto Camus. La maggior parte sono giovani, adoro i giovani, le donne specialmente. Ce n'è una molto intelligente, giornalista, un'altra canta canzoni con una bellissima voce.

– Insomma un *salon* e tu l'ispiratrice.

– Ma che dici, io offro la casa e quel po' di spirito che m'è rimasto.

– Ti faranno tutti la corte.

– Che cosa vuoi sapere? È tanto che aspettavo il momento di raccontarti. Siamo passati attraverso una tempesta, forse ne siamo usciti ma la vita ci ha portato lontani, molto lontani. Bisogna ricominciare da capo, tutto deve essere chiaro. Tu ormai sei il capo dell'azienda e della famiglia.

Andrea si era irrigidito. Teneva stretto tra le mani il suo bicchiere da cognac come si stringono le mascelle quando le parole feriscono o allarmano segnalando pericolo. Guardava assorto davanti a sé.

– Ricordi il giorno della mia partenza da Milano?

Ci siamo, perdio ci siamo, dunque non si può farne a meno? pensò Andrea. Si alzò, domandò dello champagne gelato. – Il cognac mette sete – si scusò. Arrivò lo champagne. Lui giocò d'anticipo: – Come si chiamava quel signore che partí con te, Rolando mi pare –. La sua voce aveva assunto una intonazione volutamente mondana, volutamente distratta, a significare che a lui di quel discorso non importava niente, non lo interessava e neppure lo feriva, ma non voleva farlo, non voleva rivangare il passato. Se costretto, però, l'avrebbe ripercorso cosí, con quella voce e quella disposizione di spirito frivola, lontana da ogni dramma e da ogni evocazione.

Viviane capí il messaggio, anche lei aveva spirito, anzi piú ancora di lui. – Non si chiamava Rolando – rispose – ma che importanza ha? Sono fatti antichi, quasi non ce li ricordiamo piú e semmai li ricordiamo diversi da come probabilmente furono. Possiamo solo dire: la mia vita è andata cosí e cosí, un po' l'ho voluto io, un po' gli altri, un po' il caso. Inutile parlarne, dei fatti di allora non resta che cenere e vento.

Lui ascoltava, aveva chinato un poco la testa e allungato le gambe fissandosi la punta delle scarpe. – Hai ragione – disse – è andata cosí e cosí e c'è poco piú da dire. Ma tu non sei cambiata, sei sempre la mia mamma dolcissima e amorosa. Solo che adesso tocca a me proteggerti e lo farò. Ci dobbiamo vedere spesso, devi venire a Milano, non c'è ragione che tu non ci metta piede.

Lei si avvicinò, si sedette sul tappeto ai suoi piedi abbracciandogli le gambe. – Però – disse ad alta voce quello che poco prima aveva pensato – però io non ti conosco perché sei cresciuto lontano da me. Debbo riprendere confidenza col mio bambino che è diventato un uomo. Hai un amore? Conosci l'amore?

– Ah, mamma, lo vedi? Non sei invecchiata neppure d'un anno. Certo che conosco l'amore, anche se forse per me questa parola ha un significato diverso dal tuo. Ma insomma, sí, ho conosciuto molte donne, e alcune di loro mi sono piaciute, mi piacciono. Ma non è questo il pensiero e l'occupazione dominante della mia vita.

– Caro, lo so, ma la mia domanda era un'altra: se c'è stata una figura di donna che ha segnato la tua vita, questo ti ho chiesto.

– La mia mamma – rispose ridendo e aggiunse serio: – Lo sai che è la verità.

– Via, non vuoi rispondere?

Andrea aveva appoggiato la guancia sulla mano aperta, la guardò, le sorrise. – Sono stato tre anni a fare il guerriero, prima mi sono divertito con parecchie ragazze, e adesso...

– E adesso?

– Adesso, è vero, adesso ne ho conosciuta una che mi dà sensazioni diverse.

– Sentimenti?

– Sensazioni, mamma; forse anche sentimenti, è difficile dirlo, che cosa sono i sentimenti? Sensazioni. Insomma non sono bravo a parlare di queste cose, i sentimenti vanno sul sentimentale? Io non sono sentimentale.

– Portala qui, fammela conoscere. Sarà il mio modo per rientrare in confidenza con te.

Poi parlarono della Sidera, anzi parlò lui, voleva spiegarle i problemi e i progetti perché «anche tu sei proprietaria d'un pezzo», ma lei si annoiò subito. – Parto domani, debbo rientrare a Milano.

– A domattina allora – ma lui aveva ancora una cosa da dirle, da chiederle, che era lí, dietro la fronte, bussava, arrivava alla bocca, alla lingua, tornava indietro, si riaffacciava di nuovo, era stato cosí per tutta la sera ma a quel punto si sentí dire: – Hai notizie di Filippo?

– E tu? – rispose Viviane.

– Ho chiamato il direttore della clinica appena rientrato a Milano e ci sentiamo regolarmente, gli ho chiesto di farmi avere un rapporto alla fine d'ogni mese. Mi ha detto che si è abbastanza stabilizzato, fisicamente sta bene, mentalmente è una persona lesa ma insomma le furie d'un tempo sembrano definitivamente scomparse. Dice che forse dovrebbe vivere in una casa assistito, ma non piú in clinica.

– Io l'ho visto – disse Viviane.

– L'hai visto? Quando?

– Diverse volte, l'ultima è stata due mesi fa. Sí, le cose stanno come ti ha detto il direttore della clinica. Ma adesso no, non parliamone. Insomma, è come vedere un'anima prigioniera, non sai, è tremendo...

– Dalle parole e dai rapporti di quel medico non pareva...

– Per il medico è un paziente, per me è mio figlio, capisci? Mio figlio...

La voce le si ruppe. – Andrò a trovarlo anche io, poi decideremo. Ora andiamo a dormire. Voglio partire da Parigi alle undici e da qui, ieri sono arrivato in mezz'ora dall'aeroporto, mi muoverò alle dieci. Colazione alle nove, ti va?

Aveva parlato in fretta, una parola attaccata all'altra senza spazi, l'argomento Filippo era chiuso, inutile fermarcisi su, ma Viviane ci pensò a lungo, tirò fuori i vecchi album, sentiva un dolore sul cuore, una gola stretta, un sentimento, lei sapeva bene che cosa fossero i sentimenti, quelle vecchie foto del suo album, quei due piccoli vestiti da ometti in calzoni corti con le mani nelle mani di lei, lei ragazza con una treccia lunga fino a metà della schiena e ancora Filippo e Andrea che giocavano con un trenino su un gran circuito di binari-giocattolo, lei su un divano pieno di cuscini che li teneva sulle gambe, quadretto familiare, il nonno e il papà rigidi come due pali davanti alla macchina fotografica e Filippo che cercava d'arrampicarsi sulle gambe del padre, lei al pianoforte e i due bambini seduti con lei sulla panchetta del piano. Prima aveva detto «non resta che cenere e vento» e invece non era vero, restava quell'affetto, quel compatimento di sé e dei suoi ragazzi cosí cambiati da allora e cosí terribilmente diversi tra loro, restava la voglia struggente di resuscitare, quelle figure e quegli oggetti, quei luoghi, ritrovare quel tempo che invece era trascorso. Per sempre.

Con Andrea è finita, credo per sempre. È incapace di amare, incapace di abbandonarsi, di abbattere le difese dentro, nelle quali si è chiuso. Mi ha fatto una gran pena vederlo disperato quando gli ho detto che la nostra storia non aveva futuro e che mi ero decisa a mettere punto. Prima ha cercato di convincermi ma poi ha capito che parlavo sul serio. – Dio sa che cosa mi costa – gli ho detto – ma non ho scelta. Non sentirti in colpa, sei fatto cosí, io so anche perché sei fatto cosí, me l'hai raccontato tu stesso e quello che non m'hai detto l'ho capito guardandoti vivere: hai paura di bruciarti, le ferite che hai ricevuto sono ancora aperte, con me hai provato ma piú di cosí non puoi, non ce la fai. Perciò meglio chiudere, per tutti e due.

È rimasto paralizzato, non ha piú detto una parola né fatto un gesto. Stava lí in piedi in mezzo alla stanza a testa bassa con le mani intrecciate che si tormentavano ed era l'unico segno di vita che dava. Mi sono avvicinata, l'ho accarezzato, ho cercato di consolarlo, sentivo dentro di me una tenerezza infinita per quel povero ragazzo che non era riuscito a crescere in armonia, che aveva avuto tutto dalla vita, la ricchezza, la bellezza, il potere, salvo la capacità di amare che gli era stata confiscata e distrutta.

Gli ho anche detto quanto mi aveva cambiato l'incontro con lui. L'ho fatto sedere accanto a me e gli ho fatto un lungo racconto. Gli ho preso la mano mentre parlavo e gliel'ho tenuta stretta perché era quello che sentivo. Quando ci siamo incontrati, anche io ero chiusa come una noce, amavo solo me stessa, avevo anch'io le mie cicatrici e la paura di farmene altre. Ma mi sono innamorata di lui e rapida-

mente quella noce si è rotta e io ne sono uscita viva e palpitante.

L'ho amato al punto da assecondare ogni suo desiderio, anzi di prevenirlo quando avevo imparato a conoscerlo; ho fatto per lui le cose piú lontane dal mio modo d'essere; a un certo punto ho rischiato di essere plagiata da lui, mi sono impigliata nei suoi giochi e nel suo piacere, ho capito che continuando su quella strada avrei perso me stessa senza salvare lui né conquistare il suo amore.

– Per questo dobbiamo rompere – gli ho detto. – Siamo andati troppo avanti, le esperienze che ho fatto insieme a te sono state troppo intense per tornare indietro come se non fossero accadute. Tu lo puoi fare, tu hai giocato e continuerai a giocare con te stesso e con gli altri ai giochi piú diversi, il piacere, la gara, il potere. Per me è diverso. L'amore per te mi ha fatto uscire dalla mia tana, adesso so di essere una persona, so che gli altri sono persone e che mi sono necessari. Ti vorrò sempre un gran bene finché sarò viva.

Debbo confessare che mentre gli dicevo queste cose, del resto assolutamente sincere, ho sperato, sí l'ho sperato, che lui si aprisse, piangesse, insomma che avvenisse un miracolo, che anche la sua persona uscisse dall'involucro che la racchiudeva e la impediva e si mostrasse inerme, debole, insomma umana nella sua debolezza.

Invece non è accaduto. La sua mano tremava tra le mie, ma altro non è successo. Aveva gli occhi stretti stretti come se non tollerasse di vedere, che fosse ferito dal mondo, che la corazza che proteggeva la sua polpa stesse scricchiolando. Ma lui da dentro non forzava per uscire, aveva una paura folle di uscire.

A quel punto ho capito che lo stavo sottoponendo a un tormento inutile. Gli ripetei una frase che m'era rimasta impressa nella memoria: – Siamo arrivati da strade diverse a un ponticello, se avessimo fatto ancora pochi passi ci saremmo incontrati, invece siamo rimasti separati da quel ponticello e abbiamo ripreso ciascuno per conto proprio le nostre strade.

Lui si è alzato con grandissimo sforzo, proprio uno sforzo fisico, mi ha baciato la mano come gli hanno insegnato, era già rientrato nei suoi ruoli di sempre. M'ha detto – ma chissà perché – «a presto» ed è uscito.

Resterà nella mia vita, di questo sono sicura, ma non sarà la mia vita. Quella adesso me la dovrò costruire. Però ora so che ne sono capace.

Milano, marzo 1946

Sir William Robertson li ricevette con i riguardi dovuti ai rappresentanti di una grande impresa, antica cliente della Warburg Bank di cui era presidente. Sapeva che erano venuti a proporgli un'operazione audace, cosí l'aveva definita George Griffith fissando l'appuntamento al telefono, ma non sapeva quale, perciò era curioso di capire che cosa avevano in mente quei due della Sidera.

Aveva conosciuto parecchi anni prima il vecchio Grammonte e aveva stima di lui, aveva ben poco di un italiano, sembrava piuttosto un prussiano o uno scozzese testardo e questo gli era piaciuto. Del giovane nipote gli avevano parlato i suoi collaboratori definendolo brillante, ma con una certa sufficienza nel giudizio.

Quanto a lui, sir William era un eccentrico di quelli che ancora portavano l'orologio nel taschino del gilet e la catena d'oro pinzata nell'altro taschino; ma giudicava la Bank of England una vecchia signora incartapecorita e simpatizzava blandamente per i laburisti. In materia di moneta era francamente keynesiano, il suo club era il Reform in Pall Mall e il suo restaurant preferito Rules, dietro il Covent Garden.

La prese alla larga. – Allora siete diventati una repubblica. Che effetto fa? Cambierà molto l'Italia senza monarchia?

– Non credo, anche se è troppo presto per giudicare. L'unica vera forza da noi è la Chiesa. E l'America. Poi ci sono i comunisti, ma nonostante le apparenze sono abbastanza ragionevoli.

– Già – disse sir William soffiando il fumo azzurrognolo del suo Avana. – Comunque un presidente come Luigi Einaudi non vi farà certo rimpiangere i soldatini di Casa Savoia. Secondo me è un po' troppo conservatore in economia, ma insomma va bene, la lira ha già incassato fiducia sul mercato e ne avevate bisogno. Lei, Grammonte, ha ricevuto un'eredità difficile, è sempre arduo succedere a un grand'uomo e suo nonno è stato un grand'uomo, mi creda, l'ho conosciuto bene. Soprattutto un uomo di parola: quando prendeva una decisione era quella, quando assumeva un impegno lo rispettava. Una volta concluse con noi un contratto a termine di un milione di sterline, gli servivano per acquisti di carbone per i vostri forni, ma non c'era niente di scritto, tutto sulla parola. Pochi giorni dopo la sterlina perdette molti punti sul mercato ma lui pagò alla scadenza del contratto la cifra al cambio pattuito, senza fiatare. Ah, me lo ricordo bene Fabrizio Grammonte: come diciamo noi, aveva i coglioni quadrati. Ma sto parlando troppo, su, tocca a voi di dirmi qual è il vostro affare.

Si alzò si diresse verso uno stipetto, estrasse una bottiglia di Bourbon e tre bicchieri, li riempí e si dispose ad ascoltare.

– Noi pensiamo, sir William, che la Sidera debba articolare meglio il ventaglio delle sue attività ed estendere il suo raggio d'azione. L'acciaio è ancora un prodotto essenziale per lo sviluppo: nelle costruzioni, nell'automobile, nelle ferrovie, nell'industria delle armi, nel trasporto di petrolio, di gas, di acqua. Però vediamo anche i progressi delle materie plastiche. Quando le barriere della guerra sono cadute e abbiamo finalmente ripreso contatto con l'industria americana, ci siamo resi conto che in quel settore erano avanti a noi di almeno trent'anni nella tecnologia delle fibre e della plastica derivata dal petrolio.

Andrea parlava con sicurezza, semplificava senza smarrire la logica della sua argomentazione, Robertson aveva socchiuso gli occhi sotto le folte sopracciglia e annuiva continuando a buttare fuori il fumo del suo sigaro.

– Lei conosce certamente la Polimer, è un'impresa da dieci miliardi di sterline, sta rinnovando gli impianti, possiede un know-how eccellente e parecchi brevetti importanti, forse i soli che contano nell'industria italiana. Produce anche energia, un settore assai importante per la Sidera.

Gli occhi di sir William erano diventati due fessure, Griffith taceva sorseggiando il suo Bourbon. – Bene – continuò Andrea – l'azionariato della Polimer è disseminato tra quindicimila azionisti e la società è autocontrollata, l'otto per cento del capitale è posseduto da tre società-figlie che, a loro volta, sono possedute dalla società-madre con oltre il sessanta per cento del capitale. Praticamente i padroni della Polimer sono i suoi manager che senza avere investito un soldo controllano l'azienda.

– Da noi una situazione simile non sarebbe possibile, incroci azionari di queste dimensioni non sono permessi – interruppe sir William rialzandosi appena dallo schienale della poltrona su cui si era quasi sdraiato.

– Da noi invece si possono fare. Naturalmente col beneplacito delle banche che hanno in deposito i titoli dei piccoli azionisti.

– Naturalmente.

– Sir William, lei avrà già capito il problema: Sidera ha interesse ad assumere il controllo di Polimer. In un secondo momento vedremo se sarà utile arrivare a una fusione vera e propria tra le due società, per ora noi vogliamo il controllo.

– Perdio, è una bellissima idea, *dear Andrew*, bellissima idea. Sarebbe la prima scalata di queste dimensioni in Italia, mi pare –. Robertson s'era definitivamente sollevato dallo schienale della poltrona e aveva cominciato a schizzare quadrati e frecce su un foglio di carta disegnando lo schema dell'operazione. Alzò la testa fissando alternativamente Andrea e Griffith. – Vi ci vorrà, considerando le spese e un certo rialzo delle azioni Polimer, un miliardo e mezzo di sterline.

– Questa è la somma anche secondo noi – intervenne George.

– Si difenderanno – osservò Robertson.

– Non se ne debbono accorgere, gli acquisti debbono essere fatti con la massima gradualità e discrezione, navigando sott'acqua fino a quando non avremo in mano un pacco sufficiente per cambiare il management e utilizzare l'incrocio azionario a nostro favore.

– *I see* – mormorava sir William scarabocchiando il foglio di carta – *I see.*

– Perché abbiamo pensato alla Warburg? – disse Andrea rivolgendosi la domanda. Robertson lo fissò. – Già, perché Warburg?

– Anzitutto perché siete i piú bravi. Poi perché le banche italiane sono tutte piú o meno schierate con Polimer. Parlerebbero, mancherebbe la sorpresa che è essenziale per il buon esito dell'operazione.

– Eppoi abbiamo bisogno di crediti – aggiunse George. – Gli azionisti della Sidera, in pratica la famiglia Grammonte, hanno fatto pochi mesi fa uno sforzo notevole per finanziare un programma di totale rinnovamento degli impianti, perciò incontrerebbero qualche difficoltà a sostenere a breve distanza un secondo sforzo di rilievo.

– Vedo, vedo – bofonchiava l'uomo della Warburg. Adesso era venuto il momento per lui di fare il difficile per alzare il prezzo. – L'operazione è seducente e ben pensata. C'è una difficoltà: siamo molto impegnati in questo momento a sostenere forti aumenti di capitale ed emissioni obbligazionarie di grosse società inglesi: Imperial Chemical, il nuovo Ente elettrico nazionale, British Airways. Sapete, è per tutti il momento della ricostruzione e dei nuovi progetti – sorrise allargando le braccia come a dire: le cose stanno cosí, non posso farci niente.

– Capisco benissimo, sir William – disse Andrea. In quelle situazioni dava il meglio di sé, la sua cortese noncuranza, la capacità immediata di spiazzare l'interlocutore, il tutto giocato su un inglese oxoniano perfetto. – Capisco benissimo. Vuole studiare con tutto comodo l'operazione e poi farci sapere? – Gettò un'occhiata all'orologio. – George, mi accorgo che dovremmo già essere da Pearson. È un mio caro amico e poi, pensi, ci trovammo a combattere l'uno contro l'altro in Africa quattro anni fa.

– Ah, lei parla del giovane Pearson.

– Certo, il giovane, Charles –. Bluffava Andrea: con Charles Pearson doveva far colazione e c'era tutto il tempo, ma i Pearson erano una delle potenze finanziarie e bancarie di Londra e quel nome buttato lí svagatamente serviva a ricordare a Robertson che i Grammonte non erano dei *parvenus* nella City.

– Bene, Andrew, l'operazione ci interessa, è fuori di dubbio. E poi Warburg e Sidera hanno sempre lavorato insieme. Parliamo in concreto: garanzie e tempi di rimborso.

– George ha tutto nella sua borsa. Lascio lui a discutere i dettagli, io veramente debbo scappare via. Vedrà dal bilancio di Polimer che George ha con sé che hanno una liquidità di mille miliardi di lire. Se fossimo spregiudicati ci finanzieremmo con i loro soldi, un *leverage buy-out*, ma non lo faremo. Abbiamo soluzioni migliori e piú eticamente corrette. Ancora mi scuso. Noi, se necessario, possiamo rivederci domattina, nel pomeriggio parto per Roma.

Sir William s'era alzato scrollando dal suo gessato blu una nevicata di cenere caduta dal sigaro. Fece ancora una domanda mentre George stava tirando fuori dalla cartella i documenti sui quali avrebbero lavorato: – Non teme difficoltà politiche? Quelli della Polimer hanno molte aderenze, almeno cosí mi dicono.

– La sorpresa è essenziale. E poi adesso debbono pensare alla repubblica che esiste solo da un mese e va consolidata. Non hanno tempo da dedicare a Sidera e a Polimer. Anche per questo dobbiamo sbrigarci.

– Ci sbrigheremo, Andrea, ci sbrigheremo – lo accompagnò alla porta. – Notevole quel suo giovane presidente – disse a George rientrando nella stanza, – molto notevole, non credevo...

– Sí, non è come suo nonno, ma forse è meglio – disse George.

Comprarono azioni Polimer per tutta l'estate operando sott'acqua come aveva raccomandato Andrea. Per non destare sospetti disseminarono gli ordini d'acquisto tra decine di banche inglesi, svizzere, olandesi, francesi. Il titolo inevitabilmente cresceva un po', ma non molto.

Alla Polimer pensavano che investitori stranieri puntassero sui buoni programmi di sviluppo della società. Sir William, che era una volpe fina, fece anche arrivare segnali in questo senso e loro ci cascarono.

Alla fine di settembre la scalata era conclusa, la Sidera aveva in mano il quattordici per cento del capitale Polimer. Fu George a informare gli sconfitti, sbalorditi nell'apprendere che la loro società aveva ora un padrone.

Andrea aveva passato gran parte del tempo in barca a vela tra la Corsica e le Baleari divertendosi a seguire i progressi di quella scalata che avrebbe fatto della Sidera una grande potenza industriale italiana e quella piú preparata ad affrontare il futuro. Ma la rottura con Laura gli pesava ancora, specie nei primi due mesi. Poi, alla stretta finale della scalata Polimer, quel gioco lo prese interamente sbiadendo ogni altro pensiero e trasformandolo in reminiscenze lontane.

A ottobre fu insediato il nuovo management Polimer, di stretta osservanza grammontiana, ma i tecnici della società che erano di notevole valore furono tutti confermati e il presidente Agostino Lupi, definito da Andrea «un delizioso imbecille» per la gentilezza del tratto e la scarsezza di intelligenza, continuò a ricoprire la carica con sua immensa felicità.

Nei mesi successivi, sempre navigando sott'acqua, un consorzio di banche italiane ricollocò quasi interamente nel pubblico quel quattordici per cento di azioni acquistate tramite Warburg. La Sidera controllò Polimer attraverso lo stesso incrocio azionario ereditato dai precedenti amministratori e tutto tornò come prima, con la sola e non piccola differenza che l'impero Grammonte era ormai diventato veramente un impero.

Anche il divertimento era finito e Andrea sentiva risorgere dentro di sé l'ombra della noia dei giorni uguali, del gocciolio disperante del tempo. L'operazione Polimer, d'altra parte, aveva fortemente aumentato le incombenze di lavoro, c'era una quantità di grandi e piccole decisioni da prendere e George gli imponeva ritmi assolutamente insopportabili. Lui stesso del resto chiedeva rincalzi. – Tieni duro fino a Natale – gli disse Andrea – poi faremo arrivare i rinforzi – e partí per una specie di giro del mondo: in America per conoscere meglio la struttura dell'industria petrolchimica, in Giappone per studiare i progressi tecnologici che quel paese aveva compiuto nel campo della siderurgia integrale, passando poi per l'Indocina e l'India sulla via del ritorno. – Un po' di utile e molto di dilettevole – disse Andrea alla partenza sintetizzando il programma del viaggio. Giacomo Vieri e Bartolomeo Pozzo di Borgo, amici di molte avventure, partirono con lui.

Parte seconda

Milano Milano, la bella città

La grafia sulla busta era incerta e chiara, come quella dei bambini e dei contadini. C'era scritto: «Per il Signor Tenente Andrea Grammonte Piazza Belgioioso Milano con preghiera di inoltro dovunque si trova». La lettera aveva fatto un lungo giro e infine era stata recapitata all'ufficio di presidenza della Sidera in Foro Buonaparte. La segreteria l'aveva aperta e messa tra la corrispondenza che il presidente doveva leggere. Veniva da Stefanacoli, provincia di Catanzaro. Era rimasta per parecchi giorni sotto un pacco di corrispondenza catalogata «personale - non urgente». E finalmente arrivò tra le mani di Andrea incuriosito da quell'indirizzo e da quella incerta grafia.

Il testo diceva cosí:

Carissimo Signor Tenente, forse vi ricordate che sono Zaccaria Michele e stavo con voi sulla camionetta quando attaccavamo gli inglesi nel deserto di el Daba. Io guidavo e poi saltammo per aria e lei fu ferito e poi eravamo ancora insieme quando lei consegnò la bandiera del battaglione al generale. Non ho saputo piú niente di voi e sono passati nove anni da quei fatti. Io sto bene e cosí spero sia di voi.

Intanto tornai al mio paese di Stefanacoli in provincia di Catanzaro ma io sto precisamente nella località Zumbino dove sono colono su un fondo che si chiama Alfiere primo, mio padre è colono nel fondo Alfiere secondo. Mi sposai con una ragazza di un paese vicino che è Sant'Onofrio, vi mando la fotografia con i due figli che sono una gioventú di bellezza.

Qui si vive molto male perché la terra è magra e l'acqua è poca l'olio lo pagano poche lire e gli aranci non sono buoni da mangiare e li comprano per fare essenza e se ti ammali non c'è assistenza.

Tanti amici miei sono partiti per Milano e hanno trovato il lavoro ma adesso mi dicono che è diventato piú difficile e che ci vuole qualche maniglia. Cosí ho pensato che se ancora vi trovavo mi potevate dare una mano per questo lavoro che vorrei fare a Milano e sono sicuro che mi aiutate se potete. Io posso fare tutte cose e sono persona onesta come voi lo sapete.

Altro non dico e sempre mi ricordo di voi. Statevi bene pronta risposta il vostro sempre affezionatissimo Zaccaria Michele.

Ci aveva passato insieme solo qualche ora della sua vita nel deserto marmarico tra Himeimet ed el Daba, ma dopo avere letto quelle poche righe storte l'immagine di Zaccaria Michele gli riapparve nitida nella memoria: un giovane bruno, piuttosto alto, la corporatura d'un atleta greco, di quelli raffigurati mentre lanciano il disco o il giavellotto, una faccia intelligente e aperta al sorriso. In quelle ore di corse e di battaglie era stato il suo cane fedele, la stampella che l'aveva sorretto quando era stato colpito al braccio e alla spalla e gli aveva fermato il sangue stringendogli sopra il gomito la stringa dello scarpone fino a farlo gridare. Certo che glielo avrebbe trovato il lavoro che chiedeva.

Zaccaria fu convocato per un colloquio, fece buona impressione al capo del personale e al direttore della fonderia di Agrate, fu assunto a cominciare dal primo giorno del mese successivo come apprendista e se ne tornò a Stefanacoli, località Zumbino, nella casa di mattoni e frasche dove viveva con la moglie e i due figli in mezzo agli aranci e agli ulivi nel fondo Alfiere primo in attesa che arrivasse l'ora della partenza definitiva.

Partivano a frotte affollando le terze classi di treni sgangherati che risalivano lo stivale da varie direzioni, la costiera tirrenica, quella ionica per Sibari e Metaponto e poi l'adriatica, le valli del Tavoliere e di Terra di Lavoro, il Salento, le Murge, mentre il ferribotte scaricava sei volte al giorno il suo carico di vite e speranze sulle banchine dello Stretto. Poi tutte quelle colonne di vagoni sferraglianti si unificavano a Roma, a Genova, a Bologna, dove molti arrivavano a destino ma i piú proseguivano per Torino, Milano e per i paesi e le «coree» delle cinture metropolitane.

Negli scompartimenti stagnava l'odore greve dei fiati della notte e insieme quello del tabacco forte, del provolone tagliato a fette dalle grosse forme tonde coi coltelli a serramanico buoni per innestare castagni e pruni selvatici, intagliare i giunchi dei canestri e spellare i conigli e le galline dei pollai.

Parlavano i loro dialetti che erano lingue, con grammatiche proprie e proprie sintassi, i verbi in fondo al periodo, i racconti sempre declinati al tempo remoto, fossero pure i fatti accaduti un'ora prima, le frasi scandite sulla metrica dell'esametro o del dattilo se la passione e l'ira erompevano imbizzarrite. E raccontavano le loro gesta: le cacciate al cinghiale nei boschi dell'Aspromonte o le partite d'una intera notte a padrone e sottopadrone quando le carte e il vino montavano insieme alla testa e le parole dopo la terza bevuta eccitavano il perdente come le banderille infuriano i tori e li preparano alla corrida.

I compagni di viaggio ascoltavano come un coro muto e annuente aspettando il loro turno per farsi avanti a parlare e quei vagoni carichi di umanità pezzente diventavano teatri di un'epica tessuta di favole e di fierezza contadina.

Infine la corsa finiva nella nebbia delle stazioni, nella folla e nel traffico di città sconosciute, eldoradi anonimi e malcerti, cantine umide e soffitte gelate, caporali esosi e brutali, smisurate lontananze dalle famiglie d'origine, linguaggi ignoti e una pena, una timidezza, una solitudine accorata, la voglia di tornare indietro e insieme la smania di misurarsi col mondo e di conquistarselo a forza di braccia, di cuore e di cervello, loro che per secoli avevano mangiato terra, cetrioli, e pipi vrucenti ma erano parenti stretti di san Nicola di san Michele di santa Rosalia che una volta l'anno venivano a visitarli in processione coperti di carta stagnola col Bambino di cartapesta in braccio e il suono a festa delle campane.

– S'indiio Nuzza mia, s'indiio meschina, nun fici rumore, nu suspiru lungo lungo, io mi votai dintr'o letto e già l'anima sua s'era assettata in paradiso e n'di benedice a tutti –. Il vecchio Peppe Zaccaria scuoteva la testa con un tremito ininterrotto senza lacrime seduto accanto al letto dov'era disteso il corpo della moglie Annunziata col vestito della festa, le mani sul petto intrecciate alla corona del rosario, il viso affilato, i capelli grigi spartiti in due bande, lo scialle di maglia nera sulle spalle.

Intorno al letto di ferro le donne di casa, figlie, nuore, nipoti, avevano cominciato sommessamente il ploro guidate dalla figlia maggiore Antonia, che ai piedi del letto salmodiava un lamento piú alto e piú distinto cui le altre rispondevano in coro, una nenia su due note ripetute senza singhiozzi né consolazione.

– Matri tu n'di facisti e n'di criscisti, n'd'imparasti tutte cose che la fimmina deve sapere, n'di maritasti eppoi t'indi jisti meschini noi senza tia, meschino lu patri e Micheluzzo che domani sin'di vaci – cantava Antonia accompagnata dalla cantilena del coro e «mischino lu patri» ripeteva il coro «e meschini senza tia» e il ploro cresceva di tono e ora non era piú un mormorio ma una commiserazione a voci spiegate.

Antonia cominciò a battersi i pugni sul petto e tutte si batterono e il canto cresceva inframmezzato da grida alte e isolate, poi gridarono tutte con voci non piú unite ma discordi, ciascuna cantando le lodi della morta commiserando se stessa e raccomandando l'anima di matrima alla Vergine dei sette dolori e delle sette spade.

A quel punto Antonia con un altissimo strillo ficcò le unghie nella pelle delle guance e cominciò a scipparsi, alcune si scipparono come lei e il ploro si accordò su toni altissimi interrotti quando mancava il respiro e le altre intervenivano per non lasciare lacuna al pianto mentre il vecchio Peppe continuava a scuotere la testa con gli occhi azzurri e stonati in un volto sepolto di rughe ripetendo in litania «s'indiiu Nuzza mia senza rumore s'indiiu».

Michele guardava fermo sulla porta col profilo del falco, i capelli e gli occhi scuri ereditati dalla madre. Dietro di lui gli uomini della casa vestiti di nero, la camicia bianca abbottonata al collo, la lunga tavola apparecchiata coi cibi del riconsolo. Sul portone di casa avevano inchiodato di traverso una banda di crespo nero in segno di lutto e lí sarebbe rimasta ingrigendo sotto il sole il vento la pioggia a testimoniare un'assenza fino a quando, ridotta a brandelli, non sarebbe caduta da sola.

Su tutte le porte di Zumbino ma anche a Stefanacoli, a Sant'Onofrio, e nei paesi tra i boschi delle Serre, il corso dell'Angitola e il mare quelle strisce nere segnalavano che un corpo era stato interrato e un'anima era volata via dalla finestra o attraverso i muri e ora vagava tra le nuvole del cielo portando con sé i volti e la memoria della vita in attesa di ricongiungersi, di raccontare e di essere raccontata, perché questo è il paradiso, un racconto infinito senza piú la fretta e la fatica del vivere, senza gelosia né passioni e ira, ma gioia di raccontare la vita e riviverla in mezzo agli angeli con le trombe, parenti e amici a far corona, i torti cancellati, le ingiustizie riparate, san Nicola, san Michele e santa Rosalia con vesti d'oro e d'argento e sopra di tutti il manto azzurro di Maria col cuore di Gesú in una mano e il mappamondo sormontato da una piccola croce nell'altra e sopra sopra nell'alto dei cieli una luce abbagliante che si sente ma non si può guardare e una musica solenne come quella della banda del paese che va in processione accompagnando il Santissimo sotto il baldacchino e tutti si segnano inginocchiandosi al suo passaggio.

Michele guardava il viso della madre color della cera, le ossa di quel corpo consunto che spuntavano da sotto il vestito, un piccolo scheletro vestito di pelle e di stoffa. Quello scheletro l'aveva portato dentro di sé, di lí era uscito, adesso era una povera cosa morta, lui invece era vivo la morte non lo riguardava, non l'aveva toccato nemmeno nel deserto di el Daba quando le bombe gli scoppiavano intorno le schegge colpivano in tutte le direzioni e gli altri cadevano feriti a morte ma lui no, la morte non era cosa per lui forse tra tanti anni quando sarà vecchio, vecchissimo non come u patri chi non si ricorda di nente e nun sapi chiú parlare ma molto piú vecchio ancora, forse una sera dopo avere raccontato intorno al braciere le sue storie si coricherà e appena chiusi gli occhi li riaprirà seduto vicino alla madre giovane con la treccia dei capelli neri lunga fino alla vita e Antonia accanto a lei bella come il sole che nessuno deve alzare gli occhi su di lei e lui vecchio vecchissimo ma di nuovo forte e giovane come adesso e con lui Saveria col seno bianco e morbido come la giuncata e san Michele sorride e benedice, questo è il paradiso la morte è solo per gli altri.

Il ploro delle donne è finito, «Antonia, Saveria, consatevi a faccia» e si asciugano il sangue delle guance scippate con panni di tela fresca intrisi d'oghiu e tutti mangiano il riconsolo nella stanza accanto e le donne del paese con i loro uomini arrivano con fiori per la morta e piccoli doni per i parenti e tocca a Michele di accogliere comari e cumpari che sfilano davanti a quel letto segnandosi in lento corteo e di nuovo risuonano pianti sommessi e racconti.

Infine la casa si vuota e restano soltanto Michele con Saveria e Antonia con Vicenzo, il marito, che stanotte dormiranno tutti qui.

Michele prepara il bagaglio per il viaggio, Saveria lo guarda imbronciata. – Io vengo presto, ca senza tia nun pozzu stari. – Verrai presto Saveruzza, nun te n'incarricare, verrai presto –. Lui pensa a Milano che conosce solo la stazione e poi la fabbrica di Agrate e chissà se poi finalmente vedrà il padrone signor Tenente e che gli capiterà a Milano. Ha sentito nel treno quando è andato per il colloquio che cantavano un ritornello e dicevano «Milano Milano la bella città si mangia si beve e bene si sta» ma lui sa che le cose lassú vanno in un altro modo e il lavoro nella fonderia sarà duro. Però è lavoro sicuro e lui è anche amico del padrone, gli ha quasi salvato la vita, insomma non proprio ma quasi sí.

Alle undici della sera tutti dormivano in quella casa di Zumbino frazione di Stefanacoli, provincia di Catanzaro. Qualche cane abbaiava e qualche altro gli rispondeva.

Peppe Zaccaria, seduto sulla soglia accanto al letto della morta, s'era addormentato con la testa curvata sul petto russando a lunghi respiri, ogni tanto si svegliava soprassaltando e meccanicamente ripeteva s'indiiu, s'indiiu.

Nessuno avrebbe mai pensato che quella casa immobile, quelle persone addormentate, la morta stesa sul letto, Zumbino e tutta la terra intorno fino all'America e oltre e oltre stessero girando a grandissima velocità intorno al sole e tutte le stelle i mondi le galassie ruotassero con loro in un moto vorticoso che sorreggeva la materia scagliata nello spazio.

– Chi u sape sippure u Paradiso gira cu nuantri – pensò Michele che era andato a scuola fino alla licenza elementare ed era istruito. Poi chiuse gli occhi, si girò sul fianco, gli apparve la scritta luminosa. – Milano Centrale – che aveva visto arrivando alla stazione e dormí fino a quando fu il sole già alto a svegliarlo dalla finestra.

Cera un odore un po' nauseante di fiori, Antonia e Saveria preparavano il caffè, il funerale tra un'ora, il diretto per Napoli-Roma-Milano alle cinque del pomeriggio. Vide arrivare la suocera con i due bambini per mano. Chissà che cosa pensavano del padre che andava cosí lontano. Partenze, ritorni, ripartenze, che cazzo di vita e però che gioventú di bellezza a conoscere il mondo, Milano Milano la bella città.

Mario Castaldi era soddisfatto di sé, molto soddisfatto. Era appena uscito dalla vasca da bagno e ora si preparava alla cena in suo onore organizzata dall'amica Donatella Brizzi nella sua bella casa in via dei Giardini. Si festeggiava la sua nomina a consigliere delegato della Polimer avvenuta proprio quella mattina, 16 ottobre 1961, un giorno da segnare *albo lapillo* nel calendario.

Aveva impiegato dieci anni tondi per conquistarsi quella posizione e non erano stati anni facili: un lavoro duro, difficoltà in azienda, rapporti complicati con Griffith, il carattere di Andrea Grammonte, capriccioso e volubile padrone, un sindacato operaio molto aggressivo, un mercato in rapida trasformazione, una situazione politica incerta e ostile.

Eppure Castaldi la sua strada se l'era costruita pezzo per pezzo nonostante questi ostacoli, anzi utilizzandoli come altrettanti gradini nella scalata verso il successo. Il lavoro duro non l'aveva mai spaventato, lui era uno stakanovista senza rivali, preciso, testardo, bugiardo, simpatico, creativo. «Testa di ferro» l'avevano soprannominato, un po' per la massa di capelli ribelli al pettine e alla spazzola e un po' per la caparbia volontà con cui perseguiva e realizzava gli obiettivi che si poneva.

Gli scontri col sindacato erano stati epici, agitazioni, scioperi, forme di lotta inusitate come la sospensione del lavoro a scacchiera che immobilizzava i centri nevralgici delle fabbriche col minor sacrificio salariale per gli operai. Castaldi rispondeva con la serrata chiudendo gli stabilimenti e massimizzando l'onere per tutti i dipendenti. C'erano stati giorni caldissimi, spaccature in azienda, cortei operai in città e scontri con la polizia, ma alla fine il sindacato ne era uscito con le ossa rotte: agli ultimi scioperi aveva partecipato non piú del venti per cento degli operai e non piú del cinque per cento degli impiegati; la resistenza sindacale era stata spezzata.

Con Andrea era stato difficile: con quell'aria *déguisée*, quel tono di aristocratica ironia, quell'altezzosità nei confronti di tutti, anche se velata dalla condiscendenza e dalla cordialità, e soprattutto con quella diffidenza invincibile verso le persone, anche se gli avevano dato ripetute prove di fedeltà, sedurlo e conquistarne la fiducia era un'impresa quasi disperata.

E poi c'era Griffith, il solo cui Andrea avesse rilasciato una sorta di delega in bianco a rappresentarlo; in quel caso a favore di George aveva giocato la sua condizione di americano che agli occhi di Andrea rappresentava una credenziale e un titolo di merito oggettivi.

Castaldi era entrato nella Sidera alle dipendenze dirette di Griffith, era lui che l'aveva scelto per le buone prove che aveva dato alla Petrosud, un'azienda pubblica che deteneva il monopolio della ricerca e della distribuzione del gas metano; era lui che gli aveva affidato compiti sempre piú delicati fino a farne il suo numero due. Mario gli era riconoscente ma questo sentimento conviveva con l'ambizione d'essere lui e lui soltanto a rappresentare la proprietà e a gestire l'azienda, senza nessuno sulla sua testa che non fosse il presidente, sovrano per diritto di nascita. Alla fine l'ambizione l'aveva avuta vinta sulla riconoscenza, come è nella natura umana, e Mario – questo era stato il suo capolavoro – era riuscito a convincere proprio George ad abdicare in suo favore a gran parte dei suoi poteri.

Andrea aveva assistito con divertimento a quella scalata, condotta con consumata sapienza; in fondo Castaldi si batteva per essergli piú vicino, l'obiettivo di quella scalata era la sua fiducia e questo lo lusingava; ma poi gli interessava studiare fino a che punto potesse spingersi la passione per il potere e come le risorse dell'intelligenza, e soprattutto della furbizia, lavorassero al servizio di quella passione. Ne aveva seguito le fasi e non era intervenuto se non alla fine, quando George gli aveva comunicato il desiderio di assumere una posizione meno impegnata e meno operativa in un'azienda diventata ormai troppo grande e complessa per essere affidata a una sola persona.

Solo a quel punto Andrea aveva deciso di esercitare i suoi poteri, che dovevano di tanto in tanto essere esibiti per ricordare a tutti, dentro e fuori dell'azienda, chi era il padrone: Castaldi sarebbe stato il consigliere delegato della Polimer, che era ormai l'*asset* piú importante del gruppo, la chimica e l'elettricità; Griffith sarebbe rimasto al vertice della Sidera nel cui portafoglio c'era il pacco azionario di controllo della Polimer, e lui, Andrea, presidente di entrambe, avrebbe avuto sotto di sé due primi ministri invece di uno, con territori e competenze ben definiti al riparo da duplicazioni e gelosie.

Al riparo? Per un certo tempo certamente perché il boccone ottenuto da Castaldi era grosso e richiedeva una lunga digestione. Poi il futuro avrebbe disposto di nuovo le carte, ma chi può scommettere sul futuro? A chi interessa il futuro? Non certo ad Andrea, che si era da sempre attenuto alla regola di vivere soltanto il presente, senza memoria del passato e senza programmi per l'avvenire. Cosí vivono gli dèi nella loro innata onnipotenza sempre uguale a se stessa, che non ha conosciuto albe e non conoscerà tramonti, e cosí viveva Andrea Grammonte, che sapeva poco degli dèi ma sentiva al loro stesso modo.

Ora era arrivato il giorno della nomina e Mario Castaldi festeggiava. Avrebbe potuto ottenere di piú? Ma no, era contento cosí, tutto era filato liscio e senza rotture, aveva perfino potuto permettersi il lusso di rifiutare la carica che George gli offriva per poi cedere alle sue insistenze. E poi George aveva quindici anni piú di lui e piú di Andrea, il tempo e l'anagrafe erano dalla loro, il carattere di Griffith, alieno dalle dispute e dalle rivalità, anche; dunque perché affannarsi a cogliere un frutto che sarebbe caduto senza sforzo nelle sue mani?

Si guardò allo specchio, non era bello ma si piaceva; aveva messo un po' di pancia e qualche rotolo di grasso di troppo ma le donne se lo contendevano perché sprizzava vitalità, allegria e potere da tutti i pori ed era quello il fascino che certi uomini spandono su certe donne. Non su tutte, ma agli uomini come lui piacevano solo le donne che sono sedotte da quel fascino, le altre non fanno parte per loro scelta o per loro incapacità di quella partita e perciò chi se ne frega – pensò Mario – spruzzandosi sulla faccia un profumo sottile e virile – proprio chi se ne frega; senza dire che se soltanto si avesse tempo e voglia anche le smorfiose, le misteriose, le schizzinose finirebbero col cedere.

Scelse una flanella scura, camicia rosa e una cravatta con disegni futuristi e colori sgargianti: stasera è festa e basta con le cravatte d'ordinanza. Donatella, pensò mentre s'infilava il soprabito e si annodava una sciarpa di seta bianca, è invecchiata ma invita amiche attraenti e non ne è affatto gelosa, anzi.

Si sorrise compiaciuto. Sí, era molto soddisfatto di sé, Mario Castaldi. Non dubitava che presto l'Italia sarebbe stata ai suoi piedi, Milano lo era già, non era un buon inizio?

Le notizie che arrivavano da Roma erano pessime e l'Associazione degli imprenditori lombardi aveva convocato d'urgenza il Comitato direttivo per decidere una risposta efficace. Griffith e Castaldi avevano telefonato a un paio di ministri e uomini politici amici per saperne di piú ed erano ora dal presidente per esaminare la situazione: il governo presieduto da Fanfani si stava orientando verso la nazionalizzazione dell'industria elettrica e l'abolizione del segreto bancario, il Partito socialista, che per la prima volta era entrato a far parte della maggioranza, poneva queste condizioni per continuare a sostenere il Ministero e, come se non bastasse, chiedeva anche la tassazione dei dividendi azionari, la nominatività dei titoli e una legge di nazionalizzazione dei suoli edificabili.

In pratica, disse Castaldi, è una spallata contro la proprietà privata. L'allarme era fortissimo e la risposta doveva essere di pari forza. – Presidente, questa volta si gioca tutto e noi siamo direttamente in ballo: metà delle attività della Polimer è concentrata nella produzione di energia elettrica e i quattro quinti dell'acciaio prodotto dalla Sidera si fanno al forno elettrico. Se nazionalizzano l'energia ci troveremo – mi scusi – col culo per terra.

– Mario ha ragione – aggiunse Griffith – ma è l'intero programma del governo che contiene una carica esplosiva; non è solo un settore dell'industria a essere minacciato ma tutto il sistema, dalle banche alla Borsa, all'industria delle costruzioni. E noi che abbiamo appoggiato quasi da soli l'ingresso dei socialisti nella maggioranza adesso veniamo guardati dai nostri colleghi come degli imbecilli o dei traditori. In realtà come, come dite voi?

– Come dei fessi – suggerí Castaldi.

– Ecco appunto, dei fessi, quanto di peggio per chi fa il nostro mestiere.

– Pensi anche ai suoi interessi personali e familiari, Andrea: se passa la nominatività delle azioni e l'abolizione del segreto bancario la famiglia prenderà una mazzata storica. Già vedo gli strilli dei suoi zii e dei suoi cugini e questa volta avranno piena ragione di strillare. Mai come adesso dobbiamo essere compatti.

Andrea aveva ascoltato senza parlare. – A che ora la riunione all'Associazione? – chiese con il tono gelido che gli conoscevano quando non voleva prendere posizione ma sapeva che spettava a lui soltanto decidere la linea dell'azienda.

– Alle quattro – rispose George. – Tu verrai?

– Abbiamo tempo, ci voglio pensare, George, e poi i programmi sono una cosa, metterli in atto un'altra, non mi sembrano fatti imminenti; si aprirà un dibattito in Parlamento e sulla stampa, la Democrazia cristiana si dividerà come sempre. Secondo lei, Castaldi, quanto durerà il dibattito prima che si arrivi a provvedimenti concreti?

– Secondo me, presidente, stavolta andranno in fretta, i socialisti vogliono entrare nel governo, queste riforme vogliono essere loro a farle. Fanfani teme d'essere scavalcato a sinistra dai suoi concorrenti e quindi anche lui stringe i tempi.

– Sí, ma una svolta di queste proporzioni non si improvvisa. Quanto tempo?

– Secondo me abbiamo sei mesi.

– Sbaglia Castaldi, ci vorrà almeno un anno.

– Se riusciremo a tenere vivo il dibattito e portarlo nel paese, nella pubblica opinione – intervenne George. – In America proposte del genere spazzerebbero via qualunque amministrazione, impensabili, sarebbero impensabili.

– Ci sarà una reazione fortissima anche qui, la borghesia italiana non può sopportare un assalto contro di lei di queste proporzioni.

– La borghesia, Castaldi? Ma via, la borghesia italiana è fatta di impiegati, che cosa vuole che gliene importi? Gli azionisti sono pochissimi, la situazione da questo punto di vista non è minimamente paragonabile a quella americana.

– Ma c'è una quantità di piccole imprese, quella è la borghesia vera, produttiva.

– Ha ragione Castaldi, ma a quelli dell'energia elettrica nazionalizzata o privata non gliene frega niente, come dice lei, non fanno che lamentarsi perché le tariffe sono troppo alte. Insomma ci voglio pensare.

– Verrai al Comitato?

– Credo di no, voi del resto rappresentate l'azienda al piú alto livello.

– In questo caso è diverso, ingegnere: qui c'è da prendere una decisione politica che investe direttamente la proprietà.

– Vediamoci qui alle tre. Intanto cerchiamo di saperne di piú, farò anch'io qualche telefonata, grazie, a piú tardi.

Fece colazione da solo, il che gli accadeva di rado. Voleva pensare, pensare al futuro. Anche questo gli capitava assai raramente ma stavolta era in gioco l'azienda, non la sua sorte personale. Fosse stato solo per lui, che l'energia elettrica fosse nazionalizzata e i suoli edificabili espropriati gli importava assai poco: la sua fortuna personale era al sicuro da tempo ed era tra le maggiori del paese. Il futuro dell'industria non era l'acciaio e neppure l'elettricità ma la chimica, la farmaceutica e forse, piú in là, le comunicazioni. Certo il programma del governo dimostrava un massimalismo infantile, bisognava limitarlo e correggerlo senza pigliarlo di petto. La produzione di energia elettrica della Polimer, del resto, non era destinata alla vendita ma all'autoconsumo e forse era possibile escludere l'autoproduzione dal programma di nazionalizzazione.

Passò nello studio, si versò un dito di Porto e fece chiamare al telefono Raffaele Tibaldi, il banchiere di famiglia, che considerava uno dei cervelli piú lucidi e un consigliere prezioso, soprattutto quando gli affari incrociavano la politica.

Tibaldi guidava la Banca Generale di Credito, l'istituto piú prestigioso del sistema; aveva rapporti strettissimi con la Banca d'Italia, la Deutsche Bank, la Paribas, il Banco Exterior de España, i Frères Lazard, la Chase Manhattan, in un intrico reciproco di partecipazioni azionarie. Per di piú era amico personale di alcune tra le figure di spicco della politica nazionale, di molti intellettuali, economisti, poeti e scrittori.

Andrea lo aveva in grande simpatia, era stato amico di suo nonno e trattava lui come un proprio nipote adottivo. Che ne pensava delle notizie che arrivavano da Roma?

– So che quegli imbecilli dell'Associazione lombarda vorrebbero rispondere a cannonate.

– Anch'io l'ho sentito dire.

– I tuoi colleghi industriali, mio caro, sono delle luminose teste di cazzo, sono sempre stati cosí fin dai tempi di Bava-Beccaris e poi di Salandra e di Mussolini. Tuo nonno la pensava come me, qualche milione al duce dei miei coglioni lo dette anche lui, ma quando i giochi erano già fatti, infatti non fu mai nelle grazie di quel buffone, ma gli altri...

Tibaldi, a differenza degli altri banchieri, vestiva di chiaro o di marrone, leggeva i classici latini e ostentava con compiacimento un linguaggio sboccato che era diventato uno dei tratti distintivi della sua eccentricità.

– Il governo però si farà molto male questa volta, se pensa veramente di andare avanti con quel programma.

– Hai ragione, si farà male e quindi non lo attuerà se non in piccola parte. Bisogna fare in modo che sia la parte buona.

– Io penso che la nazionalizzazione elettrica non sia la fine del mondo...

– L'hanno già fatto da quindici anni in Francia e in Inghilterra e funziona benissimo. Quello che è una pura bestialità è il segreto bancario, quello bisogna levarglielo dalla testa, ti immagini che cosa avverrebbe? Una fuga di capitali di proporzioni mai viste. Loro pensano che sarebbero applauditi dai piccoli risparmiatori per odio contro i ricchi. Avverrà che i piú incazzati saranno proprio i piccoli, che vedranno crollare i corsi dei buoni postali e dei titoli di Stato.

– E l'esproprio dei suoli? Due nazionalizzazioni contemporaneamente sono insostenibili. Se hanno un briciolo d'intelligenza politica dovranno scegliere l'una o l'altra. Sai che non mi fanno velo gli interessi dell'azienda, ma penso che il solo provvedimento veramente utile al paese, vorrei dire necessario, sarebbe quello di espropriare i suoli edificabili e confiscare la rendita fondiaria. Facessero solo questo e lasciassero perdere tutto il resto si dimostrerebbero una classe dirigente di grande livello.

– Ma non lo faranno, Andrea, non lo faranno. Se toccano le aree colpiscono il cuore del potere democristiano. Allo stato dei fatti questo non è possibile. Nazionalizzeranno l'energia, bisogna che esentino gli autoproduttori per favorire l'industria manifatturiera e bisogna che lo Stato paghi l'indennizzo non ai singoli azionisti ma alle società espropriate. Quando furono nazionalizzate le ferrovie mezzo secolo fa, l'industria ferroviaria privata utilizzò gli indennizzi per creare l'industria elettrica; adesso gli industriali elettrici potranno usare gli indennizzi per lanciare nuove imprese in settori di avvenire. Purtroppo li dissiperanno. Te li figuri i tuoi amici del Clubino come fondatori di imprese? Comunque questo si vedrà poi e anche le banche avranno voce in capitolo.

– Ti fidi delle banche italiane? Questa sí che è una notizia.

All'altro capo del filo Tibaldi scoppiò in una risata e Andrea gli fece eco. – 'A fissa inmano a'creature – concluse Tibaldi, napoletano di nascita. – Hai ragione, ma questo passa il convento: bancari, non banchieri; se provano soltanto a varcare la frontiera li impacchettano e ce li rimandano indietro. Senti un po', è un pezzo che non mi vieni a trovare.

– È vero, viaggio molto.

– E scopi, sei giovane.

– Tra dieci giorni ne compio quarantacinque.

– Appunto, un poppante. Io se avessi i miei sessant'anni sarei felice. Vieni a trovarmi, ne avremo di cose da commentare con tutte le cazzate che faranno gli uni e gli altri.

– Cerchiamo di farli ragionare e portiamoli sulla buona strada.

– Tu puoi fare molto con i tuoi.

– E tu puoi fare molto con tutti. Addio, a presto.

Mise giú il telefono, quel colloquio lo aveva messo di buon umore. Tibaldi aveva centrato il punto, adesso bisognava darsi da fare cominciando col convincere i suoi collaboratori, ma questo non era difficile, bastava spiegargli, erano svegli, i suoi, avrebbero capito al volo. Poi a Roma per mettere a posto le cose. Infine isolare quelli che Tibaldi aveva chiamato luminosi imbecilli, anzi la battuta esatta che circolava su di loro era «imbecilli di tanto in tanto colti da lampi di imbecillità». Andrea sorrise pensando ai Valerio, ai veneti della Sade, al presidente della Confindustria che era chiamato «le marquis de Breteuil» perché possedeva un'impresa di bretelle e affini. A fare i sindacalisti ci mandavano sempre i piú fessi, tanto loro le questioni grosse le trattavano direttamente; e poi, dopo averceli mandati, li sfottevano anche! Gli venne in mente fisicamente il «marquis de Breteuil» della Confindustria, con i baffetti alla Adolphe Menjou, e si mise a ridere da solo mentre la macchina lo portava al Foro Buonaparte, e ancora rideva pensandoci quando entrò nella sala riunione dove già l'aspettavano Griffith e Castaldi.

Durò un anno e mezzo lo scontro in Parlamento, sulla stampa e nei corridoi del potere, con momenti di estrema tensione.

Una mattina Andrea fu chiamato da Tibaldi con grande urgenza: voleva metterlo al corrente di alcune questioni molto serie. – Francamente non me l'aspettavo – gli disse quando furono seduti uno di fronte all'altro mezz'ora dopo – quelli stanno portando fuori una massa di capitali impressionante. Avevano cominciato in sordina ma ora i trasferimenti hanno assunto un ritmo di centinaia di miliardi al giorno. Ieri Carli m'ha chiamato a Roma, m'ha detto che per difendere il cambio nell'ultimo mese ha già perso due terzi delle riserve in valuta. E non c'è niente da fare. Ho visto anche Nenni, ma lui di queste cose non capisce niente, pensa che bisogna rinforzare la Guardia di finanza e la Polizia di frontiera. Ti figuri, spariscono due terzi delle riserve e noi rinforziamo la Polizia di frontiera!

– Aumenterà il tasso di sconto?

– Può darsi, Guido ci sta pensando ma non servirà a niente, lo scontro è politico, quelli vogliono che il governo si rimangi tutto il piano che aveva intenzione di attuare e meglio ancora se c'è una crisi.

– E non te l'immaginavi? È una battaglia campale, questo lo sapevamo.

– Non pensavo che fossero cosí coraggiosi da sfidare il governo e la maggioranza del Parlamento.

– A me sono arrivate informazioni che i Carabinieri si

stanno preparando a prendere in mano la situazione. Forse vogliono solo intimorire i socialisti.

– Se è per questo i socialisti sono già intimoriti abbastanza, c'è solo Lombardi che resiste ancora ma è isolato. E poi sbaglia, per vincere questa manche ci vuole molta flessibilità. Stai attento Andrea: questo per te è un momento delicatissimo, se dài una mano forte al governo puoi ottenere quello che vuoi per la Sidera e per riacquistare il controllo sull'economia, ma se non ce la fai quelli ti faranno a pezzi e anche alcuni dei tuoi che mordono il freno.

– Bisogna che io veda Lombardi e Carli. Una cena insieme. A casa tua.

– Per me sta bene, ma bisogna sbrigarsi. A questo ritmo di fuga di capitali e con tutta la stampa che spara contro non si regge piú d'una settimana. E poi, senti, non basta. Ci vuole qualche altra cosa, un gesto che sorprenda il mercato.

– Tu hai in mente qualche cosa, ti conosco, ma esiti a dirmela. Quale gesto? A che cosa pensi?

– Tu conosci la posizione del tuo gruppo sull'estero? La posizione netta. Parlo di dollari, marchi e sterline, lascia perdere le altre valute. La conosci?

– Devo chiedere a Castaldi ma certamente siamo largamente in attivo.

– Il grosso ce l'hai con la mia banca. Me la sono fatta dare ieri dal mio servizio estero. Solo con noi hai crediti in valute pregiate per settecento milioni di dollari.

– Sí, è possibile. Il grosso sono forniture di tubi per gasdotti tra Marsiglia e la Renania.

– Sono crediti già maturati giacenti nei vostri conti esteri.

– È possibile. Castaldi avrà pensato di trattenerli all'estero in attesa che passi questa buriana.

– Certo, è cosí.

– E allora?

– Allora credo che tu debba farli rientrare subito dando all'operazione di rientro il massimo di pubblicità.

– Che vuoi dire, il massimo di pubblicità?

– Voglio dire che devi far sapere, possibilmente già domani, che il gruppo Polisider rimpatria in Italia settecento milioni di dollari mentre la maggior parte dei tuoi colleghi imprenditori portano fuori i loro soldi.

– Credi che farebbe effetto?

– Polisider controcorrente con un'operazione fiducia nella lira, sarebbe una scossa notevole sul mercato.

– Ne hai parlato col governatore?

– Se vuoi saperlo l'idea è sua. Dopo tu lo vedi con Lombardi e hai un titolo formidabile per illustrare le tue richieste. Certo è una scommessa grossa. Rischi settecento milioni di dollari sulla stabilità della lira e del governo. Quindi pensaci bene.

– Tu che cosa consigli?

– Non dò consigli, al poker non si dànno consigli. Tu sei un giocatore, rischiare ti diverte. Sei tu che devi decidere.

– Ne debbo parlare almeno con Griffith.

– Giusto, ma parlaci oggi stesso e se decidi di fare il rilancio fallo sapere.

– Un'intervista di George al «Financial Times» andrebbe bene?

– Andrebbe benissimo.

– Intanto tu fissa la cena. Mercoledí non posso, tutti gli altri giorni vanno bene questa settimana. La prossima sono a New York. Prima di sera ti telefono.

Griffith fu d'accordo, del resto Andrea aveva già deciso per il sí, il rischio gli dava un'eccitazione e una testarda allegria, era la sua miglior medicina contro la *platitude* dei giorni che sgocciolano vuoti l'uno dopo l'altro. C'era anche un fondo di crudeltà in quell'allegria, non era una qualsiasi visione dell'etica e neppure dei concreti interessi che rappresentava, ma l'acre gusto di sconfiggere un avversario, il duello, la gara tanto piú affascinante quanto piú rischiosa. Diventava in quelle occasioni un bellissimo animale da combattimento acquistando una forza e una velocità di riflessi che non si sarebbe sospettata in quell'uomo cosí gentile e cinicamente indolente.

Pochi giorni dopo ci fu l'incontro con Carli e Lombardi a casa di Tibaldi. L'anziano capo della sinistra socialista era piú ingobbito del solito e piú che mai scontroso e sospettoso. I suoi interlocutori s'erano divisi le parti: al governatore spettò il compito di dimostrargli che l'abolizione del segreto bancario avrebbe affondato la lira in una crisi di sfiducia senza alcuna ciambella di salvataggio, Andrea perorò la rinuncia – temporanea, ci tenne a precisare – alla nazionalizzazione dei suoli edificabili.

– Esiste in tutti i paesi civili, non si vede perché da noi sia considerata un provvedimento bolscevico – rispose freddamente Lombardi.

– Personalmente sono d'accordo con lei, solo che due nazionalizzazioni di questa mole decise simultaneamente non sono sostenibili. Nazionalizzare l'energia colpisce interessi enormi ma isolati, quella dei suoli penalizzerebbe i cantieri di costruzione, centinaia di migliaia di edili resterebbero senza lavoro per parecchio tempo. Si faccia i suoi conti, onorevole, e dica lei se il suo partito potrebbe reggere di fronte a una crisi di quelle dimensioni e ai comunisti all'offensiva.

Tibaldi affrontò il tema della nominatività delle azioni, ma su quello Lombardi fu rigidissimo, rispose no a tutte le obbiezioni, ricordò che l'abolizione della nominatività era stato il primo provvedimento preso dal governo Mussolini subito dopo la marcia su Roma. – I vostri padri – disse con impeto rivolgendosi ad Andrea – finanziarono i fascisti proprio per nascondere le loro ricchezze dietro l'anonimato; avete molte cose da farvi perdonare, questo non potete chiederlo al Partito socialista. Non a me comunque.

– La capisco – rispose Andrea. Quell'uomo gli era piaciuto, era un combattente leale, si strinsero la mano a lungo, con reciproco rispetto.

La crisi di governo non ci fu, avvenne l'anno dopo sotto la minaccia di un golpe virtuale minacciato dal comandante dei Carabinieri. Ma intanto la lira resse, l'industria elettrica fu nazionalizzata, l'egemonia della Edison sulla Confindustria fu spezzata.

Il gruppo Sidera uscí a gonfie vele da tutta l'operazione. Chiese e ottenne incentivi molto alti per dislocare nel Sud nuovi impianti chimici di resine, fibre sintetiche e fertilizzanti; rilevò dalla Petrosud le partecipazioni di controllo nella Snia Viscosa; entrò nel campo delle costruzioni acquistando la Ponti e Dighe, un'antica impresa che versava in difficoltà finanziarie ma aveva un avviamento anche nei mercati internazionali di grande rilievo, che fu rapidamente rilanciato e valorizzato.

Castaldi non si dava tregua. Sentiva che il vento soffiava in loro favore, il credito delle banche era pressoché illimitato, l'amicizia del governo e della Banca d'Italia era acquisita.

Del resto Castaldi non aveva mancato di rafforzare la propria posizione all'interno del gruppo: per preservare le centrali elettriche dall'esproprio esse dovevano essere incorporate dalla Sidera, ma Castaldi immaginò un'altra architettura: propose che fosse la Sidera a essere incorporata dalla Polimer, proprietaria delle centrali. C'era un problema di plusvalenze altissimo sulle quali il fisco avrebbe messo le mani, ma Castaldi ottenne l'emanazione d'un decreto fatto quasi su misura che esentava dall'imposta la società incorporante che avesse destinato a nuovi investimenti le somme risparmiate in esenzione fiscale.

Cosí l'operazione divenne non solo possibile ma vantaggiosa; la nuova società fu battezzata Polisider e Castaldi si trovò automaticamente a capo di tutto. Griffith ebbe la carica di vicepresidente senza deleghe. Andrea regnava, Castaldi governava.

– Quell'uomo è un miracolo della natura – disse a George una sera in cui erano rimasti a cena solo loro due nella casa di Griffith, una vecchia casa messa su con sobrietà personalmente da George, con una bella vista sui navigli di Porta Ticinese. – È vanitoso quanto un pavone, debole coi potenti e tirannico coi deboli, se lo si dovesse giudicare per questi aspetti del suo carattere meriterebbe tuttalpiú un impiego di quarta categoria. Ma l'esercizio del potere lo trasforma, diventa un'altra persona: ha una visione lucidissima della situazione e delle forze in campo, intuisce i punti deboli dell'avversario e i vizi da coltivare negli altri a proprio vantaggio. Non ha nessuna norma etica che ne impacci le decisioni. Da questo punto di vista è perfetto.

– Tu pensi che l'etica e gli affari siano incompatibili? – George era in piedi davanti alla finestra, guardava dinanzi a sé il traffico sui navigli nella sera piena di nebbia e di luci sfocate che la nebbia ingrandiva e sfrangiava. Si voltò verso Andrea nel porgli quella domanda. È invecchiato – pensò Andrea – ma gli voglio bene, senza di lui non avrei mosso un passo. Poi rispose: – L'etica degli affari sono gli affari, siete voi americani ad avercelo insegnato.

– Tu pensi veramente cosí?

– E tu no?

– No, io no. È una massima banale, un modo banale di scavalcare un problema scomodo. Non dovrebbe essere il tuo modo –. Lo guardava fisso, con affetto, Andrea gli tese la mano.

– Beviamo e rilassiamoci, ce lo siamo meritato, sono stati mesi faticosi. Tu hai di me un concetto, come posso dire? idealizzato. Per alcuni aspetti quel concetto mi corrisponde ma per altri no. Io non sono cosí intelligente come tu pensi e non mi sento assolutamente portatore d'una qualsiasi morale. Penso che non esista una morale valida per tutte le situazioni e per tutti i tempi. Tanto varrebbe credere in Dio e io non ci credo, come tu sai.

George cominciò la complessa operazione di pulire la pipa, riempirla, pressare il tabacco, accenderlo. Ci impiegava almeno quattro o cinque minuti durante i quali abbandonava ogni altro pensiero: c'era solo la sua pipa, il suo tabacco e le prime boccate per accenderlo a dovere. Andrea conosceva bene quella liturgia, George la usava per prender tempo e lasciarlo al suo interlocutore, l'accensione della pipa per lui era una stampella al dialogo quando le opinioni si scontravano e i pensieri diventavano confusi. Si rese conto di aver tirato in ballo il suo ateismo perché George era un puritano e a lui era venuta spontanea quella battuta per il gusto di metterlo in difficoltà.

– L'etica degli affari sono gli affari: tu sai che è una solennissima sciocchezza, lo sai benissimo.

– Hai ragione, lo so.

– No non mi basta, mi devi dire perché, mi devi dimostrare che lo sai veramente.

– Adesso sei in collera – rise Andrea. – Stiamo facendo discorsi da ragazzi.

– Hai detto tu rilassiamoci. Non c'è miglior modo di rilassarsi che fare *brain storming.*

– *Oh, my dear. What do you mean for ethic? I don't understand exactly.*

– *I mean ethic, moral law if you want.*

– *Moral law*, va bene. Che si applica in tutti i casi? In tutte le circostanze? Diciamo che la donna di un mio amico mi piace. Se mi piace soltanto cerco di togliermela dalla testa per rispetto dell'amico, ma se mi entra *under the skin* cerco di avere una storia con lei. Questa è la morale del piacere. Negli affari è lo stesso: ci sono regole e anche leggi per la concorrenza e sono diverse da un paese all'altro. Sai bene che noi dobbiamo fare un bilancio per la Borsa americana molto dettagliato che ci crea parecchi problemi mentre per la Borsa italiana ce la caviamo con poche righe. Leggi diverse. Ma se si dovesse applicare un concetto di etica in questo campo i due bilanci dovrebbero esser fatti nello stesso modo, il modo che assicura al mercato la maggiore informazione. Invece non facciamo cosí, fino a quando una legge non ce lo imporrà anche qui. Capisci che cosa voglio dire?

La pipa di George s'era spenta malgrado le sue robuste boccate e lui adesso la stava riaccendendo con molta concentrazione.

– Mi dirai che sono privo di morale, ma la verità è che la morale è un concetto inesistente. La tua legge morale ognuno se la adatta ai casi propri come meglio gli conviene. Magari in buona fede. Non pagare le tasse è immorale? Certo, ma se lo Stato non mi fornisce servizi efficienti io ho il diritto di punirlo cercando di pagargli solo quanto è giusto rispetto ai cattivi servizi pubblici che mi offre. Questo non è immorale, è giusto, purché il mio commercialista trovi il modo di farlo senza violare le forme prescritte dalla legge.

– Le forme, ma non la sostanza.

– Le forme sono scritte. La sostanza è quella che ho detto prima: cattivi servizi, imposte piú basse, se non le ribassa lo Stato ci provo io.

– Vedo. È coerente con il tuo modo di pensare. Sai qual è il difetto? Questo modo di pensare crea una classe dirigente furba ma scadente. Può andar bene per dirigere un'azienda ma non una comunità, non uno Stato. Prima, parlando di Mario, tu hai detto che è tirannico coi deboli e vile con i potenti, l'hai detto deplorandolo. In base a che cosa lo deplori? Perché esser vile coi potenti e tirannico coi deboli è immorale...

– Mancanza di stile, amico mio, mancanza di stile, non è sportivo, la morale non c'entra.

– Tu lo chiami stile, va bene ma è la stessa cosa. Che tipo di stile è quello di comprarsi un ministro per ottenere che ti favorisca in una certa transazione?

– Uno stile da gaglioffo.

– Allora siamo dei gaglioffi.

– Che vuoi dire?

– Come che voglio dire? Dico che siamo dei gaglioffi.

– Abbiamo pagato un ministro?

– Parecchi ministri, sottosegretari, partiti, lo sai benissimo.

– Non so assolutamente nulla e sono molto stupito di quanto dici. Tu hai pagato?

– Io non ho pagato nessuno, non è il mio stile appunto.

– Io nemmeno. Ha pagato Castaldi?

– Certo, ha pagato Castaldi. Non lo sapevi?

– No. Perché non me l'hai detto?

– Sei tu che lo devi controllare, non io. E poi: non hai detto prima che non ha scrupoli e per questo è efficiente? Ebbene, ha pagato e ha ottenuto quel che si voleva. Il fatto che tu non lo sapessi non cambia nulla. Adesso lo sai, te l'ho detto. Che farai? Te lo dico io: non farai nulla. Perché sei intelligente e hai capito che cosí va il mondo e questa è la morale degli affari. Lo so anch'io, non sono mica nato ieri, ma da questa morale non nasce un paese serio ed efficiente. Tu risponderai che non spetta a noi occuparci della qualità della classe dirigente, a noi spetta solo di far andar bene le nostre aziende. Personalmente non sono d'accordo, ma forse sono fuori tempo. Questa del resto è la ragione per cui negli ultimi anni mi sono tirato fuori dal gioco. È un gioco che ha smesso di piacermi.

Andrea taceva, George aveva ricominciato ad armeggiare con la sua pipa. Parlarono d'altro, dei nuovi stabilimenti che la Polisider aveva deciso di aprire a Crotone e a Gela, della possibilità di assumere il controllo di un gruppo editoriale, ma erano stanchi tutti e due, si erano detti troppe cose, mentre le dici pensi che sia il modo giusto per liberarti del fardello che il tempo e il caso t'hanno accumulato sulle spalle, ma poi t'accorgi che ti resta in bocca qualche cosa di amaro, che un rapporto si è incrinato, un'immagine si è appannata.

– A proposito – chiese George – quando ti sposerai? Ci hai pensato parecchio tempo, forse è ora che ti decida.

Andrea si alzò per andarsene: – Vuoi che decidiamo tutto stasera? Non c'è fretta, George, tutto a suo tempo.

L'altro rispose piano: – Non ho figli, mi piacerebbe fare da zio ai tuoi. Se puoi, vedi di sbrigarti.

Al portone l'aspettavano l'autista e una guardia privata, ma Andrea aveva voglia di camminare.

– L'accompagno – disse la guardia.

– Non c'è bisogno, rientro a casa a piedi.

– È una strada lunga, ingegnere.

– Grazie, non si preoccupi. Domattina alle otto come al solito.

Imboccò il corso di Porta Ticinese, la nebbia era fitta, uno di quei nebbioni che avvolgono spesso la città, rari passanti imbacuccati, luci che non illuminano, case che emergono dall'ombra all'improvviso con finestre cieche e porte sbarrate, voci e rumori che ti arrivano attutiti e tu cammini in compagnia dei tuoi sogni e del tempo che si è posato sulla tua spalla ed ora è la tua sola compagnia, il tempo e le architetture che ti vengono incontro uscendo per un momento dal buio al tuo avvicinarsi e poi ripiombandovi dentro mentre tu ti allontani lasciandole al silenzio immobile che per tutta notte le custodirà.

Camminò a lungo e senza pensieri guardando la notte fiocamente rischiarata, sentendosi camminare e basta. All'altezza dei Bastioni spagnoli piegò a destra, arrivò in Molino delle Armi, in centro la nebbia s'era diradata, sopra i tetti spuntavano la sagoma della Torre Velasca e le guglie del Duomo.

Quella era la sua città, lí era nato e vissuto, ora sentiva dire intorno a sé che la città era sua, decine di migliaia di famiglie dipendevano dal lavoro delle sue fabbriche, dal giro dei suoi soldi, dai programmi e dalle invenzioni dei suoi tecnici, ma lui di tutte quelle persone che dormivano dietro quei muri alti e nebbiosi e la mattina all'alba si rimettevano in moto salivano sui treni dei pendolari sbarcavano nei capannoni delle fonderie e delle presse del petrolchimico nelle palazzine degli uffici nelle centrali delle caldaie e delle turbine; lui di quell'umanità carica di fardelli speranze delusioni rancori non sapeva niente e della città non conosceva neppure la topografia, fuori dalla cerchia dei navigli Milano per lui era soltanto un labirinto di strade e di case anonime dal quale spuntava di tanto in tanto la facciata di una chiesa e si apriva una piazza con qualche albero e qualche aiola d'erba intirizzita.

Quelle strade che ora percorreva a casaccio e dove non gli sembrava d'esser mai passato avevano la parvenza d'un sogno, un alieno camminava rasente ai muri scopriva la luce di qualche bar ancora aperto la sferraglia d'un tram semivuoto i fari delle automobili lampeggianti agli incroci un grumo di vite e destini che si incrociavano su quegli asfalti in quelle botteghe dentro quelle stanze in quegli ospedali qualcuno nasceva qualcuno moriva e l'alieno camminava lui lo sentiva camminare lui sentiva che l'alieno camminando lo portava e non sapeva dove né perché in mezzo a quelle metafisiche architetture del nulla.

S'era divertito al gioco del potere, improvvisamente il ricordo dei mesi appena trascorsi si fece spazio nella mente stonata dal vuoto; aveva calcolato le forze le sponde le biglie sul biliardo i pezzi sulla scacchiera i vizi dei protagonisti le loro contrapposte ambizioni la qualità della loro intelligenza e aveva concepito un disegno, la sua mente aveva concepito un disegno animato nel quale si muovevano pezzi dello Stato banche industrie numeri leggi la Sidera Castaldi George e lui, lui stesso, tutti s'erano mossi dentro quel disegno che la sua mente aveva concepito ma alcuni pezzi uscivano dal suo disegno scompaginando il gioco e alla fine qualche cosa era accaduto e i giocatori avevano deciso che la partita era terminata ma dietro i muri di quelle periferie non era successo nulla continuavano a svegliarsi all'alba prendevano i treni e la sferraglia andavano alle presse al petrolchimico nelle banche negli uffici litigavano con le loro donne e la sera scopavano se non erano troppo stanchi e tutto era maledettamente come prima una partita era stata giocata qualcuno aveva vinto qualcuno perso ma a loro non gliene fregava niente di quella partita, non era la loro.

Svoltò in corso Monforte, come rientrare nella sua pelle, a pochi passi c'era la casa di Laura, quella d'un tempo, erano passati tanti anni, li contò: diciassette. Qualche volta si erano incontrati in casa di amici, alla Scala, incontri cordiali, imbarazzati, due vite lontane, ma il disagio che avevano provato in quelle poche occasioni era il segno che il tempo dell'indifferenza reciproca non aveva ancora sepolto i sentimenti. Almeno per lui erano ancora vivi, infatti rivedere quella casa, quella strada, gli dava sempre una specie di piccola sincope, un tuffo al cuore, un arresto impercettibile (ma lui lo percepiva) del respiro, perciò evitava di passarci, l'autista aveva ordine di fare un altro percorso quando dall'aeroporto doveva portarlo a casa o in ufficio. Chissà perché quella notte le gambe l'avevano condotto proprio lí.

Non sapeva se quella – adesso c'era proprio arrivato sotto all'angolo con Visconti di Modrone – era ancora la casa di lei, parecchi anni prima gli avevano detto che Laura aveva una storia con qualcuno, gli avevano detto anche il nome ma per lui era uno sconosciuto. In seguito aveva saputo di un'altra storia che sembrava piú solida, una convivenza stabile con un docente del Politecnico, ma lui le poche volte che si parlava di Laura sviava il discorso, chiedeva soltanto se stava bene, voleva dire in buona salute, sembrava che solo questo gli importasse come si fa per i parenti, che stiano bene in salute e il resto sia come sia. Però il tuffo al cuore, quella piccola sincope nel respiro, lui la sentiva tutte le volte che quel nome cadeva nella conversazione anche se riferito a un'altra persona. Anzi, in quei pochi casi, quando cioè si parlava di un'altra Laura, era proprio lui a pronunciare quel nome: gli dava sí un tremore interno ma anche un piacere fisico, una sensazione di dolce-amaro, non si parlava di lei ma quelle cinque lettere e il loro suono erano gli stessi e risuonavano come un'eco ripetuta ripetuta, insomma lo colmavano e contemporaneamente lo deprivavano. Lui stesso si stupiva di queste alchimie dell'anima ma poi tagliava corto alla sua maniera, era da sempre uno specialista del tagliar corto, chiudeva le sue brave saracinesche, i suoi portelli-stagno e via per sfuggire ricordi e noia, noia e ricordi.

Le finestre – guardò in su al terzo piano – erano chiuse e buie. Pensò: se suonassi, magari c'è qualcuno, lei o qualcun altro, e se rispondesse, lei o qualcun altro, che direi? Sono Andrea oppure mi chiamo Grammonte oppure mi scusi ho sbagliato bottone, sciocchezze dopo diciassette anni, una vita.

Comunque si avvicinò al portone, fece luce con l'accendino, il nome Vidoni non era scritto sulla legenda del citofono, un paio di targhette avevano lettere iniziali (nessuna L.V.), tre solo il numero della porta interna. Si tranquillizzò, avesse trovato scritto il suo nome sarebbe stato preso dal panico. Però fu deluso, tranquillizzato e deluso, diciassette anni, una vita, come si fa a riattaccare il filo? Impossibile, insano, insano.

Ricominciò a camminare, in San Babila vide una fila di taxi verdi e neri in posteggio e fu tentato di prenderne uno, la sua casa al Parco Sempione era ancora un bel po' lontana. Passò una macchina con a bordo due ragazze, rallentò fin quasi a fermarsi, quella che stava dal suo lato si sporse gli sorrise e gli disse – Sei solo? – e aggiunse subito: – Sono cinquantamila tutte e due.

– Grazie – rispose lui, eppure erano carine, cosí sembrava, forse un'ora con due ragazze sarebbe stata una buona soluzione, ma no non era affatto una buona soluzione.

– Grazie sí o grazie no? – domandò la bruna mentre l'altra alla guida faceva ripartire la macchina.

– Grazie no – rispose.

– Peccato – disse lei mentre la macchina si allontanava – sei un gran bel signore.

Sposarla? Dopo tanti anni, ormai estranei l'uno all'altra, magari era già sposata o come se, magari aveva figli, magari rivedendola non avrebbe provato niente, dal loro ultimo e casuale incontro erano passati cinque o sei anni, meglio cosí se non avesse provato niente, ma se invece, allora sposarla, metter su famiglia, ma con patti chiari, l'indipendenza è un bene assoluto.

Cominciò a calcolare quali rinunce avrebbe comunque dovuto fare, moglie o compagna che fosse. Nei suoi spostamenti continui avrebbe dovuto portarla con sé? Lei si sarebbe accomodata e lui? Quando viaggiava non era mai solo, c'era sempre con lui qualcuno della sua corte. Vronskij, pensò, il conte Vronskij, che per amore della Karenina aveva abbandonato l'esercito, le gare a cavallo, i duelli, le baldorie di guarnigione e alla fine si era annoiato con le conseguenze ben note. Quel romanzo l'aveva letto tutto, era stato una delle sue poche letture impegnate. Lui non somigliava certo a Vronskij né lei, tanto meno, alla Karenina, altra epoca, niente di romantico, per carità, in pieno Novecento spaziale, una impresa come la Sidera sulle spalle, Laura una donna moderna evoluta spavalda liberata. Eppure qualche rassomiglianza c'era almeno per lui; anche lui era uomo di guarnigione, cresciuto cosí, ormai era tardi per cambiare. Però...

Era arrivato in piazza Cordusio, ancora pochi passi per piazza Castello e poi a casa. Avrebbe trovato il maggiordomo e la cameriera ad aspettarlo. Che noia, piú fitta della nebbia. Laura era una gran medicina contro la noia, di questo era sicuro, fino a quando non sarebbe diventata noia anche lei. Si può rischiare?

Debbo rivederla, pensò, non c'è altro da fare. Entrò in casa, mandò i servi a dormire. Era stanco ma una decisione l'aveva presa. Se George non avesse detto quelle parole. A volte basta un niente e ti cambia la vita.

Lorenzo era in ritardo all'appuntamento con la professoressa Vidoni, perciò arrivò correndo in via Festa del Perdono, salí sempre di corsa al secondo piano ed entrò affannato nelle stanze della facoltà di Lettere. Si scusò con la professoressa che lo stava aspettando da una mezz'ora, si sedette dinanzi a lei per riprender fiato. Era uno dei suoi migliori allievi, con una sensibilità critica molto spiccata soprattutto per la poesia, che aveva attirato su di lui l'attenzione dei docenti e della Vidoni in particolare.

– Allora ha finalmente deciso? Yeats o Rilke? Ormai le restano solo sei mesi se vuole discutere la tesi a ottobre e francamente non sono molti per fare un lavoro serio.

– È stata una scelta combattuta, lei lo sa perché ne abbiamo parlato piú volte. Alla fine ho scelto Rilke, lo sento piú congeniale all'orientamento complessivo dei miei studi. Con Yeats c'era anche il problema dell'irlandese che per me sarebbe stata una complicazione non piccola e poi la letteratura tedesca e centroeuropea è il campo sul quale ho lavorato di piú. Insomma, ormai è fatta.

– Sono molto contenta, Cordero. Non volevo influenzarla e mi sono astenuta dall'esprimere la mia preferenza ma ora che ha deciso debbo dirle che sono d'accordo con lei: Rilke è l'autore su cui lei potrà lavorare meglio; per di piú secondo me è attualissimo, il piú vicino alla sensibilità non solo letteraria e poetica ma anche artistica e perfino filosofica del nostro tempo. Certo, su di lui si è scritto molto perciò non sarà facile per lei trovare uno spazio per dire cose ancora non dette. Ma questa è una sfida che può soltanto giovarle.

Mentre parlava con la sua voce piana e volutamente didascalica Lorenzo la guardava con un'intensità che non le era nuova e che la metteva a disagio. Sentiva lo sguardo di lui che le accarezzava il viso, si fermava a lungo sulla bocca e poi si fissava sugli occhi senza lasciarli quasi per sfida, fino a quando non era lei a distoglierli interrompendo quella tensione muta che reclamava un'attenzione diversa, una complicità che andava al di là dell'oggetto della conversazione.

Non era la prima volta che si intrecciava tra loro quel dialogo senza parole. Un monologo in realtà – cosí pensava lei che si faceva un dovere di non incoraggiarlo in nessun modo, di non lasciare aperto nessun varco all'equivoco: erano e dovevano restare incontri di lavoro tra un'insegnante attenta allo sviluppo intellettuale dei suoi allievi e uno studente un po' speciale che meritava di esser seguito con una cura particolare. Ma da quegli incontri usciva in una condizione di turbamento, con la voglia di andarsi a rinchiudere in casa tra i suoi libri, i suoi quaderni di appunti, gli oggetti che difendevano la sua integrità psicologica e l'equilibrio della sua vita.

A quarantadue anni Laura Vidoni era una donna in pieno fiore. Aveva perso l'acerbità dell'adolescenza, la forma del suo corpo era flessuosa ma salda, le linee del viso avevano conservato l'intatta incisione di una medaglia che aveva sempre affascinato chi le stava intorno, il naso dritto e corto, la bocca grande, alti gli zigomi sotto i lunghi occhi grigio-azzurri e i capelli fitti e scuri che d'abitudine portava rialzati sulla nuca a scoprire il volto nudo e imperioso.

Imperioso ma d'improvviso dolce oppure sdegnoso. Un volto talvolta disperato quando restava sola con se stessa a contemplare l'amore che sentiva dentro e che le pesava come un fardello di tenerezza non collocato, sprecato. *Kaí pothéo kaí máomai*, vagheggiava Saffo dagli occhi di viola come il suo doppio nei momenti di sofferenza e di abbandono, ma poi una volontà fattiva prendeva il sopravvento, aveva imparato a non compiangersi, lavorava, viveva in mezzo alla gente, il suo miele maturava in affetto verso il mondo delle cui forme continuava a essere curiosa ed attratta.

Dopo la fine della sua storia con Andrea aveva deciso che l'insegnamento poteva esser per lei la via giusta per ritrovarsi e si era buttata con impeto nel lavoro. Aveva studiato senza fatica, era cresciuta in esperienza, l'anima era fresca ma non piú ingenua, mobile ma salda come il suo corpo. Laura si possedeva, era uno di quei casi rari in cui anima e corpo si corrispondono, ma quell'armoniosa creatura non ne aveva trovata un'altra che la completasse. Il solo incontro vero della sua vita era stato quello con Andrea ma lui alla fine si era rifiutato. O almeno Laura cosí aveva vissuto la conclusione di quella storia che pure aveva rotto il bozzolo della sua difficile adolescenza.

Dopo, il lavoro l'aveva aiutata a non ricadere nella solitudine. La scuola si addiceva alla sua imperiosa tenerezza, quei ragazzi avevano bisogno di maestri saggi e palpitanti, ne avevano ormai cosí pochi in quel mondo di anime morte. Lei poteva essere la sorella maggiore, la compagna di studi e di sentimenti.

Vinse concorsi, superò esami, insegnò per una decina d'anni nelle scuole superiori e infine ottenne una cattedra in quella Università milanese che era tra le piú affollate e ribollenti del paese.

Si mescolavano sotto quel vasto porticato, in quella sequenza di aule dalle pareti scrostate, nei lunghi e decaduti corridoi, sul prato d'erba incolta del grande cortile, i figli della borghesia lombarda e quelli degli immigrati arrivati dalle campagne del Sud.

Quei giovani erano irrequieti come accade a tutte le adolescenze che esordiscono portando con sé un bisogno d'affermazione, una capacità di spensierata allegria e di melanconici ripiegamenti dominati dal sentimento del tempo e della morte.

Il tempo e la morte segnano la stagione dell'adolescenza con un'intensità che scompare negli anni della vita adulta per riaffacciarsi di nuovo con l'arrivo della vecchiaia, ma la qualità non è la stessa. Il sentimento del tempo per chi è avanti negli anni si è trasformato in memoria, breve il futuro che attende, ogni nuovo giorno un regalo della sorte che sfugge tra le dita con la velocità della luce, *dáktylos eméra* cantava Anacreonte e chiedeva una tazza di vino dolce al lume della lucerna sotto i tralci del pergolato.

L'adolescente è ricco di tempo e può sprecarlo ma sente incombere le scelte e gli abbandoni ed è quella la sua malinconia. Poi trafficherà col computer e coi listini di Borsa, con le rate della macchina e le spese scolastiche dei figli. La Gloria montava la guardia alle porte Scee, ma s'è stancata d'aspettarlo e non tornerà piú.

Lorenzo Cordero era uno di quei giovani e sognava ancora la Gloria. Era arrivato a Milano appena finito il liceo da Napoli, dove risiedeva la sua facoltosa famiglia. Ma le prime scuole le aveva frequentate a Pizzo di Calabria, lí era nato e vissuto per i primi quattordici anni della sua vita. Il padre possedeva tremila ettari di campagna coltivata a olive e agrumi che dal golfo di Sant'Eufemia arrivavano fino alle pendici delle Serre risalendo il corso dell'Angitola.

Era potente, la famiglia Cordero; Emilio Cordero era stato deputato per due legislature, dal '48 al '58, con la Democrazia cristiana, ed era sindaco di Stefanacoli da vent'anni. A Pizzo l'antico palazzo di famiglia sorgeva a picco sulla scogliera dove era stato fucilato Murat; di fronte, dall'altra parte del golfo, si vedeva la sagoma imponente del monte Cetraro; a sinistra, spesso velato da nuvole di caligine, lo Stromboli e il pennacchio di fumo che usciva dalla bocca del cratere. Da ambo i lati della scogliera la spiaggia a perdita d'occhio, una spiaggia bianca e incontaminata, di brecciolino tagliente interrotto da arbusti di mirto e gigli di mare.

In quel mare Lorenzo e i suoi fratelli nuotavano per ore nei pomeriggi della grande estate; poi al crepuscolo, su una vecchia Millequattro guidata dal piú grande di loro, arrivavano fino a Bivona oppure prendevano la strada verso l'interno, Vibo, Mileto, Stefanacoli, Francica, attraversando i fondi dei Cordero, fermandosi a cena coi coloni e cantando sulla chitarra le serenate a dispetto in uso tra i contadini per stuzzicare le ragazze e farsi belli davanti a loro.

Serate liete, Lorenzo le ricordava come il periodo piú bello della sua incipiente adolescenza, ultimi fuochi di una civiltà antica che si stava rapidamente disfacendo: i giovani avevano cominciato a partire verso il Nord con le loro valigie di fibra marrone, i vecchi intristivano, gli orti e i coltivi venivano abbandonati alle gramigne, chi restava brigava con gli amici degli assessori per un posto di usciere al municipio, di barelliere all'ospedale, di bidello alla scuola pur di avere uno stipendio fisso alla fine del mese senza dover tribolare con la mosca olearia, la siccità che bruciava i raccolti o le piogge che gonfiavano i torrenti e si portavano tutte cose.

La geografia e l'antropologia di quei paesi era cambiata sotto i loro occhi, le ritualità contadine, matrimoni, funerali, cresime, erano cadute in disuso, il dialetto era stato sostituito da un bruccolino che adattava le parole e le cadenze antiche al linguaggio della televisione. Infine anche la mafia aveva varcato lo Stretto ed era arrivata nei paesi risalendo da Reggio verso la Locride e la costiera ionica da un lato e verso Gioia Tauro e il vibonese dall'altro.

Quando i Cordero avevano messo residenza fissa a Napoli nella bella casa di Chiatamone, la Calabria dove Lorenzo aveva passato l'infanzia non esisteva piú.

Napoli non gli piacque, non gli entrò mai nel sangue. In quella città caotica, rumorosa, istrionica si sentiva del tutto estraneo. Quello non era il suo Sud. Infatti era, Napoli, un luogo senza analogie e somiglianze con alcun altro luogo del mondo e chi non è «verace» non ci si potrà mai acclimatare.

Perciò, non appena compiuti gli studi liceali e ottenuto dal padre il permesso di partire e un poco di denaro per farsi indipendente, si prese casa a Milano. Aveva fatto buoni studi al liceo, la letteratura e la filosofia erano diventate una passione per lui; scriveva: racconti, piccole commedie di un atto, poesie, prove acerbe ma già con un proprio stile, una nervatura moderna, una scrittura graffiata, spezzata, insolita per un adolescente di studi classici. Anche il carattere era cambiato, la passionalità che prima esternava s'era riversata all'interno di sé con un'intensità effusiva, era diventato molto sensibile, di una delicatezza quasi femminea, affascinato dai poeti dalla fantasia dall'immaginazione dalla bellezza. Leggeva di tutto, si identificava con gli autori coi personaggi con le avventure della mente e del cuore.

Aveva giusto diciott'anni quando si iscrisse a Lettere, alla Statale di Milano. Sí, sognava la gloria, a quell'età e negli anni Sessanta era ancora possibile. Le canzoni di quella generazione erano di Gino Paoli, di Bindi, dei «favolosi» Platters; stava per spuntare l'era dei Beatles e di Carnaby Street; un'inquietudine di fondo, al di là del fisiologico disagio delle generazioni che subentrano, cominciava a mettere in discussione il costume, la famiglia, i ruoli, il potere. I circoli studenteschi traboccavano di discussioni appassionate, linguaggi nuovi, bisogni fin lí sconosciuti.

Qualche cosa di inusitato stava per accadere, Lorenzo sentiva quell'alito di futuro sulla pelle con il presagio dell'istinto, come i cavalli e i gabbiani quando avvertono l'approssimarsi della tempesta e del terremoto.

Nel '62 cominciò a frequentare il corso della professoressa Vidoni. Nel '63 decise di preparare con lei la tesi di laurea.

Da un anno senza saperlo ne era innamorato, ma da due mesi ormai lo sapeva.

A casa di Laura discussero a lungo di Rilke, della sua poesia e della sua vita. Si vedevano un paio di volte alla settimana, di pomeriggio, e spesso andavano avanti fino a tarda sera interrompendo con una cena al sacco come lei definiva le pizze e il pollo comprati in rosticceria e riscaldati nel forno di cucina.

Non era un lavoro per nessuno dei due, piuttosto una ricreazione, una vacanza molto privata alla quale non avrebbero saputo rinunciare. Per Lorenzo in realtà era molto di piú: lui esprimeva in quelle serate il suo amore anzi la sua passione che a volte era gioiosa, entusiasta, piena di futuro ma d'improvviso subentrava una tristezza e un'ira cupa per un sentimento che non sentiva corrisposto e che lui stesso capiva quanto fosse impossibile con una donna che schivava, lasciava cadere, rimaneva stretta alla finzione del lavoro da svolgere insieme; una donna che aveva il doppio dei suoi anni, piú vicina all'età di sua madre che alla sua.

Arrivò la fine di marzo. Ormai il grosso della tesi era scritto. Lorenzo, d'accordo con Laura, aveva puntato su alcuni temi e personaggi forti trascurando la periodizzazione biografica e artistica e la distinzione tra l'opera poetica e la prosa. L'originalità del suo lavoro stava proprio in quell'approccio verticale: affrontare l'autore, il suo vissuto e la sua opera rivedendone criticamente soltanto alcuni aspetti illuminanti.

La prima parte l'aveva dedicata all'Angelo, cogliendolo nella sua sovrannaturalità, nella sua tremenda potenza, nella sua dolcezza ineffabile e ricostruendo da queste diverse apparizioni una figura misteriosa, terribile, protettiva, inesplicabile. Né dio né uomo né animale ma con i tratti di tutti e tre e insomma Angelo.

La seconda parte era dedicata alle Cose, al tentativo infinite volte ripetuto dal poeta di dimenticarsi di sé per penetrare nelle Cose senza violarle, senza distruggerne l'autonomia e distorcerne l'essenza. Le Cose, gli Oggetti, segnali disseminati nell'Universo, radici intrecciate e immerse in un'essenza comune e tuttavia non comunicanti tra loro, difesa ciascuna dalla propria durissima scorza senza finestre né porte. Conoscere le Cose significava rompere la scorza per potervi guardare dentro, dunque ucciderle. Oppure eliminare il proprio Io per potersi fondere con le Cose, cioè con l'Universo che in esse si manifesta.

La terza parte era dedicata a Euridice e a Orfeo, amore, canto, metamorfosi, mistero, infine identificazione tra quelle due creature piene di grazia, ma poi di nuovo separatezza e morte.

Laura aveva assistito come vigile accompagnatrice alla realizzazione del lavoro che Lorenzo aveva compiuto con acume critico insieme a una sorta di furore della volontà. Avevano discusso insieme i passaggi piú difficili, soprattutto la terza parte che Lorenzo aveva affrontato con un tumulto di sentimenti che andava molto al di là di una lettura critica del testo.

La sera in cui lui recitò i versi sulla discesa del poeta agli Inferi, la liberazione di Euridice e poi quello sguardo, quel dolcissimo e disperato sguardo di Orfeo alla sposa che lo segue guidata da Hermes e che la riconsegna al mondo dei morti, Laura si era commossa perché l'intensità che Lorenzo trasfondeva in quelle parole e l'eco che ne promanava l'avevano toccata nel profondo dell'anima.

> ... il suo sesso era chiuso
> come un giovane fiore verso sera, e le sue mani
> cosí disavvezze alla vita nuziale che persino
> il contatto di quell'esile dio,
> tanto lieve e gentile nel condurla
> la turbava per troppa confidenza.

Era a lei che Lorenzo stava pensando mentre Euridice risale verso la vita preceduta da Orfeo e guidata da Hermes, il dio luminoso del moto e del messaggio.

Ma Orfeo la guarda e tanto basta per separarli di nuovo e per sempre; Hermes si accorge di quello sguardo vietato che interrompe l'ascesa verso la vita e inverte il cammino, deve ricondurla agli Inferi nell'oscuro regno di Persefone mentre Orfeo resta immobile come pietrificato.

Stava e guardava un tratto del sentiero
in mezzo ai prati ove il dio del messaggio
si voltava in silenzio mesto in viso
e si avviava a seguire la figura
che già ripercorreva quel sentiero.

Lorenzo andò verso di lei, le prese il viso tra le mani, la baciò a lungo dolcemente e poi con avido furore e lei con avido furore rispose.

Per Lorenzo era la prima volta, Laura veniva da una lunga, troppo lunga, astinenza sentimentale, la sete amorosa li aveva invasi cancellando ogni ostacolo ogni prudenza ogni ragione, la differenza dell'età e del ruolo accendeva la loro passione e i loro sensi ancora di piú, con un sapore quasi di incesto, una trasgressione dissacrante, un bisogno di clandestinità e di peccato in un'epoca in cui il peccato era diventato una merce rara e la trasgressione superflua per eccesso di uso e abuso.

Da quella sera cominciarono a passare insieme tutte le notti. Il giorno lui restava in casa di Laura dando gli ultimi tocchi al suo lavoro. La conclusione l'aveva dedicata al personaggio di Malte Brigge e a suo nonno, il Ciambellano, che aveva voluto morire visitando una per una tutte le stanze della sua grande casa portato in barella dai servi in mezzo ai cani festosi che gli leccavano le mani, scompigliavano gli arredi, abbaiavano come in una caccia dove la preda e il cacciatore si confondevano nella stessa figura.

Quella morte durata tre giorni affascinava Lorenzo, la potenza descrittiva di quelle pagine messa a confronto con la fragilità sensitiva di Malte, controfigura dell'autore, creava un contrasto artistico e stilistico di grandissima forza. Secondo Lorenzo – e questa fu la conclusione della sua tesi – i *Quaderni di Malte* erano il primo grande romanzo del Novecento.

Laura preparava le sue lezioni, andava all'Istituto tutte le mattine, il pomeriggio in casa a leggere e a viziare il suo amore preparando improbabili manicaretti per la cena.

Il sabato al cinema e la domenica in macchina al Ticino, dove l'acqua e piú limpida perché filtrata dalle ghiaie e una vecchia osteria allo sbocco del ponte di barche cucinava lepre alla cacciatora e una buonissima torta di pasta soffice che chiamavano la sabbiosa.

Il dodici giugno Lorenzo discusse la tesi di cui Laura era relatrice. Il collegio decretò la lode accademica e la stampa del testo a spese dell'università. Fu un vero trionfo che si concluse la sera con una festa organizzata da un compagno di corso di Lorenzo che aveva una casa grande a sufficienza per ospitare un'ottantina di amici, insegnanti e studenti.

Laura era bellissima e accesa, Lorenzo un Gérard Philipe piú che mai innamorato di lei e di sé; la loro clandestinità amorosa era stata ben difesa ma per qualche ragione misteriosa tutti già da tempo sapevano del loro rapporto. Il professore di Filologia romanza a metà della festa propose un brindisi in onore di tutti e due, relatrice e neodottore, al termine del quale gridò evviva gli sposi e tutti gli fecero eco con grandi risate e tinnar di bicchieri. Poi disse che era stato un lapsus. – Freudiano – gridò un altro.

Chi rideva di piú erano Laura e Lorenzo. Erano completamente felici. Qualche volta succede.

Questa mattina alle sette ha squillato il telefono e io, prima ancora di rispondere, ho saputo chi era. Infatti era lui, la sua voce. Amichevole, un po' ironica, appena un poco, familiare come ci fossimo visti ieri, come se il tempo non fosse passato e il nostro rapporto non si fosse mai interrotto. Lorenzo dormiva, io ero andata a rispondere dallo studio. Non posso dire di essermi emozionata; devo aver risposto anch'io come se riprendessimo un discorso sospeso poche ore prima.

– Buongiorno – m'ha detto – come stai? Ti ho svegliata?

Ho risposto: – No, ero già sveglia.

– Allora stai preparando il tuo pessimo caffè.

– Sei solo tu a trovarlo pessimo, i miei amici lo giudicano eccellente.

– Dicono cosí perché è un modo di farti la corte, anch'io l'ho lodato tanto tempo fa ma tu hai capito subito che non era vero. Che tempo fa stamattina?

– Sole e nuvole, piuttosto caldo. In che parte di mondo sei?

– A Parigi, in casa di mia madre. Poco fa pensavo che stavo per portartici, te l'avrei proposto e fu proprio quel giorno che tu mi hai licenziato. Peccato, è una casa abbastanza fuori del normale, ti sarebbe piaciuta credo.

– Non ti ho affatto licenziato, non avrei potuto farlo, ho sempre avuto soggezione e timidezza con te. Mi sono ritirata, me ne sono andata io quando ho capito che la mia partita era persa.

– Diciamo la stessa cosa.

– Nient'affatto, non diciamo la stessa cosa, diciamo due cose opposte.

– Che fai?

– Te l'ho già detto: preparo il mio pessimo caffè.

– Intendevo dire dopo, che farai dopo?

– Curiosa domanda, che cosa vuoi sapere esattamente?

– Pensavo, magari hai una giornata vuota, è domenica e le domeniche sono terribili. Magari ti farebbe piacere passare qualche ora a Parigi. Il mio aereo è a Milano. Se vuoi ti mando a prendere e in due ore sei qui. Ti aspetto al Bourget e andiamo a far colazione in campagna. Oppure in città, come ti diverte di piú.

Io sono rimasta in silenzio e lui deve aver pensato che ci stessi riflettendo su, infatti ha insistito.

– Dài – ha detto – non ti sto proponendo di capovolgere la tua vita, soltanto di passare una domenica diversa dal solito.

– Hai ragione, sarebbe molto diversa. E magari mi capovolgerebbe la vita. A te certo no, tu sei sempre in cerca di qualche cosa di diverso, per te la diversità è la tua normalità.

– Allora verrai? Prometto che sarò buonissimo e saggissimo.

– Magari non sono sola.

– E che importanza ha? Dici: vado fuori con un vecchio amico, oppure racconti la verità.

– Quale verità? Che siamo stati amanti, che poi non ci siamo piú visti per un numero infinito di anni...

– Diciassette e qualche mese.

– Li hai contati? Ebbene diciassette e qualche mese, e stamattina, dopo diciassette e qualche mese, il mio amante è improvvisamente spuntato dalle nebbie del passato remoto e mi ha proposto una gita sul suo aereo perché è un uomo molto ricco e qualche piccolo lusso se lo può permettere. Dovrei dire cosí?

– Io direi in un altro modo.

– Cioè come?

– Direi: c'è stato un uomo nella mia vita, c'è stato per pochi mesi ma quei mesi hanno contato molto, ci hanno segnati per sempre. Quest'uomo non è capace di esprimere i

suoi sentimenti come di solito fanno i comuni mortali, è fatto un po' storto, se oggi m'ha chiamato dopo diciassette anni di silenzio è segno che qualche cosa dentro gli è scoppiata e l'ha obbligato a parlare. Perciò sono curiosa di capire che cosa gli è successo, mi ha proposto di incontrarci e ci vado.

La cosa strana è che mentre lui mi diceva queste assurdità a me non sembravano piú cosí assurde. Pensato: dal suo punto di vista ha ragione, se ha rotto il silenzio vuol dire che il pensiero di me non l'ha mai abbandonato, eppure ne ha avute di cose da fare in tutto questo tempo e immagino che anche le donne non gli siano mancate. E intanto, evocati da quella voce, anche lui, il suo viso, la sua figura mi stavano davanti agli occhi come l'avessi visto sempre e ogni giorno in tutto quel tempo e l'immagine di lui era cosí consueta e presente che quella di Lorenzo era scomparsa e non mi ricordavo neppure che stava dormendo nel mio letto nella camera accanto. Ma proprio mentre avevo in testa questi pezzi di pensieri ho sentito una mano sulla mia spalla, mi sono voltata ed era Lorenzo in accappatoio che si è chinato su di me e mi ha baciato tra i capelli. Intanto, poiché non rispondevo, Andrea mi ha detto: – Stai pensando?

– Sí, sto pensando. Facciamo cosí: richiamami tra un paio d'ore, vedrò meglio i miei programmi, a quest'ora sono ancora piuttosto confusi. L'acqua del caffè sta bollendo, scusami, ci sentiamo piú tardi – e ho riattaccato. Lorenzo ha girato la mia sedia verso di lui e mi ha baciato. Non mi ha chiesto nulla della telefonata, è molto discreto e poi avrà pensato che fosse qualche problema di lavoro.

Sentivo l'assoluta necessità di un bagno tiepido, mezz'ora nell'acqua della vasca a occhi chiusi senza pensare a niente oppure lasciando sbrigliare pensieri e immagini senza volontà. Cosí ho fatto. Ho detto a Lorenzo: – La colazione è pronta, io la farò piú tardi.

Non so quanto tempo ho passato nell'acqua tiepida del bagno. Mi dicevo non devi decidere niente non devi riflettere ma solo seguire il corpo, l'istinto, non devi né accettare né rifiutare la tua vita è solo tua ne hai una sola e poi nient'altro, poi sarà finita, lasciati andare non c'è altro modo.

Sono uscita dalla vasca mi sono asciugata il corpo e i capelli mi sono vestita. Lorenzo era ancora in accappatoio, mi ha guardato con attenzione.

– Qualcosa non va? – mi ha chiesto.

– Va tutto benissimo.

– Qual è il programma per oggi? Abbiamo tutto il giorno per noi.

– Un cinema, un bel film scacciapensieri, ammesso che ce ne sia uno, sceglilo tu, quello che scegli per me va bene. Stamattina facciamo una passeggiata in città e mangiamo una pizza a Brera.

Lorenzo è andato a mettersi la camicia e un paio di jeans. In quel momento di nuovo è squillato il telefono.

– Sono ancora io – ha detto la sua voce.

– Non verrò, non mi va, ho altro da fare e non c'è nessuna ragione. Se vuoi vedermi vieni domani all'Istituto di Lettere dell'università, ci sarò dalle dieci all'una. Ciao – cosí aveva deciso il corpo e cosí ho fatto.

Questo quaderno non l'avevo piú ripreso in mano da allora ma sapevo dov'era, in fondo al cassetto della scrivania. L'ho riaperto questa sera dopo tanti anni. Il film che abbiamo visto oggi non era un granché ma mi ha aiutato a passare il tempo. Continuo a non pensare ma sento un peso e un po' di ansia che mi dà come un tremito interno e una sonnolenza intontita. Non so se verrà domani all'Istituto e che cosa dirà e che dirò io, ma in fondo non me ne importa niente. Né con te né senza di te – se dovessi riassumere. Con Lorenzo in queste ore mi sono sentita mamma, solo mamma. Lui deve averlo capito, ha delle antenne speciali e cosí ha fatto il figlio come non avessimo avuto finora altro rapporto.

Adesso penso con un po' d'imbarazzo al momento di andare a dormire, anche qui non devi pensare, lascia che sia il corpo a decidere, il padrone è lui.

Il giorno dopo verso le undici l'usciere annunciò alla professoressa Vidoni che l'ingegner Grammonte chiedeva di vederla; Laura gli andò incontro nel corridoio, lo abbracciò festosamente, un po' per togliersi l'ansia di dosso e un po' per accentuare il carattere di antica amicizia di quell'incontro. Anzi glielo disse ridendo: – Entra, questo è il mio pensatoio, non avresti immaginato niente di simile quando eravamo compagni di baldoria. Siediti.

Lui restò in piedi.

– Hai qualcosa da dirmi?

– Sí, ho qualche cosa da dirti. Dovrei forse raccontarti la mia vita di questi anni.

– Inutile, per la parte pubblica leggo i giornali, per il resto credo di conoscerti abbastanza a meno che non ci siano state novità importanti e rimaste segrete.

– Non ci sono state.

– Allora non devi farmi nessun racconto perché mi pare non ci sia nulla da raccontare. E poi tu sei un pessimo narratore.

– È vero. Forse allora sei tu che dovresti parlarmi di te. Da antica compagna di baldorie a docente di cattedra ci corre. Ma poi quali baldorie, ci controllavamo in un modo addirittura ridicolo per l'età che avevamo allora.

Laura aveva sulle labbra un sorriso lieve e gli occhi un po' persi nel ricordo di quei giorni lontani. – Va bene – disse – lasciamo stare il passato, ciascuno l'ha vissuto e se lo ricorda a modo suo, riproporselo oggi sarebbe come levare le bende a una mummia. Invece dimmi perché sei qui, una ragione ci sarà.

– Ti domando in sposa –. Pronunciò quelle parole con voce secca, quasi da cerimoniale, rapide come uno schioccar di frusta, guardandola dritta negli occhi con un'espressione dura nel viso perché fosse chiaro che non stava scherzando.

Seguí un silenzio. Laura lo guardava a sua volta con gli occhi sgranati, stupefatti, la bocca leggermente aperta. Senza cambiare espressione e anzi accentuando lo stupore sussurrò – Ah, questa poi – inclinando la testa di lato per cambiare il punto d'osservazione e verificare se, visto di profilo, desse l'impressione di una persona che stesse giocando oppure facesse sul serio. – Questa poi – ripeté come non sapesse dir altro.

– Ci penso da un po' di tempo e ieri mi sono deciso. Mi vuoi sposare? Penso che saremmo una bella coppia. Insomma, mi sei terribilmente mancata. La sera prima di prender sonno mi sei sempre venuta in mente, eri un'apparizione fissa, qualunque cosa avessi fatto e comunque fosse finita quella serata tu arrivavi, un flash e poi il buio e il sonno, ogni santa sera per diciassette anni...

Lei aveva ancora l'aria sbalordita. Parlando a se stessa disse piano: – Quante sere sono diciassette anni?

Lui ci mise un po' a rispondere: – Seimiladuecento – disse.

– Seimiladuecento? Ti sono apparsa seimiladuecento volte, cosí, un flash e poi una bella dormita. Fantastico. Sei fantastico – parlava ancora a se stessa ma poi cominciò a uscire dallo sbalordimento e anche il tono della voce cambiò.

– Non pensare che non capisca lo sforzo che stai facendo: per te assumere un impegno di questo genere è contro natura e se ti sei deciso a farlo vuol dire che non puoi farne a meno.

– Infatti è cosí.

– Perché ti manco.

– Mi manchi.

– Può darsi, se lo dici è cosí. Ma perché ti manco? Non lo sai. Io potrei pensare: perché mi ama. Beh non lo penso, non è cosí. Tu hai una partita aperta con me, sono io che ti ho lasciato, sono io che ho deciso di rompere, allora, non tu. Per te il gioco non è finito ma solo interrotto. Questo tu non lo sopporti, io lo so, ti conosco. Tu sei capace di aspettare fino a quando avremo ottant'anni tutti e due, saremo passati per altre cento vicende, incontri, impegni; ma tu sentirai che tra tante cose portate a termine questa è ancora aperta e io continuerò ad apparirti ogni sera come una specie di memorandum.

Gli si avvicinò fin quasi a sfiorarlo, gli mise le mani sulle spalle, la sua voce era diventata un soffio.

– Dev'esser tremendo non poter chiudere la partita, né vincerla né perderla, semplicemente non poterla giocare. Per uno come te dev'esser tremendo. E per farmi sedere di nuovo al tavolo che altro puoi fare? Domandarmi in sposa come hai detto prima. Non ti sembra un po' assurdo? E anche prepotente? Invadente?

I muscoli del viso di lui erano induriti, la bocca serrata, gli occhi smarriti; ma che possono esprimere gli occhi? Sono solo una lastra che registra immagini, nient'altro che questo.

– Vorrei solo che tu ci pensassi – le disse a bassa voce. – Io non so fare la psicologia del profondo, non so perché mi manchi: potrei rispondere perché ti amo, come dicono tutti in simili circostanze; oppure perché ti desidero, o tutte e due le cose insieme, non sono la stessa cosa? Oppure perché non ho piú voglia di viver solo o perché da solo mi annoio e tu sei stata l'unica persona capace di scacciarmi la noia. Ma puoi anche avere ragione tu: una partita rimasta sospesa che voglio giocare fino alla fine. Sí, può darsi che tu abbia ragione. Anche questo sarebbe amore se qualcuno sapesse dirmi che cos'è l'amore. Io non lo so e mi annoia parlarne. Vorrei che tu ci pensassi. Seriamente. Adesso non dire altro, a volte una parola rovina tutto. Ciao, stai bene, a presto.

– A presto – ripeté Laura macchinalmente. Pensava senza pensieri. Pensava la vita, lo sbalordimento della vita.

In quindici anni Michele Zaccaria s'era fatto strada a Milano. Aveva cominciato in Sidera alla fonderia, lavoro duro, ritmi pesanti, ma lui era contento e dopo sei mesi moglie e figli l'avevano raggiunto. Lei aveva trovato servizi a ore cosí i soldi per il necessario non mancavano. Avevano affittato due camere e cucina a Binasco, c'erano parecchi compaesani in quella periferia milanese che era diventata uno dei punti d'arrivo di tanti meridionali. La sera si incontravano in pizzeria e si parlavano ancora nei loro dialetti del Sud, ma non erano già piú i dialetti di casa, bisognava farsi capire tra siciliani, calabresi, pugliesi, cosí parlavano una specie di lingua franca, una lingua meridionale nelle cadenze che accoglieva parole italiane e perfino qualcuna lombarda.

Alcuni di loro frequentavano cattive compagnie, «s'imputtaniu» raccontava Michele alla moglie quando un Vincenzo o un Salvatore lasciavano il lavoro e si facevano vedere in giro con certi omini di panza che facevano caporalato di manodopera e gradassavano con le ragazze che la notte accendevano i fuochi lungo gli stradali aspettando i camionisti per portare a casa qualche lira.

Ma lui, Michele, tirava dritto e imparava il mestiere. Dopo due anni aveva avuto la qualifica ed era salito di categoria, nel '55 era diventato caposquadra. Intanto frequentava anche una scuola serale all'Umanitaria, dove l'antica fondazione socialista sotto la guida di Riccardo Bauer organizzava corsi di specializzazione professionale. Anche lí si era distinto e alla fine del corso aveva partecipato a un pranzo per gli operai che avevano avuto i voti migliori e che in quell'occasione ricevettero il diploma dalle mani del presidente. Per loro Bauer era una specie di santo e l'Umanitaria una grande parrocchia dove invece di recitare il rosario e le litanie si raccontava la storia degli operai e del movimento socialista. E Michele era diventato socialista e si era iscritto alla Cgil.

Il suo tenente della Marmarica, l'ingegnere Andrea Grammonte, l'aveva visto due volte, poco dopo l'assunzione alla Sidera e poi quando era stato promosso caposquadra. Era Andrea che l'aveva fatto chiamare, lui non si sarebbe mai permesso, ed erano stati incontri di pochi minuti mentre il telefono sul tavolo dell'Ingegnere squillava di continuo e la segretaria entrava a portare carte e a ricordare impegni e appuntamenti, tanto che a un certo punto l'Ingegnere aveva detto non passate piú telefonate e lasciatemi tranquillo per dieci minuti.

Questo Michele se lo ricordava spesso e lo raccontava con sempre nuovi particolari che avevano finito per trasformare quell'incontro in una sorta di riconoscimento tra un grande imprenditore e il capo operaio della sua migliore squadra, quella che batteva i record dei tempi misurati dai controllori.

Il terzo incontro avvenne qualche anno dopo, all'inizio dei Sessanta, e questa volta fu Michele a chiederlo per via gerarchica, come si diceva non solo sotto le armi ma anche in fabbrica. Lo chiese al direttore di stabilimento che fu abbastanza stupito di quella richiesta da parte di un bravo dipendente ormai anziano dell'azienda, che avrebbe dovuto sapere che l'Ingegnere non aveva certo il tempo per dare udienza a uno dei suoi tantissimi operai. Ma Michele insistette. – Devi almeno dirmi la ragione, non posso comunicare alla segreteria dell'Ingegnere che Michele Zaccaria vorrebbe vederlo. Quello non sa nemmeno chi sei e si ricorda appena chi sono io.

– Ragioni personali – rispose asciutto Michele. Ma, inaspettatamente per il direttore, di lí a una ventina di giorni arrivò la convocazione di Michele Zaccaria in presidenza per il giorno dopo.

– Eccoti qua, il mio sergente, stai benissimo e il tempo per te non è passato. Quando ti vedo mi sembri il soldato di quei giorni, nemmeno un capello bianco in testa. Solo che adesso hai giacca e cravatta. Ma non stare sull'attenti, riposo, mettiti seduto.

Michele s'avvicinò alla sedia accanto alla scrivania senza sedersi, rimaneva in piedi a occhi bassi, non sapeva dove mettere le mani, se le teneva l'una con l'altra per farsi coraggio e sentirsi tutto insieme sotto controllo.

– Avanti siediti, non stare lí imbambolato. Come ti vanno le cose? So che il tuo direttore è contento di te.

– Ah, u sapiti, Ngegneri. Lui ve lo dissi?

– No, non lui ma lo so. Io ti seguo. Allora dimmi che cosa ti capita?

Michele si sentiva un po' di tremore. L'Ingegnere sapeva di lui, era contento di lui; questo rendeva ancora piú difficile quanto stava per comunicargli. Si raschiò la gola.

– Allora mi dovete scusare tanto per quello che vi dico. Mi n'di vajo, Ngegneri. Metto su un'officina, risparmiai un po' di soldi e spero di farcela con le forze mie si a Madonna m'aiuta.

– Ma bravo, proprio bravo. Un'officina di che cosa?

– 'Na baracchetta, sapíti, riparazioni e pezzi di ricambio di motori. N'amico mio si licenzia dall'Alfa Romeo e io mi mitto con lui. 'Nseme sparambiammo due milioni, accattassimo quello che ndi serve per lavorare e tre mesi di caparra per l'affitto. Ma volevo dirvelo in prima persona e non che lo sapete dal personale che Michele Zaccaria s'è licenziato. A me se non era per voi stavo sempre a Stefanacoli facendo il colono. Qui ho imparato a lavorare con le macchine e aguanno feci puro il capolavoro all'Umanitaria per la specializzazione. Allora pensai che era il tempo di mettersi in proprio con quest'amico mio che però è di Altamura ma ndi capiscimu perché l'ho conosciuto all'Umanitaria e il dottore Bauer ci ha dato il diploma distinto. Il dottore Bauer io l'ho informato e ha già detto che quando si rompono le macchine dell'Umanitaria ce le manda a riparare da noi e lo dirà anche ai suoi amici. Ecco. Spero che mi scusate tanto che mi n'di vajo, con tanta benedizione per tutto c'aviti fatto pi mia.

Questa è una persona, pensava Andrea mentre lo ascoltava parlare dei suoi risparmi, del rischio che aveva deciso di correre pur di avere una cosa sua, fatta solo da lui insieme al suo amico di Altamura, tutti e due arrivati a Milano senza un soldo, sbalzati dalla zappa alle catene di montaggio sotto l'occhio dei controllori e il ticchettio dei cronometri che misuravano i tempi.

Questa è una persona, è gente cosí che ha fatto la Sidera ma spesso ce ne scordiamo. Gli disse di slancio: – Mi vuoi come cliente? Ti manderò anch'io un po' di macchine da riparare quando ci sarà bisogno. Calcola che te ne manderò una decina al mese. Però coi primi guadagni ti devi attrezzare perbene. Devi saper fare anche i lavori di elettrauto e di carrozzeria. Vedrai che il lavoro crescerà.

– Grazie Ngegneri, quando Saveria saprà quello che m'avete detto...

Andrea gli tese la mano, Michele voleva a tutti i costi baciargliela e cosí tra strattoni e risate si separarono.

– Dammi notizie – gli disse Andrea mentre la segretaria in piedi guardava la scena immobile come un granatiere di sentinella. – Quello c'aviti bisogno mi comandate, qualunque cosa Ngegneri – rispose l'altro che era già nel corridoio. – A proposito, lo sai, Michele, mi hanno promosso maggiore, sto facendo carriera.

– Generale vi devono fare, generale – disse l'altro sventolando la mano mentre già l'usciere lo sospingeva verso l'ascensore.

La baracchetta gli andò bene e dopo qualche mese quel garage di sessanta metri quadrati trasformato in officina non bastava piú. Le macchine e i motorini in riparazione li posteggiavano nel cortile e sulla strada, ma gli inquilini protestavano e non c'era sicurezza. Michele e Giuseppe Zirro, il suo socio di Altamura, affittarono un capannone sufficiente a fare il lavoro per bene e al riparo.

Intanto s'erano uniti a un giovanotto di Grugliasco che al suo paese faceva il verniciatore ed era venuto a Milano in cerca di fortuna. Con lui misero su l'officina di carrozzeria affittando un altro capannone che stava accanto al primo. I risparmi non bastavano per tutte queste trasformazioni, ci pensarono molto perché avevano una gran paura dei debiti e con le banche nessuna confidenza, ma alla fine decisero di chiedere un prestito al Credito Varesino dove avevano il conto corrente della ditta, una società in nome collettivo che avevano chiamato coi loro due cognomi.

Oltre al giovanotto di Grugliasco, a lavorare con loro c'era pure il figlio di Michele, che aveva già diciannove anni e tra un anno doveva partire soldato, e altri due ragazzi, uno siciliano e un altro che veniva dalla provincia di Ferrara, ai quali pagavano un salario senza contributi.

I due capannoni, poco distanti, dall'Alfa Romeo e dal cavalcavia che portava verso il fascio delle autostrade alla destra di corso Sempione, erano diventati un punto di collegamento di calabresi, pugliesi, meridionali in cerca di lavoro, di casa, di amici. E loro, Zaccaria e Zirro, li aiutavano come potevano, davano indirizzi, mettevano parola, li presentavano, ma se riuscivano a sistemarli poi volevano conferma che si portavano bene e con rispetto. Ormai erano conosciuti nell'ambiente dei compaesani e voluti bene. Ma da qualcuno anche odiati perché toglievano lavoro e guadagni ai caporali che affittavano manodopera a salari di fame.

Quei caporali li avevano fatti avvertire che stessero attenti a non pestargli troppo i piedi e Zaccaria e Zirro erano diventati piú prudenti: aiutavano chi glielo chiedeva ma con cautela e solo persone che venivano presentate da amici di vecchia data.

Intanto c'erano le elezioni all'Associazione dei calabresi, costituita fin dal '53 e diventata in dieci anni assai numerosa e dotata di qualche influenza. I soci erano alcune migliaia, avevano un bel circolo ricreativo con tre biliardi e una saletta di calciobalilla, organizzavano conferenze e i dirigenti tenevano i collegamenti con il Comune e con le associazioni dei commercianti, degli artigiani, degli edili, dei tassisti offrendo lavoratori e domandando lavoro.

Ce n'erano parecchie di quelle associazioni, quasi tutte le regioni di provenienza della grande immigrazione dal Sud ne avevano una, qualcuna anche due in concorrenza tra loro per diversità di simpatie politiche, o almeno cosí dicevano i dirigenti. Ma in realtà si disputavano il controllo sociale di quella vasta massa di persone che rappresentavano un serbatoio di voti prezioso sia per le varie liste dei partiti in gara e sia soprattutto per i voti di preferenza da dare ai singoli candidati per favorirne l'elezione al Consiglio comunale, provinciale, regionale e perfino alla Camera dei deputati.

La «famiglia calabrese», come comunemente veniva chiamata, ci teneva molto che Zaccaria partecipasse alle elezioni del comitato: era stimato, aveva molte conoscenze, il suo successo era sicuro. Michele accettò, fu eletto e subito dopo il comitato lo nominò presidente. I caporioni dell'Associazione, sapendo che di politica non si era mai occupato salvo le sue simpatie per il socialismo, pensarono che fosse il presidente ideale per tenere insieme i soci e lasciar liberi loro di portare avanti i traffici con i partiti, e in particolare proprio con quello socialista e quello socialdemocratico che a Milano erano tradizionalmente forti e avevano il sindaco e molti assessorati importanti. Quei partiti avevano bisogno di voti e i calabresi glieli davano; i candidati cercavano preferenze e i calabresi gli davano anche quelle distribuendole tra i favoriti in modo che fossero tutti contenti e si sentissero tutti debitori dell'Associazione.

Si stava insomma formando in quegli anni a Milano e nei paesi della cintura una vasta rete clientelare del tutto nuova per la Lombardia; fenomeni analoghi erano in corso a Genova, a Torino e in tutta l'area della Padania metropolitana e contribuivano a modificare notevolmente il tessuto sociale di quelle zone. I voti di preferenza, che fino ai primi anni Cinquanta non superavano le centinaia, tranne che per i candidati di prestigio nazionale, diventarono migliaia quando le clientele presero consistenza.

Le associazioni dell'immigrazione chiedevano in contropartita lavoro per i loro associati, facilitazioni per l'ottenimento della residenza e dei libretti di lavoro, riconoscimento sociale; ma da un certo momento in poi cominciò da parte dei caporioni un vero e proprio scambio elettorale: voti contro denaro.

Si vendevano anime morte e nessuno ci faceva gran caso, anche perché le associazioni, distribuendole con sapienza tra i contendenti, non modificavano granché i rapporti di forza, salvo quando decidevano di puntare su qualche persona emergente, capace di promettere in grande e anche di mantenere.

Quando Michele Zaccaria diventò presidente della «famiglia calabrese» le cose erano a questo punto e il commercio di anime morte era arrivato al suo massimo insinuandosi anche nelle organizzazioni interne dei partiti e assicurando la vittoria a questo o quel leader. In realtà, quelle frotte di contadini inurbati che cercavano di integrarsi in una società che, pur avendo bisogno di loro, da principio li aveva respinti cercando di segregarli nei ghetti delle periferie, non facevano che riprodurre a loro modo meccanismi già da tempo funzionanti e ben piú sofisticati. Commercianti, esercenti, artigiani, *city bands*, tassisti, erano ormai diventati altrettante lobby e ciascuna difendeva con unghie e denti il proprio territorio cercando anzi di allargarlo. Su tutte, nell'ambito del Comune, incombevano i vigili urbani che avevano imparato a chiudere gli occhi o a spalancarli sugli illeciti – o presunti tali – che si consumavano a migliaia in una città di quelle dimensioni, seguendo le amicizie politiche del loro comandante che a sua volta secondava quelle degli assessori e del sindaco, sicché non si capiva piú se erano gli assessori a dirigere il Municipio o il comandante dei Vigili a tenere in pugno la vita del Comune.

La verità era che tutti avevano poteri di ricatto su tutti e l'intero sistema si muoveva secondo le regole dell'omertà e della consociazione nell'illecito.

Nessuno poté piú permettersi di stare fuori da un cosí ramificato e capillare meccanismo che, manipolando i comportamenti sociali, assicurava il consenso ai gruppi politici, fin dall'inizio promotori di quella rete che a poco a poco si infittiva e si estendeva senza lasciar libero alcun interstizio e alcuna forza capace di rivendicare una propria libertà di azione. Una palude o una melassa, ma piú melassa per chi ci stava dentro e piú palude per chi, standone fuori, era immerso suo malgrado in una fanghiglia densa di miasmi e di fastidiose punture.

Michele Zaccaria non sapeva tutto questo; ma una cosa l'aveva capita d'istinto; che i suoi calabresi non erano piú quelli che aveva conosciuto nella sua terra, fieri, rissosi, un po' briganti e un po' cavallereschi, antichi, temerari, malinconici. I suoi calabresi trapiantati s'erano fatti furbi, avevano scoperto che tutto si può comprare perché tutto si può vendere, insomma erano diventati moderni, di una modernità meticcia, senza storia alle spalle e senza paese.

A Michele questa trasformazione non piaceva. Adesso che era diventato il loro presidente pensava toccasse a lui risvegliare la loro orgogliosa diversità. Sapeva per esperienza che era possibile lasciare la zappa del contadino per le macchine della fabbrica senza per questo vendersi l'anima e scordarsi del paese dove riposavano i loro morti, Dio li abbia in gloria, e dove erano piantate le loro radici. Decise che quello era compito suo e che lui comunque nella melassa non ci avrebbe mai messo un dito. Quello che ancora non aveva capito era che le radici delle persone s'erano impurrite, s'impurrirunu tutti, a Milano e Catanzaro, a Reggio e Torino, non d'avi chiú n'u palmo 'i netto. Il cuore glielo diceva ma la testa non lo accettava: la gente le radici le aveva perse e tutto sommato era contenta cosí.

Da almeno tre mesi i titoli dell'Alleanza Generale aumentavano in Borsa, un aumento soffice, con qualche impennata improvvisa, qualche sosta, magari un piccolo passo indietro ma poi di nuovo un rialzo piú duraturo. Complessivamente nel corso dell'inverno del '65 avevano guadagnato il diciassette per cento. Qualcuno, piú sospettoso, si domandava il perché ma la risposta era pronta e convincente: il bilancio della società era solido, il dividendo soddisfacente; perché non avrebbe dovuto aumentare la quotazione dei titoli? Normale, assolutamente normale.

L'Alleanza era la piú potente holding italiana, tra le prime in Europa e i suoi azionisti principali, quelli che ne avevano il controllo, rappresentavano il fior fiore della finanza e della grande industria del paese: quattro delle principali banche, le due maggiori compagnie di assicurazione, la Polisider, i Cavi, i Cementi, la Meccanica Italiana, la Suisse Corporation.

Questi gruppi possedevano ciascuno piccole quote azionarie dell'Alleanza, tra l'uno e il cinque per cento. Complessivamente però arrivavano intorno al venti e avevano unito le loro azioni in un sindacato di voto che durava ormai da parecchi anni. Di fatto il Consiglio d'amministrazione dell'Alleanza rappresentava una sorta di club del potere economico; in quelle sale ovattate, al sicuro da occhi e orecchi indiscreti venivano risolti i conflitti, mediati gli interessi e decisa anche la linea generale e politica del padronato.

La particolarità dell'Alleanza consisteva nel fatto che nella sua cassaforte erano custodite quote azionarie consistenti del capitale dei suoi stessi azionisti. Il risultato finale di questa rete rappresentava un piccolo capolavoro di ingegneria finanziaria e allo stesso tempo politica, costruito attraverso gli anni perché i gruppi che controllavano l'Alleanza erano a loro volta sostenuti in casa propria dai pacchi azionari in possesso dell'Alleanza medesima.

Alla fine tutti controllavano tutti, con poca spesa e generale soddisfazione. Il flottante dell'Alleanza – cosí si definiva quella parte del capitale collocato in Borsa e libero di passare di mano in mano – consisteva nell'ottanta per cento ma era talmente polverizzato nelle mani di piccoli azionisti da non destare alcuna preoccupazione nel sindacato di controllo, anche perché per superare il venti per cento nelle mani del sindacato sarebbe stato necessario mettere insieme alcune migliaia di miliardi, impresa che sembrava realisticamente impossibile.

Con tutto ciò il rialzo del titolo cominciava a creare qualche allarme. Alla fine dell'inverno, per vederci piú chiaro, il presidente dell'Alleanza Generale convocò i membri del sindacato per uno scambio di idee. La riunione fu fissata per le undici del venti marzo. Non mancava nessuno.

Il presidente, Giliberto Fossati, di antica famiglia liberale di origine cotoniera, fece una breve relazione sullo stato dei fatti, snocciolò le cifre del rialzo di Borsa che aveva portato su il titolo e le quantità che in quei tre mesi erano passate di mano; secondo le informazioni raccolte sul mercato dalle banche amiche, fino a quel momento mani forti – cosí disse – avevano rastrellato almeno il quindici per cento del capitale e gli acquisti continuavano. – Escludo – proseguí Fossati – che in questa operazione sia coinvolto qualcuno dei membri del nostro sindacato, il patto ne fa esplicito divieto. Al momento sappiamo soltanto che gli ordini d'acquisto provengono in gran parte da due agenti di cambio ma non siamo riusciti a capire per conto di chi stiano comprando.

– Qualche sospetto? – chiese il consigliere che rappresentava la Suisse Corporation.

– Sospetti non provabili. Francesi? Tedeschi? Chi può avere interesse a metter le mani sull'Alleanza?

– Sulle partecipazioni dell'Alleanza chiunque ne abbia i mezzi può avere interesse.

– Per farne che cosa? Noi abbiamo partecipazioni di appoggio ai gruppi di controllo delle società partecipate ma in nessuna di esse siamo determinanti. Certo, se quei pacchi cadessero in mani ostili la vita si complicherebbe per tutti ma non si produrrebbe nessun terremoto, almeno non credo. Perciò non capisco chi è che rastrella e con quale scopo.

– Caro Fossati – fu Roberto Sclavi della Meccanica Italiana a prender la parola – l'Alleanza non è determinante in nessuno dei gruppi partecipati, lei ha ragione, ma è qualche cosa di molto di piú e ciascuno di noi lo sa. L'Alleanza è il cuore del sistema, il punto di convergenza e di mutuo soccorso. Se venisse conquistata da qualcuno estraneo al sistema questo prezioso equilibrio si romperebbe. Voglio parlare chiaro perché non mi sembra il momento di nascondere la testa sotto la sabbia. Il nostro patto di sindacato scadrà tra un anno e mezzo; se ci fosse una new entry consistente sarà difficile che il sindacato si ricostituisca automaticamente. Se ne farà un altro probabilmente su nuove basi e con diverse pattuizioni.

– La new entry c'è già stata, dottor Sclavi; non sappiamo ancora darle un nome ma c'è già stata, questo è sicuro.

– Giusto. Dunque c'è un solo modo di reagire: il sindacato deve aumentare la sua consistenza arrivando al trenta per cento in zona di sicurezza.

La proposta era concreta e formulata in modo perentorio. Significava mobilitare quattromila miliardi. Le tredici persone sedute intorno al tavolo tacevano pensierose, nessuno aveva molta voglia di cavar quattrini e immobilizzarli al solo scopo di difesa collettiva. Castaldi alzò un dito.

– Parli pure – disse Fossati.

– Una notizia e una riflessione. La notizia è questa: ieri mi è stato offerto il diciotto per cento dell'Alleanza; per l'esattezza il 18,15 per cento con un'opzione di tre giorni.

– Il diciotto per cento! – Lo interruppero parlando tutti insieme. Molti si alzarono, ci fu un momento di vera e propria confusione.

– Ha aspettato fino adesso a dircelo?

– Chi gliel'ha offerto?

– A quale prezzo?

– Incredibile!

– Siete voi a scalare l'Alleanza.

– Finalmente tutto è chiaro.

Castaldi taceva sorridendo ironicamente in mezzo a quel frastuono.

– Silenzio – gridò Fossati. – Vuole essere piú chiaro per favore?

– Mi pare d'essere stato chiarissimo: mi è stato offerto il diciotto per cento della nostra società. L'offerta viene da una banca del Liechtenstein di tutto rispetto che agisce per conto di un cliente di cui ovviamente non mi è stato detto il nome. Il prezzo è di ventimila lire per azione, il sette per cento in piú del prezzo di compenso del mese scorso. Questo è quello che so. Abbiamo tempo fino a dopodomani per rispondere.

Ci fu un altro momento di confusione mentre il presidente si affannava a ristabilire l'ordine.

– Signori, prego, signori. Dottor Castaldi, lei sta proponendo al sindacato di accettare l'offerta?

– No, dottor Fossati. Sto semplicemente informando il sindacato di quello che so.

– E che cosa intende fare da parte sua?

– Intendo chiedervi l'autorizzazione a comprare.

– Polisider è pronta a comprare da sola?

– Non intendiamo muoverci contro il parere del sindacato. Abbiamo firmato un patto e lo rispettiamo. Se il sindacato non è d'accordo rifiuteremo l'offerta.

Seguí un silenzio assoluto. Castaldi attese per molti secondi che quel silenzio facesse aumentare la tensione, nel produrre effetti scenici era un maestro, ci si divertiva e faceva aumentare il suo prestigio e la fama della sua bravura di schermidore finanziario. Poi riprese a parlare: – Se invece ci autorizzerete compreremo.

– E dividerete il pacco pro quota tra i soci del sindacato, suppongo.

– Suppone male, dottor Fossati. Terremo il pacco per noi ma non ne faremo alcun uso fino alla scadenza del patto. A quel punto bisognerà rinegoziare tutto e vedere chi ci sta e chi no, ma questo è un discorso che faremo a tempo opportuno.

– Perché non subito, Castaldi? È chiaro che in questa situazione il sindacato è già finito da oggi, tenerlo in vita sarebbe una pura finzione. Debbo dire: non ci sono parole per qualificare quanto è accaduto.

Castaldi si eresse sulla sedia, sembrava un gallo da combattimento che sente arrivato il momento dello scontro finale, i bargigli e la cresta gonfi di sangue, il becco e gli speroni pronti a colpire. Cominciò con calma, una calma fredda, cortese, preparatoria del colpo definitivo.

– Lei conosce, dottor Fossati, la grande stima che ho per lei, per la sua integrità morale e la sua lunga esperienza imprenditoriale. La stessa stima ho per tutti i presenti e per le realtà produttive che hanno alle spalle. Questo nostro Consiglio rappresenta quanto c'è di meglio nella comunità economica italiana ed è un punto di considerazione da parte dell'opinione internazionale piú qualificata. Lasciatemi dire tuttavia, cari amici, che l'Alleanza sta diventando col passar del tempo una struttura invecchiata e non piú rispondente ai nuovi sviluppi della finanza mondiale. Noi sosteniamo in pubblico che i nostri bilanci sono ottimi. Ebbene, noi mentiamo e sappiamo di mentire; la consistenza patrimoniale è molto elevata ma il rendimento è modestissimo. E perché? Voi lo sapete bene: noi coviamo da anni uova di pietra dalle quali non nascerà alcun pulcino. Il motivo per cui lo facciamo è chiaro a tutti: in tempi di forti cambiamenti economici e tecnologici noi abbiamo ingessato e anzi blindato il sistema; abbiamo chiuso gli accessi, abbiamo creato un incrocio, caro presidente, che è l'esatto opposto di una filosofia liberale e imprenditoriale. Viviamo di rendita e se continua cosí presto la sconteremo tutti. Ebbene, Polisider ha deciso di dare uno scossone. Lei dice che il sindacato è finito. Ha ragione caro Fossati, questo sindacato è finito. Polisider possiede, come sapete, il cinque per cento dell'Alleanza. Se acquisteremo il pacco che ci viene offerto...

– Ma via, non faccia la commedia, Castaldi, quel pacco è già vostro, gli scalatori siete voi, smettiamola con questa inutile finzione...

– Se acquisteremo il pacco che ci viene offerto andremo al ventitre. Potete star certi che il passo per arrivare al trenta con alcuni alleati potrà effettuarsi in poche settimane. La nostra intenzione è di ampliare le partecipazioni che riterremo strategiche per Polisider e vendere le altre. Signori, il mutuo soccorso è finito, d'ora in avanti ciascuno dovrà camminare sulle proprie gambe e sarà bene che cammini veloce. Vi ho informato con lealtà di ciò che il nostro gruppo intende fare.

Castaldi si alzò e concluse in piedi: – Avete un giorno per decidere. Per ogni ulteriore informazione, sarò a vostra disposizione –. Avviandosi verso la porta si voltò verso il tavolo del Consiglio: – Ho la sensazione, anche se non posso esserne certo, che chi ci ha offerto il pacco Alleanza stia ancora comprando sul mercato, di roba ce n'è tanta a questi prezzi e chi ne ha i mezzi e la voglia può affettarla come il burro e spalmarsela sul pane. Buona giornata a tutti.

E uscí tronfio come un pavone che fa la ruota per farsi ammirare dall'universo intero.

Il piano di scalata era stato messo a punto meticolosamente sei mesi prima da Andrea, Castaldi e Griffith, con l'appoggio di Tibaldi e della sua banca, cui per l'occasione si erano unite Paribas, City bank e First Boston Corporation. L'obiettivo finale, a scalata riuscita, era di sciogliere alcuni incroci e concentrare la presenza di Alleanza su pochi settori. Ci sarebbe stato uno scambio con la Meccanica Italiana, con Cementi e con le compagnie di assicurazioni: ciascuna di queste società avrebbe ceduto le azioni Alleanza a Polisider ricevendo in cambio le azioni proprie che stavano nel portafoglio di Alleanza. Quest'ultima, forte dei capitali ricevuti da Polisider, avrebbe rafforzato le sue partecipazioni nella Banca Mobiliare e nel gruppo Cavi, prima pedina per una futura scalata alla Telefonica Italiana, ancora nelle mani dello Stato ma della cui privatizzazione si parlava come d'una ipotesi inevitabile e prossima.

Alla fine di questo terremoto il gruppo Polisider avrebbe avuto – direttamente o tramite Alleanza ormai solidamente nelle sue mani – il controllo della siderurgia, della petrolchimica, delle fibre, dei cavi, con una forte presenza nelle costruzioni e nel sistema bancario.

Ci volle oltre un anno perché tutti i pezzi di questo mosaico andassero al loro posto ma alla fine il risultato fu come i suoi ideatori avevano immaginato. Andrea, come sempre, aveva lasciato a Castaldi l'esecuzione dei vari passaggi, ma suo era stato il disegno strategico e gli accordi bancari che avevano reso possibile un investimento di molte migliaia di miliardi. Ci furono poi alcune fusioni societarie che semplificarono quel coacervo di interessi e di incroci azionari e in questo ebbe larga parte l'esperienza di Griffith e di Tibaldi.

Alla fine l'economia italiana risultò dominata da tre grandi potenze: la Telefonica Italiana, la Motorauto e la Polisider. Al di sotto di questa trinità, a grande distanza, c'erano una decina di imprese medio-grandi e sotto ancora una moltitudine di piccole e piccolissime aziende, il nerbo del tessuto produttivo del paese, privo però di voce, di rappresentanza, di capacità di ricerca e in perenne ristrettezza di capitali e di accesso al credito. Una piramide disegnata in modo assai eccentrico, con una punta molto alta e sottile e una base larghissima, quasi piatta.

Questa era la struttura economica e sociale del paese alla metà degli anni Sessanta. I contadini erano una specie in via d'estinzione. I servizi si stavano rapidamente gonfiando ma erano servizi poveri e avventizi. Il lavoro dipendente impiegava il grosso della popolazione attiva e manifestava un crescente malumore per l'inadeguatezza dei salari e delle condizioni di lavoro.

Sordi brontolii arrivavano dal fondo di questa struttura sociale; classe politica e burocrazie sembravano impari di fronte al compito di amministrare una fase di cosí vasti mutamenti durante i quali molti milioni di sudditi avevano improvvisamente scoperto di essere cittadini titolari di diritti in massima parte inappagati: insufficienti le case, gli ospedali, i trasporti, l'istruzione, il reddito.

Il malcontento ebbe una lunga incubazione perché le classi subalterne sono pazienti per intrinseca natura, specie quando le loro origini contadine sono ancora fresche. Durò qualche anno. Alla fine esplose con grande fragore, innescato dall'impazienza studentesca d'una generazione in scarpe da tennis, eskimo e barba al vento, che partí per la temeraria impresa di rovesciare i ruoli, dissacrare l'autorità, liberare le donne, disconoscere il potere, rinascere senza tabú e senza memoria.

Ma questo accadde dopo, insieme a tante altre cose. Non si è ancora capito se la storia sia tracciata nel suo percorso da poche grandi personalità o da movimenti di masse e di popolo suscitati da mutazioni economiche profonde; non si è ancora capito quale peso abbiano le casuali vicende delle persone, il loro soffrire, il loro desiderare, il loro obbedire e il loro ribellarsi. Infine non si è capito se tutto ciò abbia un senso qualsiasi oppure nessuno.

E perché mai dovrebbe averne? Ha forse un senso, salvo che per loro stesse, l'andare e venire delle formiche?

Il 22 settembre 1965, ormai in vista dei suoi cinquant'anni, Andrea Grammonte sposò Michelle de Vrie, di quasi vent'anni piú giovane di lui. Il matrimonio fu celebrato in forma molto privata nella piccola chiesa di Saint-Augustin-aux-Champs, nella campagna di Chartres. Michelle era una sua lontana cugina da parte materna, graziosa senz'essere bella, di molto spirito e di molta eleganza, appassionata di giardini e di disegno che aveva studiato all'École des Beaux-Arts.

Il fidanzamento era durato qualche mese per conoscersi e «imparare a volersi bene» come aveva suggerito Viviane. L'amore non era previsto, «tra parenti sarebbe incestuoso» aveva detto una sera Viviane durante una cena nella sua villa di campagna in onore dei prossimi sposi, alla quale aveva invitato i suoi amici di Parigi che conoscevano quasi tutti Michelle. Scherzava Viviane e scherzando diceva la vita.

Andrea aveva deciso di volerle bene ottemperando alle prescrizioni della madre e c'era riuscito facilmente perché Michelle aveva tutte le qualità per farselo volere da una persona come lui: non era affatto noiosa, sapeva organizzare il ménage in modo giovane ma non trasandato, era piena di interessi e curiosità. Soprattutto sapeva tutto di Andrea e del suo carattere, Viviane l'aveva istruita alla perfezione; non avrebbe pesato in alcun modo su di lui, sulla sua indipendenza, non sarebbe stata una mogliettina né pretendeva, anche se non lo escludeva, d'esserne una amante; del resto non si cambia un uomo di quarantasette anni.

Insomma, Andrea era convinto che Michelle gli si adattasse come un guanto e sperava che lo stesso fosse per lei.

Qualche mese prima aveva ricevuto da Laura un biglietto molto laconico: – Grazie no. *Thanks for the memories*.

Era passato del tempo dal loro incontro all'Istituto di Lettere senza che Laura si facesse piú sentire. Andrea aveva immaginato che lei stesse vivendo una sua storia sentimentale dalla quale faticava a distogliersi. Quel prolungato silenzio l'aveva preparato a una risposta negativa. Eppure quando il biglietto arrivò, cosí asciutto e definitivo, il dolore gli si spalancò all'improvviso, un pozzo di dolore nudo e rabbioso, la perdita d'un pezzo dell'anima sua. Al punto da dover fuggire subito, senza aspettare un solo minuto.

Chiuse la lettera in un cassetto, si fece portare all'aeroporto, aveva avvisato il pilota, volle prender lui i comandi, poco dopo era tra le nuvole in direzione di Parigi. Restò per due giorni solo nella sua casa di Passy in una condizione che gli era inconsueta. Dormí molto, anche questo non gli somigliava affatto. Passeggiò nel Bois. Non fece né ricevette telefonate, nessuno sapeva dove fosse, aveva semplicemente avvertito la sua segretaria che sarebbe stato via per qualche giorno e non voleva essere cercato e disturbato per nessuna ragione.

Alla fine del secondo giorno sentí arrivare la noia. «Ti aspettavo» pensò «ma tardavi a venire».

La noia scacciò il dolore, lo seppellí sotto il suo grigio e ovattato mantello. Fu l'unica volta in cui la considerò come una benedizione, il ritorno alla normalità. Avvisò il pilota, rimontò sull'aereo al Bourget ma questa volta non si mise ai comandi.

A casa trovò molti messaggi, inviti, posta. Tra gli altri c'era un invito a cena per quella sera in casa D'Annone. Appena il tempo d'indossare lo smoking.

Solita gente, solite chiacchiere, tutto secondo il copione e stavolta era contento come poco prima a Parigi quando la noia era arrivata.

Si portò a casa una piacevole ragazza inglese che aveva bevuto un po' troppo durante la cena.

Era fatto cosí, non sopportava il dolore, non era quello il suo modo di crescere. Non c'è un modo unico per crescere, ce ne sono tanti e molti non ne trovano mai nessuno.

Pensò anche questo mentre faceva l'amore con la ragazza un po' bevuta. Pensò anche che se si pensa mentre si scopa non è buon segno però la scopata dura di piú.

Parte terza

Il viso e le maschere

L'aula magna della Statale è gremita di giovani, bolle come un immenso catino di voci passioni sudore sgomento. Poche ore prima l'agente di polizia Annarumma è morto sul selciato di via Larga nel corso di uno scontro con l'ala dura del Movimento.

Già da settimane la città è sottosopra, percorsa da lunghissimi cortei che urlano – contro la repressione che non passerà – inneggiando al Che Guevara, a Mao e Ho Chi Minh. «Fascisti, carogne, tornate nelle fogne» e «lo Stato borghese si abbatte non si cambia» scandiscono decine di migliaia di giovani che escono dai portoni dell'università, riempiono via Festa del Perdono, invadono piazza del Duomo, il Verziere, corso di Porta Vittoria, svoltano per Monforte e quando la testa è già dinanzi alla Prefettura la coda del corteo ancora continua a uscire dai cortili della Statale in piazza Santo Stefano.

Il 12 dicembre mani ignote hanno fatto saltare il salone della Banca dell'Agricoltura provocando una strage d'innocenti. Da allora le rivendicazioni studentesche e quelle operaie che avevano infuocato i mesi dell'autunno sono diventate una rivoluzione. Il Movimento si è ingrossato, la strage di piazza Fontana – i ragazzi e gli operai ne sono certi – ha come autori i servizi segreti e la Cia e i fascisti come manovalanza esecutrice. La Questura arresta gli anarchici. Uno di loro precipita da una finestra mentre lo stanno interrogando e si spiaccica nel cortile di Fatebenefratelli. Cortei e manifestazioni affollano le piazze di Torino Genova Roma Padova Bologna Napoli. La Polizia carica, il Movimento risponde con la sassaiola. Dietro gli striscioni spuntano le sigle d'un arcipelago in ebollizione: Autonomia, Avanguardia operaia, Servire il popolo, Potere operaio, Lotta continua.

Ma la morte dell'agente Annarumma fa ondeggiare il Movimento e lo obbliga per la prima volta a riflettere. Poco prima, in quella stessa strada, risuonava lo slogan «Poliziotto basco nero il tuo posto è al cimitero»: al cimitero c'è andato veramente. La città è ferita, le saracinesche dei negozi sono abbassate, la forza pubblica è stata consegnata nelle caserme, il presidente della Repubblica, Giuseppe Saragat, ha inviato un messaggio durissimo, il prefetto accusa gli opposti estremismi, il Partito comunista cerca di arginare il ribellismo studentesco che da tempo gli è sfuggito di mano.

Ora sono tutti qui i rivoltosi della Statale, le loro avanguardie, i quadri venuti fuori dalle assemblee e dagli scontri di strada. Sono migliaia e sono smarriti e incerti sulla direzione da prendere.

Sul palco dell'aula magna salgono i capi del Movimento, sono una ventina in jeans giubbotti eskimo sulle spalle barbe capelli lunghi, un po' figli dei fiori un po' katanghesi con le spranghe a portata di mano. C'è Mario Capanna, c'è Luca Cafiero, c'è Lorenzo Cordero. Il frastuono cessa di colpo, adesso il silenzio è assoluto.

– Compagni in piedi – dice Capanna – oggi è morto un proletario –. C'è un momento di incertezza e tensione, poi cominciano ad alzarsi dai banchi, alla fine sono tutti in piedi. Cordero grida dal palco: – Onore al compagno Annarumma – e i migliaia stipati nel salone rispondono: – Onore al compagno Annarumma –. Un applauso lunghissimo e liberatorio segue quel grido, poi Capanna comincia a parlare, vogliono criminalizzare il Movimento, agenti provocatori si infiltrano nelle nostre file, bisogna aumentare la vigilanza. Cordero grida di nuovo «Onore al compagno Annarumma», Cafiero con le braccia alzate urla «La repressione non passerà».

Poi tutti si affollano alle porte, escono sulla piazza sbarrata da lunghe file di Carabinieri in tenuta antisommossa. Ma questa non è la sera degli scontri e i giovani del Movimento si disperdono a gruppi nei vicoli dietro Festa del Perdono.

Il sipario sul grande spettacolo è alzato già da due anni in tutt'Europa e nel mondo. Una generazione ha dichiarato guerra al passato e recita gioiosa e irridente sotto gli occhi dei giornali e della televisione ribellandosi a tempo di rock. Danzando e ribellandosi a tempo di rock.

Quella giornata per Lorenzo, come per tutti i dirigenti del Movimento, è stata lunghissima e adesso si sente a pezzi ma con la convinzione che quanto si doveva fare è stato fatto. È cominciata appena dopo l'alba per preparare il corteo che avrebbe dovuto marciare per le vie del centro protestando contro i fascisti e la strategia della tensione che hanno adottato d'accordo con i Servizi, con pezzi dello Stato e col partito Amerikano.

Bisogna esaminare gli slogan proposti dai vari partiti e associazioni che partecipano al corteo e rifiutare quelli che sono troppo evidentemente fuori dalla linea del Movimento. Poi bisogna collocare gli striscioni in un certo ordine all'interno del corteo. Infine bisogna stabilire il percorso e trovare un modo per comunicarlo alla Prefettura che ritiene la comunicazione e l'approvazione da parte del prefetto una condizione preliminare senza la quale il corteo sarebbe automaticamente fuori legge e dovrebbe quindi essere impedito con la forza.

I dirigenti del Movimento sono al corrente della situazione ma dal canto loro non riconoscono validità alla norma invocata dalla Questura perché la ritengono in contrasto con la Costituzione che garantisce libertà d'associazione e di manifestazione. Su questa differente interpretazione è in corso da settimane una litigiosa discussione che in casi precedenti è stata risolta con la solita furbizia procedurale all'italiana: un gruppo di deputati di sinistra, comunisti e socialisti, hanno fornito al prefetto il percorso del corteo e se ne sono fatti garanti;

il prefetto dal canto suo ha accettato che questa garanzia fosse data da persone che non sono i veri responsabili della manifestazione.

Quel giorno però il prefetto ha rifiutato la procedura accettata nelle precedenti occasioni: o vengono qui i dirigenti del Movimento – ha fatto sapere – oppure la Polizia ha l'ordine di sciogliere il corteo con la forza. Il Movimento si è riunito in assemblea per tre ore e alle dieci del mattino ha deliberato di accettare la sfida. Pochi minuti dopo gli studenti, preceduti da una jeep che scandisce a tutto volume gli slogan concordati, dilagano in via Larga tra il fumo dei lacrimogeni e le cariche della Polizia schierata a difesa della sede dell'Assolombarda. Poi un crepitio secco di rivoltellate, gli scoppi di bottiglie molotov, le urla, le cariche e infine la notizia che passa di gruppo in gruppo: un poliziotto è gravissimo e poco dopo un poliziotto è morto.

Lorenzo ripensa a quei minuti, ha davanti agli occhi la sequenza di quanto è accaduto: era sulla camionetta di testa quando il corteo si era diviso in piccoli gruppi sotto l'urto dei poliziotti e il grandinare dei lacrimogeni, aveva visto distintamente che il gruppo piú impegnato nello scontro era quello di Autonomia; sapeva che molti di loro erano armati e sapeva anche che la loro linea era di trascinare il Movimento sul terreno della violenza. I rapporti tra loro infatti erano molto tesi, i capi studenteschi avevano discusso a lungo su come impedire che le frange dure prendessero la guida e provocassero irreparabili incidenti; alla fine la soluzione era stata di costituire un servizio d'ordine armato non con armi da fuoco ma con spranghe di ferro, capace d'imporre la disciplina e di rintuzzare le azioni provocatrici da qualunque parte venissero. Katanga era il nome che gli avversari avevano affibbiato a quella che era l'ala militare degli studenti e non erano mancati gli scontri tra i katanghesi e le frazioni di Autonomia e di Avanguardia operaia.

Lorenzo aveva contrastato a lungo la costituzione dei Katanga, alla fine si era arreso: senza una forza difensiva efficace gli altri avrebbero prevalso rendendo impossibili le assemblee e alla fine impadronendosi di un movimento ridotto a una setta.

Quando si diffonde la notizia della morte di Annarumma e la città si schiera compatta per un ritorno all'ordine Lorenzo capisce che il Movimento è ormai isolato. Fino a quel momento la sua forza è stata nella solidarietà di tutta la Milano democratica, che ha visto con simpatia i suoi ragazzi dare una scossa elettrica a una democrazia già invecchiata prima ancora di essere diventata matura. Ma oggi no, quel morto ha segnato un solco insanguinato tra la città e i suoi giovani.

I ragazzi l'hanno capito istintivamente e per tutto il pomeriggio hanno continuato ad affluire all'università che già alle sei di sera è piena come un uovo nelle aule nei cortili nel campus del porticato e nell'aula magna collegata con tutti gli altri luoghi attraverso altoparlanti di fortuna.

A un certo punto, nella stanza dove i dirigenti del Movimento stanno decidendo la linea da prendere, arriva una rappresentanza del Movimento femminista; tra quelle donne e ragazze c'è anche Laura, che in quei mesi si è impegnata a fondo sui temi della liberazione delle donne, ha promosso gruppi di autocoscienza e ha mantenuto un certo collegamento col Movimento studentesco. Collegamento assai contrastato perché le sue compagne sono contrarie a condividere temi e obiettivi che siano diversi dal femminismo; contrarie soprattutto a fare causa comune con gli uomini, quale che ne sia il motivo.

Laura non condivide quelle posizioni rigide; nei pochi momenti liberi dal lavoro politico lei e Lorenzo ne hanno parlato molto arrivando alle stesse conclusioni, ma quando Lorenzo ha manifestato una certa sufficienza verso il purismo ideologico e antimaschilista delle compagne Laura è diventata a sua volta intransigente perché convinta che la causa femminista sia il nucleo essenziale di tutte le rivendicazioni, posizioni culturali, prassi nella vita quotidiana e privata di quella fiumana di sentimenti battaglie passioni che ha invaso la scena del mondo dai campus di Berkeley fino alle piazze di Praga mettendo in discussione tabú e istituzioni secolari.

– Tante cose che oggi sembrano importanti a me e a te – gli ha detto pochi giorni prima – cadranno presto nella dimenticanza, ci sarà un riflusso, è inevitabile quando si va avanti a questa velocità e d'altra parte non possiamo fare diversamente, una cosa però è sicura: le donne non torneranno piú indietro perché la vera rivoluzione, anzi l'unica, è donna.

Lui le ha risposto: – Ma sí, certo, non tornerete piú indietro – ma lei ha capito che era una risposta a fior di labbra e senza convinzione. Anche lui è un fatuo – ha pensato – come tutti i maschi che fanno finta di capire, ostentano rispetto per ciò che diciamo purché non si esageri e purché a letto tutto resti come sempre. E hanno ragione, se a letto tutto resta come sempre non cambierà granché, nel caso migliore ci saranno piú donne in cattedra e nei consigli di amministrazione. Saranno donne coi coglioni e il femminismo sarà stato sconfitto.

Però non gli ha detto nulla dei suoi pensieri e altri giorni sono passati. Adesso sono lí, in quella stanza piena di fumo dove quei giovani sentono per la prima volta che la loro rivoluzione si è inceppata e che forse l'immaginazione al potere era soltanto uno slogan senza costrutto.

Il potere è una realtà cupa e dura, un bunker senza finestre scavato nella pietra. Spesso l'immaginazione si è messa al suo servizio ma non è mai accaduto il contrario perché l'una ha la leggerezza come propria essenza quanto l'altro è pesante e opaco. E poi, il potere si declina al maschile, fantasia e immaginazione al femminile: ecco perché quelle donne sono lí nel giorno in cui il Movimento regola i conti con il potere: quel confronto riguarda soprattutto loro.

– Adesso che farete? – chiede Laura, per tutte. – Non potete lasciare quel morto senza una parola, quel morto vi appartiene –. Lorenzo guarda i suoi compagni, lui sa quale dev'essere la risposta, aspetta che gli altri la diano. E Mario risponde: – È morto un proletario e noi dobbiamo onorarlo. Ma oggi siamo al capolinea, tutto sarà diverso. Il tempo del vino e delle rose è finito.

Stavano insieme ormai da cinque anni, Laura e Lorenzo. Lei fisicamente non era cambiata, avere quarantadue o quarantasette anni è la stessa cosa; lui invece aveva perso l'acerbità dell'adolescente, era un uomo giovane ma un uomo, la distanza degli anni tra loro si era accorciata.

Dopo la laurea cosí brillantemente ottenuta Lorenzo si era guadagnato un incarico di assistente, chiamato da uno dei colleghi di Laura, docente di Filologia, una disciplina puntigliosa e severa che Lorenzo riteneva necessaria non solo per specializzare i suoi studi con una solida base di ricerca ma anche come scuola di carattere. Aveva una immaginazione fertile che spesso lo portava a improvvisare confidando nelle sue capacità di intuizione e di interpretazione. Era una qualità ma anche un difetto e la filologia lo avrebbe costretto a correggerlo. – Anche Nietzsche ha fatto per molti anni il filologo – aveva detto a Laura – senza quel tirocinio forse la sua filosofia non avrebbe spiccato un volo cosí alto –. E si era dedicato con passione alle ricerche, ma senza abbandonare i suoi scrittori e i suoi poeti preferiti, Rilke, Yeats, Auden, Joyce.

Sentiva la mancanza della campagna, della terra, degli alberi, delle stagioni e dei loro odori, l'erba bagnata dalla pioggia, il sole della grande estate e la frescura dei castagni e delle querce che il frinire delle cicale immobilizzava in un ascolto estatico, ripetitivo. Le immagini della sua infanzia s'erano fatte piú vive in quella città dove il verde era confinato nei cortili, un verde segreto e precluso, visto di profilo dai portoni e dietro i muri delle case.

Cosí aveva deciso con Laura di comprarsi un rustico nella campagna tra Lodi e Casalpusterlengo, a poca distanza dalla confluenza dell'Adda nel Po, dove già si sente l'odore fermentato delle marcite e dello stabbio, odore degli dèi agresti, delle stalle e della terra lavorata.

Ci andavano ogni fine settimana, che facesse bel tempo o brutto per loro era comunque una festa; si portavano libri e carte per lavorare ma poi finivano per non toccarli: lei potava e concimava le sue rose, gli anemoni, i biancospini, i corbezzoli e i cespugli di bosso; lui tagliava la legna per il camino, aveva imparato a innestare i castagni e i pruni selvatici, e zappettava un piccolo orto dove piantava a stagione pomodori cipolle melanzane e peperoni verdissimi tutti semi e buccia che in Calabria chiamavano berretta perché hanno la forma di un buffo copricapo e cayenna perché bruciano la lingua rendendo piú sapide le vivande e i legumi.

Il loro rapporto amoroso era sempre forte ma piú tranquillo e maritale. A Milano abitavano in due case vicine ma diverse, cosí aveva voluto lei. Prevedeva che prima o poi il sentimento d'amore si sarebbe stemperato in qualche cosa di diverso, non sopportava l'idea di pesare su di lui con i suoi vent'anni di piú, abituarsi a convivere giorno e notte nella stessa casa avrebbe reso piú doloroso il momento del distacco quando fosse arrivato. Ma in campagna quella era la loro casa e lí si sentivano una vera coppia tra i frutti dell'orto e le rose del giardino.

La terra intorno alla casa era poca ma oltre il cancello una strada sterrata portava a un bosco di quercioli interrotto da radure verdi e da filari di pioppi dove andavano ogni giorno a passeggiare. Tre chilometri piú in là si arrivava al fiume. Guardando verso sinistra si vedevano in lontananza le acque dell'Adda che si univano a quelle del Po, una confluenza placida senza irruenza né spume, ma il letto del fiume diventava piú largo e la corrente piú rapida, lí era pericoloso bagnarsi sebbene l'acqua fosse d'un limpido verde assai invitante quando il sole dell'estate arroventava i sassi e le crete degli argini.

Nel bosco e sul fiume c'erano molte specie di uccelli, tutta la zona era di caccia riservata a un circolo di cacciatori di Maleo che ne facevano assai scarso uso, gli spari e l'abbaiare dei cani erano abbastanza rari e quando risuonavano a distanza facevano compagnia. Anche Lorenzo conservava in casa un vecchio fucile a due canne ma non aveva il cane e a Laura la caccia non piaceva, un carniere di animali uccisi non avrebbe voluto vederlo e lui aveva rinunciato senza fatica.

Parlavano molto: degli amici di Milano, dell'università, di letteratura, di filosofia, di politica. Parlavano soprattutto di se stessi, del loro modo di amarsi e di stare insieme che ritenevano il piú intenso perché libero da ogni contratto. Il giorno che mi accorgerò che resti con me solo per abitudine me ne andrò in punta di piedi – diceva lei ogni tanto quando parlavano del futuro.

– Te lo dirò prima io – rispondeva lui. – Ti dovessi sbagliare? E se fossi tu ad annoiarti di me? – Finiva con scene di baci e inseguimenti nel bosco da giovani innamorati, ma lei ci pensava spesso, aveva l'ansia di aver sequestrato un giovane animale che doveva ancora vivere la sua vita piena.

Intanto all'università nascevano i primi fermenti. Da fuori rimbalzavano le notizie dei campus americani, le proteste contro la guerra del Vietnam, la vittoria riportata dai pacifisti, la lotta per i diritti civili, il movimento di emancipazione delle donne. Anche a Londra le università s'erano messe in moto. A Roma esplose la protesta degli studenti di Architettura cui seguí uno scontro con la Polizia nei prati di Valle Giulia. Gli studenti occuparono la facoltà di Lettere e ci si chiusero dentro.

A Parigi insorsero gli studenti della Sorbonne: erano i primi giorni di maggio del 1968. La Gendarmeria picchiava duro e i camion blindati avevano circondato l'università tra rue des Écoles, rue Saint-Jacques e i giardini del Lussemburgo, ma i ragazzi avevano eretto barricate sul Boulevard Saint-Michel e immensi cortei partivano da Bastille e République guidati da sindaci e deputati in fascia tricolore e si dirigevano verso la Concorde cantando la *Marsigliese*. Dicevano di volere la riforma dell'università; in realtà volevano molto di piú, avevano sfidato il potere in tutte le sue forme, la politica giacobina la famiglia i codici la proprietà; salvavano solo Sartre da una parte, Camus dall'altra, rifiutavano il sapere amministrato dai professori e la religione amministrata dai preti, se ne infischiavano di De Gaulle, diffidavano di Mendès-France. A Billiancourt gli operai avevano occupato la Renault e insediato i consigli di fabbrica.

Lorenzo e Laura seguivano con passione quel movimento che si propagava in tutta Europa come il fuoco di una miccia che corre inarrestabile verso una polveriera. Anche a Milano le vecchie associazioni studentesche avevano ceduto il passo ai circoli e alle assemblee che rifiutavano ogni forma di democrazia delegata. Lorenzo ci si era buttato a capofitto, Laura dal canto suo era l'animatrice dei gruppi femministi che si moltiplicavano nelle scuole e nei quartieri al di là d'ogni differenza di classe e condizione sociale.

Avevano diradato i loro soggiorni in campagna, i fine settimana erano quasi sempre dedicati al lavoro politico e anche la loro vita in comune ne aveva sofferto, soprattutto a causa della militanza femminista di Laura che creava crescenti difficoltà nel rapporto. Intellettualmente Lorenzo condivideva senza riserve gli obiettivi del Movimento delle donne e i valori dei quali era portatore, ma continuava a considerare – come del resto tutti i suoi compagni – le femministe come una sorta di sezione del Movimento studentesco, con sue finalità specifiche all'interno di una strategia generale che veniva elaborata e guidata dagli uomini. Perciò le tensioni aumentavano, i percorsi si allontanavano.

O forse queste difficoltà politiche erano un alibi, i primi segnali di stanchezza, della necessità di lui di affrancarsi da una tutela materna che in qualche modo era all'origine del loro rapporto e l'aveva modellato in un certo modo, alimentando certi sentimenti e un tipo di erotismo condizionato da quella maternalità vagamente incestuosa.

Laura era gelosa di lui anche se lo negava disperatamente a se stessa, gelosa delle ragazze che Lorenzo frequentava, tanto piú ora che il femminismo aveva creato una rivalità politica profonda con le compagne che non accettavano la discriminazione secondo il sesso e lavoravano assai di piú nel Movimento che nei gruppi femministi. Era nata in lei una contraddizione fin lí sconosciuta tra il suo femminismo convinto e il bisogno di possedere il suo uomo. Quel bisogno le era parso fino a quel momento una naturale conseguenza dell'amore che li univa, ma ora il trascorrere degli anni suscitava in lei una insicurezza crescente, un bisogno di conferme e una gelosia verso tutto ciò che potesse insidiare l'esclusività del possesso. Una femminista militante e gelosa: c'era di che ridere ma per Laura stava diventando un tormento.

Lorenzo non capiva cosa stesse accadendo nell'animo della sua donna, sentiva la sua gelosia dissimulata ma percepibile come una pretesa inaccettabile alla quale rispondeva con rabbia e sarcasmo. Poi finiva ancora con carezze e abbandoni ma il rapporto tra loro si stava usurando e cominciava a esser segnato dalle rughe del tempo.

Il tempo scorre col fragore di una sotterranea cascata che ti attraversa senza un attimo di pausa e quel flusso rombava nelle loro tempie, pulsava nel loro sangue, nei giorni della loro vita. Una femminista innamorata e un giovane ribelle e impaziente travolti dal tempo che si inabissava dentro di loro trascinandoli nelle sue precipitose correnti.

La voce parlava italiano con un forte accento meridionale e il tono era brusco e imperativo quando il telefono fu sollevato. Disse: – Voglio parlare con Viviana Grammonte. Riguarda suo figlio. È urgentissimo –. Dall'altra parte del filo qualcuno rispose in francese: – *Attendez, je vais voir si madame est là*.

– Fai presto è questione di vita o di morte. Richiamo tra mezzo minuto e voglio 'sta Viviana al telefono. Hai capito?

– Ho capito, sí.

– Okay, sbrigati.

Dopo trenta secondi esatti il telefono squillò di nuovo. – Sono Viviane Grammonte. Chi è che parla? – tremava un poco la voce di Viviane ma le parole erano nitide.

– Capiscimi bene: tuo figlio Filippo è stato sequestrato un'ora fa. Sta bene e non gli sarà fatto alcun male. Vogliamo cinquanta miliardi subito. Per te non è certo un problema trovarli. Comunque ti diamo quarantott'ore di tempo. Domani avrai indicazioni sul pagamento che dovrà avvenire entro mezzanotte di dopodomani. Non mettere in mezzo poliziotti se non vuoi rivedere tuo figlio a pezzettini.

La comunicazione fu interrotta. Viviane rimase col telefono in mano, gli occhi sbarrati, una statua di ghiaccio in mezzo al salotto.

– *Qu'est-ce qui se passe, madame?* – chiese il maggiordomo spaventatissimo di vederla in quello stato e pronto a prenderla tra le braccia temendo che cadesse da un momento all'altro.

– Che cosa ha detto, signora? – domandò la cameriera che per prima aveva parlato con la voce meridionale.

Viviane non rispondeva, continuava a restare immobile accanto al telefono con la cornetta stretta in mano come se le fosse impossibile separarsi da quell'oggetto che sentiva come il solo tramite con Filippo. Passò cosí un paio di minuti, poi s'accasciò su una poltrona, la cornetta del telefono cadde a terra, si coprí il volto con le mani ma senza piangere. Voleva capire, ordinare i pensieri che ora le tumultuavano confusi nella testa.

Tremenda confusione: l'immagine di Filippo come l'aveva visto l'ultima volta pochi mesi prima a Villa Bianca, una *suite* di *cottages* in mezzo al verde sulle colline sopra il lago Maggiore; una serata di musica nella sua casa di Parigi durante la quale un uomo d'affari svizzero le aveva fatto una corte insistente per tutta la sera, lei gli aveva detto con una buona dose di civetteria: – Ho compiuto settant'anni la settimana scorsa – e lui senza staccarle gli occhi di dosso aveva replicato: – Vi adoro. Alla vostra età, madame, Ninon de Lenclos si concesse a un giovane vescovo che la corteggiava da cinque anni –. E ancora: il giorno del matrimonio di Andrea e Michelle nella chiesetta di Saint-Augustin-aux-Champs, un giorno finalmente felice, sperava di diventar presto nonna e di passare tanti giorni nel suo parco di Chartres con Michelle e i bambini, adorava i bambini ma avevano attraversato la sua vita per un periodo cosí breve e in mezzo a tante lacrime, forse i nipotini se fossero arrivati presto l'avrebbero compensata. E infine di nuovo l'immagine di Filippo quel giorno a Villa Bianca coi capelli lunghi completamente bianchi, l'aria assente, neppure infelice ma semplicemente vuota, una faccia consunta molto piú vecchia dei suoi cinquant'anni, rassegnata e senza tempo.

L'avevano rapito. Quel povero essere, privato quasi dalla nascita d'un qualunque destino, l'avevano rapito e lo tenevano come si tiene una pecora dentro un ovile, forse l'avevano legato, forse in una grotta, chissà dove, e volevano cinquanta miliardi per non rimandarglielo indietro a pezzettini. Cinquanta miliardi o l'orecchio di Filippo un dito di Filippo l'altro orecchio un altro dito chissà quale dito si sorprese a pensare l'indice o il mignolo chissà se avrebbe riconosciuto quel dito, orribile, oh, orribile. Di nuovo le comparve dinanzi l'immagine di quel corteggiatore cui piacevano le settantenni e insieme un pezzo d'un orecchio recapitato per posta, apri un pacchetto e dentro c'è un orecchio.

Continuava a tenersi la testa tra le mani mentre le immagini si sovrapponevano e la testa le doleva e la stanza le girava intorno e il maggiordomo accanto a lei aveva cambiato aspetto lo vedeva come in uno specchio deformante, le gambe cortissime, il busto raddoppiato di misura e la cravatta diventata enorme, un uccello nero attaccato al collo che batteva le ali.

Intanto i minuti tic tac tic tac, lei ne ha una scorta ristretta, quarantott'ore le hanno dato.

Si alzò in piedi. Chiese un bicchiere d'acqua. Cinquanta miliardi non è un problema per te le aveva detto la voce. Ma bisogna averli. Subito. Non le avevano detto in quale valuta, lire dollari franchi o che altro. Non sapeva niente, niente.

La testa le doleva terribilmente. Disse ad alta voce: – Sono Viviane de Guiche – guardando il maggiordomo e la cameriera. Aggiunse: – Chiamate subito mio figlio Andrea, debbo parlargli immediatamente dovunque si trovi. Presto, Armand, presto, non perdete un solo minuto, dovunque si trovi –. Ripiombò sulla poltrona e si addormentò, un sonno cieco e nero come la morte.

Di Michele Zaccaria si erano fidati sebbene fosse gente che non si fidava di nessuno. Quando la voce richiamò il giorno dopo fu Michele a rispondere dalla casa di Chartres di donna Viviane. Accanto a lui, stretti attorno al telefono, c'erano Viviane, Andrea, l'avvocato Giovanni Orsomanno che dirigeva l'ufficio legale della Polisider e due amici calabresi di Michele, Antonio D'Aloe e Salvatore Piperno.

– Qui parla Zaccaria Michele, presidente della Famiglia calabrese di Milano, incaricato dall'ingegnere Andrea Grammonte di trattare cu vui. Parrate pure.

– Che cazzo c'entri eh Zaccaria? Voggiu Viviana Grammonte. Hai capito Zaccaria? E tu va a farti fottere Zaccaria –. La voce risuonava nella stanza dall'amplificatore del telefono, Andrea teneva il braccio attorno alle spalle della madre che con tutte e due le mani si reggeva a lui.

Ci fu silenzio. Michele guardava fisso Antonio D'Aloe che gli fece un cenno affermativo. Ripeté con pazienza: – Sugno Zaccaria Michele della Famiglia calabrese di Milano. Donna Viviana e l'ingegnere Andrea Grammonte sono qui con me. Qui c'è anche il compare mio Antonio D'Aloe, u figghiu di Peppe Cannozzo, zu Peppe Cannozzo. Capiscisti?

Silenzio piú lungo dall'altra parte del filo. Poi di nuovo la voce, questa volta piú incerta e piú cauta: – I dinari sugno pronti?

– Ti passo cumpari Antonio.

– Sugno Antonio D'Aloe. Sentimi bene. Don Filippo Grammonte divi essere liberato subito e senza nuia prepotenza. Capiscisti? L'ingegnere Grammonte vi compenserà da quel gran signore chi je' per il vostro incommodo. Nuio divi sapere e nuiu saprà niente. La Famighia vi sarà grata per quanto faciti. Autro non d'avi. Dici dove u liberati.

– Aiu a chiedere.

– Pronta risposta.

– Aiu a chiedere.

– Ritelefona ma faci presto, grandissima testa di cazzo, proprio cui Grammonte avivate a scornarvi. Nuatri nun pozzumo aspettare molto. Vogghiu risposta entro due ore.

Compare Antonio riattaccò il telefono con attenzione che non si sciupasse e dette un'occhiata compiaciuta ai presenti. Michele gli batté una mano sulla spalla. L'avvocato Orsomanno osservò preoccupato che forse don Antonio era stato un po' troppo rude con «la voce»: loro avevano in mano Filippo, bisognava tenerne conto. – Lei sa chi era la voce? – chiese. Intervenne Michele: – U cumpari sapi como deve trattari. Chisti sugno male persone ma s'intimidiscono quando ca sentono la forza. E si hanno la fiducia che non saranno traditi. Comunque, signor ingegnere, un d'avimo autra strada. Preghiamo a Virgine annunziata che accettassero la proposta.

– Un'altra strada l'avevamo, ve l'ho detto ieri sera: uno scambio di prigionieri, prendere me al posto di Filippo e poi trattare con piú calma il riscatto.

– Ma che diti don Andrea? Loro hanno le ore cuntate, pozzono essere scoperti in qualunque momento. Cumpari Antonio sapi cun chi avimo a fari e zu Peppe, o' paese, parla cu chi divi parlare. Stativi in pace cu donna Viviana che tra due ore sapirimo dove l'hanno liberato.

Filippo, quanto a lui, viveva. Per la prima volta la nebbia mentale si stava ritirando nei recessi profondi del cervello lasciando al chiaro chi sei tu chi sono io questo è un albero questo è un uomo e questo è un altro uomo. Gli avevano legato una corda al polso e lo tiravano su per la strada in salita. La corda aveva lacerato la pelle e il polso gli sanguinava.

Devo andare in fretta, pensava Filippo, ma sono stanco la corda mi duole. Filippo incespica e cade, questi uomini sono maleducati, non vogliono bene a Filippo, arriva nella schiena sulle gambe anche nel petto un dolore di scarpe chiodate e mi rialzo per camminare mi buttano acqua fredda in faccia e sul corpo cosí corro in mezzo ai sassi della salita e non sento piú le scarpe dei dolori perché adesso stiamo seduti sotto gli alberi col pane e salame e siamo amici tutti amici che parlano tra loro con me non parlano un uomo però dice Filippo sta bene è tranquillo e un altro uomo dice che forse mi diverto Filippo si diverte fa una bella passeggiata e parlano tra loro ogni tanto ridono anch'io rido ricominciamo a camminare un uomo mi leva la corda sono contento faceva molto male me la lega alla vita e tira e corriamo la strada è stretta senza salita si può correre io corro piú svelto un uomo dice non correre cosí svelto sono contento forse arrivo prima di loro e tiro la corda ma devo andare piú piano l'uomo ride due uomini ridono e anch'io rido è un bel gioco in fondo alla strada c'è una casa di paglia un odore di paglia e cacca ci sediamo col pane col salame un secchio d'acqua per bere ho molta sete un uomo esce un uomo si butta per terra sulla paglia a dormire ha legato la corda a un palo e anche le mani mie che mi butto per dormire è stata una giornata divertente per tutti siamo tre.

La voce dice nel telefono: – Mandate domani alle nove di sera tra il chilometro 14 e 15 della provinciale di Affori, per sicurezza sua sarà legato a un albero vicino alla strada. L'incomodo è stato molto la ricompensa quanto volete a Peppe D'Aloe detto Cannozzo. Speriamo che ci scuserete sempre a disposizione.

Viviane piange e ride come una pazza, Andrea abbraccia stretto Michele e anche compare Antonio e Piperno Salvatore che non si sa perché era lí ma comunque ci stava e qualche ragione ci sarà stata chissà. Due automobili e una gran corsa all'aeroporto poi in volo a Milano e poi Viviane, Andrea e i tre calabresi lo vanno a prendere e lo trovano legato a un platano al chilometro 14 e settecento della provinciale di Affori.

Filippo riconosce Viviane ed è contento, nemmeno tanto stanco. Nell'orecchio di Viviane dice: – È stata una bella giornata loro si sono nascosti io mi sono nascosto e tu m'hai trovato. Mi piacerebbe rifarlo domani ma adesso voglio dormire –. In macchina verso la casa di Andrea lo guarda e gli dice: – Te ti conosco ma non so chi sei.

– Sono tuo fratello Andrea –. Lo dice come pronunciasse il nome d'un colpevole che domanda perdono.

L'altro risponde: – Tuo fratello Andrea, però non me lo ricordo. Comunque piacere – e gli porge compitamente la mano.

Andrea fece arrivare a Peppe D'Aloe detto Cannozzo in contado di Locri cinquecento milioni in contanti, versò in un conto numerato di una banca di Vaduz il controvalore in dollari di trenta miliardi di lire e dette cinque miliardi a testa in libretti postali al portatore a Michele Zaccaria e ad Antonio D'Aloe. Non dette nulla a Piperno Salvatore perché gli avevano detto che era già compreso nella cifra pagata a Vaduz.

Michele tenne per sé centocinquanta milioni e restituí all'avvocato Orsomanno quattro miliardi e ottocentocinquanta. – Quelli li ho tenuti per far studiare il figlio – gli disse. L'avvocato rispose che avrebbe informato l'ingegnere Andrea ma era certo che lui avrebbe voluto che Michele prendesse quel compenso che gli sembrava addirittura insufficiente. Michele ringraziò, disse che non poteva assolutamente avere di piú, aveva fatto quel che poteva non per l'ingegner Grammonte ma per il suo tenente della giovinezza e che la gente di Calabria è fiera e anche mascalzona ma a modo suo è pure una grande gioventú di bellezza generosa e fedele. Restarono d'accordo che quei miliardi sarebbero stati versati alla Famiglia calabrese di Milano come contributo della Polisider alle opere di assistenza.

Michelle la mattina dopo propose ad Andrea di tenere almeno per qualche tempo Filippo in casa loro, posto ce n'era in abbondanza anche per un infermiere e un domestico che si occupasse solo di lui. – Non so se gli farà bene. A Villa Bianca c'è un bel parco.

– Lasciamo decidere a lui, ti prego, almeno fino a quando saremo solo noi due.

– Che ne dice la mamma?

– La mamma – rispose Viviane – dice che il suo vecchio bambino lo porta a Chartres con sé. E voi fate presto a non essere solo in due.

Dal fondo si sentí la voce di Filippo che aveva fame e reclamava caffè latte pane e burro scuotendo con gran forza il campanello. Era una voce allegra e sembrò che avessero vissuto una novella a lieto fine.

I bambini arrivarono presto, prima una femmina cui diedero il nome di Celeste e poi un maschio che chiamarono Jean per via d'un bisnonno che i de Guiche e i de Vrie avevano in comune. La casa si animò di culle lettini boxes carrozzine fiocchi scatole di talco ragazze in grembiule e crestina e quell'odore che fonde insieme latte babyshampoo capelli di neonato pannolini sporchi di cacca in un profumo inconfondibile di nido.

Michelle non trascurava le sue incombenze sociali ma passava con i bambini molte ore della giornata, punteggiate da continue telefonate con Viviane. Appena poté portò la piccola Celeste a Chartres a conoscere la nonna, poi fu la volta di Jean. Presero l'abitudine di passare in campagna da Viviane i mesi da maggio a luglio, l'agosto in Engadina e il settembre al mare, in Corsica, dove Andrea aveva comprato una casa sulla costa occidentale poco a nord di Bonifacio.

Andrea aveva avuto di fronte a quelle nascite una reazione inaspettata, una timidezza scontrosa, istintiva, la paura d'esser coinvolto nel mistero della natura che la natura avrebbe potuto toglierli in qualunque momento. Lui, abituato al rischio e alla scommessa piú estrema anche se in gioco c'erano la sua vita e la sua fortuna, si ritraeva dai pericoli di un futuro che aveva per posta i suoi cuccioli. Copriva questo istinto di fuga con sentenze prive di senso: i figli sono della madre almeno fino a otto anni, diceva; la figura del padre deve stare nello sfondo senza invadere un territorio che non gli appartiene. Poi acquisterà un suo spessore quando i bambini staranno diventando ragazzi e infine adempirà pienamente al suo ruolo man mano che agli anni dell'istintività subentrerà la stagione dei sentimenti temperati dalla ragione.

Michelle rideva di queste sue teorie educative a ruoli separati, sapeva che quei discorsi pieni di luoghi comuni – come spesso gli rimproverava – in realtà nascondevano la paura che aveva dominato la vita di Andrea fin dagli anni dell'infanzia: la paura di amare, di affezionarsi a qualcuno e a qualche cosa e poi doverlo perdere per l'oscuro dominio del caso. Andrea non era arido di affetti; aveva anzi una sovrabbondanza di tenerezza, ma insieme il terrore dell'abbandono, della perdita, della separazione. Tutta la sua vita non era stata che una difesa ininterrotta da legami che prima o poi sarebbero stati fonte di dolore.

Michelle aveva sperato che la nascita dei figli avrebbe rotto l'armatura dentro la quale Andrea scontava la sua pena, ma si era sbagliata, quell'effetto non si era verificato, era anzi accaduto addirittura l'opposto: Andrea schivava quei due bambini che riempivano la casa di voci pianti giochi risate. Se ne teneva distante, stava a casa il meno possibile, si tratteneva nella nursery per pochi minuti, registrava i loro progressi come un medico o un istitutore, incoraggiandoli, correggendo qualche lacuna, lodando o rimproverando qualche comportamento, ma piú con l'aria d'un parente in visita che di un padre.

Gli stessi rapporti con Michelle – cosí almeno sembrava a lei – erano diventati piú formali proprio mentre cresceva la sua riconoscenza per come lei si occupava dei piccoli supplendo anche all'assenza di lui, a quel suo avaro e testardo rifiuto di paternità.

Il lavoro lo impegnava completamente e coincideva ormai con l'intera sua vita. Ma non era piú un lavoro, se mai lo era stato; Andrea era il titolare di una istituzione, il rappresentante della comunità degli affari, del potere economico. Non era soltanto il capo di un gruppo ma di un ceto, d'una cultura industriale, di un umore pubblico e anche, inevitabilmente, un punto di riferimento politico. Essere ammessi alla sua familiarità equivaleva a un invito a Corte e poteva fruttare parecchio in termini di credito sociale e perfino bancario.

Le donne gli stavano intorno come sempre capita agli uomini di potere, tanto piú che lui non le scoraggiava, da questo punto di vista il matrimonio non lo aveva cambiato granché. Michelle, come gran parte delle mogli di rango, non se ne preoccupava, da un certo livello sociale in su alle ragazze era stato insegnato che esser gelose è sconveniente ed essere innamorate è infantile. A volte non si riesce a impedirselo ma si fa in modo di dissimularlo e Michelle dissimulava alla perfezione. La preoccupava molto, invece, la lontananza psicologica di Andrea, lontananza di cui conosceva l'origine ma che aveva sperato fosse stata superata dal trauma del rapimento di Filippo e poi dalla nascita dei figli.

Per recuperare l'intimità dei loro rapporti pensò che il solo modo possibile fosse quello di ricostruire la famiglia originaria: lí si era creato un nodo nevrotico cinquant'anni prima, lí era nata la sofferenza, la frustrazione dell'abbandono, la fuga dal dolore e lí quelle malattie dell'anima potevano essere medicate e forse guarite. Valeva la pena di tentare. Questa fu la vera ragione – oltre alla piacevolezza dei luoghi e delle compagnie che Viviane sapeva organizzare – delle sempre piú lunghe permanenze nella villa di Chartres, dove Filippo imparava a essere uno zio eccentrico e buffo e dove Andrea veniva di tanto in tanto a *jouer le gentilhomme campagnard*.

Una volta Michelle e Viviane congiurarono in modo tale da farlo restare per una settimana intera e fu come rinascere per tutti, a cominciare da Filippo. Era la fine di maggio, il tempo fresco, l'alternarsi di sole e piogge leggere, abituali in quella stagione nelle campagne dell'Île-de-France, il giardino e la casa pieni di rose di ogni forma e colore, rosse viola gialle bianche piccole carnose campestri regali. Il prato era screziato di petali, il glicine spandeva un profumo forte simile a quello delle zagare dell'Alhambra e dei cortili di Siviglia.

Al mattino facevano colazione sul prato sotto grandi ombrelloni bianchi che li difendevano dal sole già estivo, ma spesso alla sera accendevano il camino del salotto perché l'aria diventava pungente, qualcuno raccontava storie, Viviane suonava, era una brava pianista anche se un po' fuori d'esercizio; i bambini s'inseguivano a quattro zampe dietro le poltrone, il cane di Filippo (sí, la grande novità, Filippo aveva un cane, un pastore di pelo bruno) dormiva felice appoggiando il muso sulle scarpe del padrone mentre le fiamme del camino disegnavano complicati arabeschi e i ciocchi di quercia e di ulivo si arroventavano scoppiettando e disfacendosi in brace e cenere sotto gli alari.

Profumo di rose e miele di glicine, nuvole e stelle nel cielo della sera, i *Preludi* di Bach sul piano della mamma, le sue dita magre e lunghe segnate dalle macchie scure della pelle invecchiata, Filippo addormentato sulla poltrona la bocca aperta, il volto beato, Michelle con gli occhi incantati dalle fiamme, il salotto semibuio, una luce sul pianoforte, una lampada col paralume di stoffa verde vicino a una vetrina colma di libri e le ombre che il fuoco proiettava sulle pareti e sul soffitto sostenuto da un'architettura di vecchie travi di legno.

Le porte-finestre del salone erano aperte sul giardino e Andrea uscí, voleva guardare da fuori quella stanza con figure che avevano contato molto, e la cui assenza aveva riempito di assenze la sua vita.

Guardare da fuori un luogo sentimentale dove sei rimasto con l'anima in piedi dietro a tua madre che suona il suo Bach un po' strimpellato perché le dita non sono piú agili come dovrebbero e la musica arriva scordata, incespicante, ma gli accordi della mano sinistra ancora profondi e scanditi, quella donna cosí fragile, rimpiccolita, il tuo amore che ti tradí quando anche tu odoravi di nido e Filippo gridava dal fondo della casa, poi lei partí con un altro, non partí fu scacciata ma poteva opporsi invece si arrese. Adesso gli accordi suonano una musica delle stelle che ruotano nel blu della notte, tu la conosci quella musica, fu il regalo di Laura per iniziare la tua educazione sentimentale, quanto tempo e sempre quel nodo che t'impediva di amare mentre dentro l'amore traboccava. Laura: che faresti se ci fosse lei seduta in quella poltrona vuota, le diresti resta con noi, si può dire resta, si può fare? Nessuno accetta, nessuno entra nelle cose, nessuno si dimentica di sé, forse Filippo può lui si è dimenticato per tanto tempo e forse è entrato dentro alle cose, forse lui sta dentro al suo cane e il suo cane, il suo cane lo sa che sono la stessa cosa al fondo della radice. Io sono Andrea tuo fratello, questa piccola vecchia con le mani blu sui tasti bianchi e neri del piano ci ha portati in grembo tutti e due nello stesso grembo, io ci sono nato dentro poco dopo che te n'eri andato nel mondo e odorava ancora del tuo odore quell'utero caldo nutritivo casa cibo riparo odorava di te di lei di me e siamo di nuovo insieme con Michelle i bambini ma qualcuno manca, lei manca. Chi decide chi manca? Siamo tutti assenti da qualche parte e presenti in qualche altra, non puoi sapere se l'assenza è piú importante della presenza, non puoi far finta d'essere dovunque oppure sí, puoi essere dovunque se ti concentri se vinci la forza di gravità, è assente lei o lo sono io, se la gravità non ci fosse, abolita dal dito di Dio, sarei risucchiato verso quella stella con la velocità della luce.

Viviane chiuse il coperchio del pianoforte, era stanca ma felice d'aver suonato in mezzo ai suoi figlioli. – Sei bravissima – le disse Michelle alzandosi e andando verso di lei.

– *Bravo* – le fece eco Andrea rientrando dal giardino e abbracciandola. Filippo si svegliò, una gamba gli si era intorpidita – Formicola formicola – dette un calcio gentile al cane che s'era attorcigliato con le zampe a quella gamba senza nessuna intenzione di muoversi di lí. Le fiamme del camino s'erano abbassate ma i ciocchi erano ardenti nella stanza l'ombra era piú diffusa, un'ombra protettiva e amica.

– Domani avremo ricotta romana al caffè, l'ho fatta arrivare con l'ultimo aereo di stasera.

Il nodo, l'antico terribile nodo si stava sciogliendo ma c'era un'assenza e il cuore la sentiva.

Non riesco mai a essere felice, pensò Andrea.

– Andrea – stava dicendo Michelle a Viviane – è una natura fortunata, non riesce mai a essere infelice –. Lui la guardò. Forse erano vere tutte e due le cose, forse non c'è mai un solo modo di stare al mondo.

Oggi Lorenzo è entrato in clandestinità. Me l'ha detto ieri e ha usato proprio questa espressione che non conoscevo. Mi ha spiegato che la clandestinità è un altro mondo, un altro modo di vivere e altre persone che non sono piú quelle di prima, sono cambiate, diverse, non possono e forse non vogliono avere legami col passato che li condizionerebbero, debbono cancellare – se ci riescono – anche i ricordi. Come se dovessero rinascere. Perciò in questo mondo di clandestini si entra. Gli ho chiesto: – Si può uscirne? – Ha risposto: – Quando avremo vinto, se accadrà. Oppure se si decide di tradire, ma quello è un caso limite.

Già da tempo i nostri rapporti erano cambiati e avevamo cessato di considerarci una coppia. Però ci vedevamo e continuavamo a parlarci, della nostra vita, dei problemi che dovevamo affrontare e risolvere da soli, ognuno per proprio conto. L'affetto c'era ancora e anche il sostegno per quanto possibile. Ma le nostre strade s'erano sempre piú allontanate, l'amore era spento.

Il mio femminismo non era piú militante; il fanatismo ideologico non ha mai avuto su di me alcuna presa e quando ho capito che il Movimento si era messo su quella strada me ne sono distaccata come hanno fatto tante altre compagne. Sono ancora molto sensibile agli ideali che ci hanno motivato e che, sia pure in piccola parte, hanno modificato la società e soprattutto le donne; se si tratta di combattere per obiettivi concreti io ci sono ancora ma quello che si chiama il lavoro politico l'ho abbandonato. Probabilmente una delle ragioni sarà anche stata l'omosessualità femminile che da un certo momento in poi ha finito per coincidere con la militanza. Non ho niente contro l'omosessualità, alle volte ne sono anche stata attratta, ma mi rifiuto di viverla come un necessario connotato politico e mi rifiuto allo stesso modo di vivere la politica come proiezione dell'omosessualità.

Da quando mi sono allontanata dal Movimento il mio lavoro all'università ha ripreso l'importanza che aveva prima, le ricerche, l'insegnamento sono tornati in primo piano nella mia giornata e anche il gusto, ma direi anzi la necessità di scrivere, che prima era confinata soltanto a qualche articolo e a pubblicazioni funzionali al mio lavoro.

Sarei stata pronta – ma lo ero fin da quando ci siamo incontrati anche se esitavo a confessarlo a me stessa – a rendere ancora piú stabile, diciamo addirittura istituzionale, anche se la parola non mi piace, la mia unione con Lorenzo; non certo col matrimonio: sposarmi con vent'anni piú di lui sulle spalle mi è sempre parso ridicolo; ma avere figli da lui, questo sí, è diventato a quel punto il mio maggior desiderio. Avevo anche consultato un paio di medici e fatto parecchie analisi perché per una donna che non ha mai avuto precedenti maternità la mia è un età molto rischiosa; ma i responsi erano stati tutti positivi, con la sola avvertenza di controlli frequenti e di non lasciar passare altro tempo.

Sogni, progetti che io stessa mentre li costruivo sapevo già quanto fossero campati in aria. Lorenzo girava da parecchio in un'altra orbita, era sempre piú affascinato da un altro progetto di vita; proporgli di metter su casa, avere bambini, essere colleghi nell'insegnamento, per di piú con una cinquantenne, diciamo un'anziana professoressa di letteratura, era un non senso evidente. Infatti non ci ho nemmeno provato.

Anche perché lui stava vivendo una trasformazione profonda, una vera e propria metamorfosi psichica, intellettuale e perfino fisica, di cui mi sono accorta anche prima che se ne rendesse conto lui stesso. Gli occhi, quel suo sguardo amoroso, implorante e insieme imperativo che mi aveva fatto innamorare fin dai nostri primi incontri di lavoro, erano diventati spiritati, occhi invasati da un'ossessione esclusiva che riflettevano un fuoco interno, una passione divorante.

E la voce, la sua voce. Quando ci conoscemmo era carezzante, suadente, morbida, gentile; quando poi parlava degli scrittori e dei poeti prediletti, degli ideali della bellezza e della verità, allora il timbro cambiava, il registro diventava piú alto, pieno, eloquente e recitante. Ricordo bene quei passaggi di tono, quella molteplicità che gli occhi e la voce esprimevano; prima ancora della persona, dei tratti del viso e del corpo, quegli occhi e la sua voce ebbero una forza seduttiva per me irresistibile. Per me lui fu la personificazione di Eros.

Ma ora anche la voce non è piú quella. È diventata dura, metallica, di chi deve spiegare convincere diffondere un messaggio, un messaggio segreto che va protetto; mentre parla si guarda continuamente intorno con sospetto e diffidenza, lo sguardo della spia ma anche della preda che teme la sorpresa dietro ogni albero e angolo di strada.

È dimagrito, ha l'aria malsana di chi vive in mezzo al fumo delle sigarette, lavora di notte e dorme di giorno. Gli ho chiesto: – Che cosa stai leggendo? – Mi ha risposto: – Saint-Just e Stato e Rivoluzione –. L'ha detto con un tono provocatorio, cosí m'è arrivato, che t'aspettavi? Che rispondessi Werther o Shelley? Questi sono tempi di ferro, la giustizia e la verità sono calpestate, bisogna risollevarne la bandiera e battersi con le idee e anche con le armi perché le idee da sole non bastano se non camminano sulla punta dei fucili.

Gli ho detto: – Questo l'ho già sentito dire. Che cos'è? Adesso parli per slogan? – Ero disperata per come lo vedevo, disperata per lui, per me avevo capito da tempo che l'amore era finito. Ma lui ha risposto circospetto, forse temeva d'essersi spinto troppo oltre, un rivoluzionario professionista non deve commettere errori: – Ho solo detto che le idee si affermano quando c'è un movimento forte che le sostiene e un partito rivoluzionario capace di attuare una strategia. L'idea sulla punta dei fucili è un'immagine non uno slogan e a me sembra abbastanza bella.

– Appena tre anni fa ce n'era un'altra: non fate la guerra fate all'amore. Ricordi?

– Ricordo benissimo. Ce n'era un'altra ancora piú bella: mettete una rosa sui vostri cannoni. Ma poi è andata come è andata.

– E come è andata? Non mi pare che sia cambiato granché.

– Appunto, non è cambiato niente, il Movimento è stato addomesticato, riassorbito, digerito. Ma la paura che ha suscitato è stata tanta. Adesso quelli che avevamo impaurito vogliono il potere senza piú finzioni, potere puro per il solo sadico gusto di esercitarlo senza controlli né limiti. Vedi la differenza? I figli dei fiori non bastano a far nascere la nuova società, i fiori sono appassiti, i giovani d'allora sono invecchiati e molti di loro hanno trovato buoni impieghi nelle aziende dei padroni. Noi, anche tu, anche voi donne, volevamo che tutto cambiasse, invece tutto è rimasto com'era salvo che da un giorno all'altro la destra prenderà il potere anche con la violenza.

Questo era ormai il suo modo di pensare. Opporgli obiezioni era del tutto inutile, io del resto sono la meno adatta, la politica vera e propria non mi ha mai interessato come non interessava Lorenzo e le ideologie mi ripugnano. Però non avevo capito quanto queste sue convinzioni, cosí rapidamente maturate, avessero cambiato il suo progetto di vita quando ieri mi ha telefonato per dirmi che di lí a poco sarebbe venuto a trovarmi. Aveva una voce affannata come se avesse appena fatto una corsa o si preparasse in fretta a scappare da qualche parte.

Appena arrivato m'ha detto: – Hai saputo di Feltrinelli? – Non sapevo nulla. – È saltato per aria su un traliccio elettrico a Segrate. Stava preparando un attentato e invece la bomba gli è esplosa in mano. Secondo me non è stato un incidente, l'hanno fatto fuori.

Sono rimasta di sale. Feltrinelli l'avevo conosciuto qualche anno prima al Circolo Turati a un dibattito sulla scuola. Una persona vivace, intelligente, un po' cinica, almeno cosí m'era sembrato, molto educato, di quelli ai quali da piccoli hanno insegnato le buone maniere. Si sapeva che si era impegnato in politica con vecchi partigiani usciti dal Partito comunista perché troppo moderato.

Lorenzo proseguí dicendo che si aspettavano da un momento all'altro d'essere arrestati.

– Chi se lo aspetta? Tu te lo aspetti? Perché proprio tu? E chi altri?

– Noi antifascisti. Che domande mi fai? Esistono ancora gli antifascisti in questo paese, non credi? Loro sanno chi sono gli antifascisti veri, non quelli che se lo scrivono addosso e sognano solo di fare un governo coi preti. Loro sanno chi sono. Quando scatterà la loro ora verranno ad arrestarci casa per casa.

– Ma loro chi sono? – lo interruppi. Cercavo di capire se erano le fantasie di una mente esaltata o se c'era un appiglio di verità, ma lui rispose che non era il momento per dilungarsi in una diagnosi della situazione che del resto era chiarissima. – Sono venuto a dirti che ho deciso: entro in clandestinità. Nessuno lo sa salvo pochi compagni che sono già clandestini, ma a te dovevo dirlo perché non sentirai piú parlare di me, non so per quanto e hai il diritto di sapere che non sono scomparso nel nulla ma ho seguito una mia scelta consapevole.

Non dissi niente, non me l'aspettavo. Nel mio intontimento mi sembrava soltanto d'avere davanti un pazzo. Poi mi venne l'idea che forse era un modo per dirmi che tutto era finito tra noi e che non ci saremmo visti piú, ma l'accantonai, lui era veramente cambiato, questo l'avevo capito da tempo, una bugia cosí grossa per ragioni private non reggeva.

– Che vuol dire? Spiegami –. Dovevo essere disperata per parlargli cosí. Lui ebbe appena un attimo di commozione, mi carezzò i capelli e con la voce d'un tempo mi disse: – Capirai da sola, non è difficile. Lorenzo Cordero comunque non c'è piú. Se ti domandano, e ti domanderanno, tu non mi vedi da mesi e non sai nulla di me.

– Ma tu – gli ho chiesto – un nome l'avrai. Come farò a sapere di te?

– Non devi sapere di me. Comunque un nome l'avrò, di te mi fido, sei stato il solo amore della mia vita, non mi tradirai mai, mi chiamo Malte. Solo tu capisci perché.

Se ne è andato cosí, tirandosi la porta appresso senza voltarsi. M'è venuta in mente una canzone che si canta ogni tanto: – La gioventú la passa, la mamma muore, tu resti come un pirla col primo amore – che poi non è il caso mio ma adesso è come se lo fosse.

Malte, a chi altro poteva pensare Lorenzo che entra in clandestinità?

Sono andata a cercare il libro, non ricordavo piú dove lo avevo messo, mi muovevo come un automa, sapevo solo che dovevo trovarlo, cercare la pagina che spiegasse quello che Lorenzo non aveva spiegato, al di là delle motivazioni facili della sua esaltazione. Quel nome: non era vero che avrebbe cancellato i ricordi, con quel nome non avrebbe potuto; cercavo come una cieca nella confusione degli scaffali finalmente l'ho trovato, una vecchia edizione tedesca sfogliata, piena di note, sottolineature. Die Aufzeichnungen des Malte Laurids Brigge, *Quaderni di Malte Laurids Brigge.*

Mi sono sentita improvvisamente calma, l'ansia era passata, stringere quel libro tra le mani mi rassicurava, sapevo che avrei capito. Ma ho lasciato passare un po' di tempo, sono andata in cucina, aspettavo due amiche a cena, ho preparato una minestra di porri al latte e pollo in gelatina. Non sono una cuoca ma qualche piatto lo so fare. Ci ho messo piú impegno del solito, ho pensato: alle persone confuse prescrivono di lavorare la maglia con l'uncinetto per rimettere ordine nella testa, i porri al latte e il pollo in gelatina questa sera saranno il mio uncinetto.

Cosí ho passato quasi due ore, intanto era venuto buio, a marzo le giornate sono ancora brevi. Ho acceso la lampada vicino alla poltrona e ho ripreso il libro tra le mani. Non ho avuto bisogno di sfogliare molto, ho trovato presto, nelle prime pagine:

> *Non mi sono mai reso conto di quanti visi ci sono. Di uomini ce n'è una quantità ma di visi molto di piú perché ogni uomo ne ha parecchi. Ci sono persone che portano un viso per anni; è naturale che lo logorino, diventa sporco, cede nelle pieghe, si sforma come un guanto calzato in viaggio. Persone econome, semplici; non lo cambiano, non lo fanno nemmeno pulire. – Va abbastanza bene – affermano e chi potrebbe provargli il contrario? Certo ci si domanda, poiché hanno parecchi visi, che ne fanno degli altri? Li mettono da parte. Li porteranno i loro figli.*
>
> *Altre persone mettono i loro visi con rapidità eccezionale, uno dopo l'altro, e li consumano. Pensano sulle prime di averne per sempre, ma non sono ancora ai quaranta: ecco l'ultimo. Naturalmente ciò ha il suo lato tragico. Non sono abituati a risparmiare visi, dopo otto giorni l'ultimo è finito, ha buchi in molte parti, è sottile come carta e a*

poco a poco affiora il sottofondo, il non viso, e loro camminano con quello...

Il desiderio di avere una propria morte si fa sempre piú raro. Ancora un poco e diventerà raro quanto quello di avere una propria vita. Signore Iddio, ecco tutto. Si arriva, si trova una vita pronta, non si fa che indossarla. Si vuole partire o vi si è costretti: niente sforzi. Voilà votre mort, monsieur. *Si muore come capita.*

Sí, ora ho capito. Lui vuole cambiare il suo viso, quello che ha avuto finora gli è sembrato logoro e insopportabile, vuole cambiarlo per propria scelta e volontà. E vuole scegliere la propria morte. Non un viso qualsiasi, non una vita e una morte qualsiasi, ma la sua vita e la sua morte. Malte. Ha scelto di chiamarsi cosí, ma Malte è un fallito con la vocazione al fallimento che si riscatta con la scrittura, lui ha deciso di riscattarsi con l'azione, non dal fallimento ma dalla mediocrità.

Che spreco e quanto orgoglio. Ma quel giovane e intemperante orgoglio l'ho amato.

M'è venuto in mente Andrea, avevo sempre pensato che questi due amori della mia vita fossero diversi, opposti, ma ora capisco che hanno anche molti tratti in comune. Anche Andrea non sopporta di portare lo stesso viso, lui è di quelli che lo cambiano rapidamente, con lo stesso viso si annoia presto, di visi di ricambio ne ha una quantità e di vite da indossare altrettante. La differenza con Lorenzo è che ad Andrea non gliene importa niente, non cerca la vita sua e la sua morte, una vale l'altra purché possa continuare a mascherarsi fin quando ne avrà voglia e necessità.

E io?

No, io non ho mai pensato di cambiare il mio viso, mi piace, anche se mi fa soffrire invecchierò con lui; alla resa dei conti – e ormai ci sono arrivata – è il solo compagno che ho. Il mio viso non l'ho scelto, nessuno può sceglierlo, ma è il mio, sono io, porta i segni, le rughe e le gioie della mia vita. Insieme a lui morirò e non m'importa come né quando, ma la mia vita l'avrò vissuta senza fuggire e finirà con me, me la porterò via sotto il braccio come una bandiera arrotolata dopo la battaglia.

Milano, 17 marzo 1972

Parte quarta

Vero è ben, Pindemonte

George Griffith si era ritirato già da un paio d'anni in un suo ranch nel Montana e lí passava il tempo leggendo e pescando trote nel fiume che scorreva rapido a qualche centinaio di metri da casa sua. Quel finanziere che era stato uno dei piú abili e fantasiosi, quell'amministratore rigoroso che aveva fatto le fortune della Sidera e poi del gruppo Polisider, invecchiando s'era innamorato della pesca e dei libri antichi.

Aveva un ampio armamentario di canne e di lenze; sceglieva ogni giorno una postazione tra le rocce, prima o dopo la curva del fiume, la sceglieva secondo il vento, secondo che tirasse da est o da nord rallentando o accelerando la corrente. George badava a mettersi sopravvento, dove le trote si fermavano piú a lungo e abboccavano piú facilmente alle esche che lui lanciava dalla riva.

Restava lí per ore, fin quando il sole tramontava dietro le montagne verdi di faggi e di pini, poi azzurre quando il sole scompariva lasciando dietro di sé una luminescenza rosata, rossa, infine violetta, che durava a lungo fino al buio pungente della sera.

Pensava a nulla. Ogni tanto gli affiorava un ricordo, l'immagine d'un luogo, d'un volto, d'un fatto, ma erano immagini brevi sulle quali la mente non si fermava, non ne richiamavano altre, come aprire una finestra e poi richiuderla, le immagini apparivano e scomparivano cosí, senza una ragione e senza esser richiamate dalla volontà. Ci sarà un archivio in qualche parte del cervello – pensava George – dove tutto è conservato e pronto a rispondere a ogni chiamata, ma se nessuno piú chiama l'archivio ti propone di sua iniziativa qualche scheda a caso, poi la ripone deluso che alla sua proposta non segua una richiesta, non venga ordinata una ricerca.

Intanto, mentre le immagini del ricordo apparivano e sparivano con rada intermittenza, lui riceveva attraverso i sensi trasognati i colori e gli odori dei luoghi, il rumore monotono del fiume, la menta fresca e la resina, l'azzurro e il violetto del cielo, il grigio argenteo delle nuvole.

Torreggiavano le nuvole sulla sua testa, navigavano superbe, s'incrociavano intrecciando battaglie, disfacendosi, fuggendo, inseguendo, trascolorando dal bianco al grigio-piombo carico di pioggia e di vento e il fiume ne rifletteva la luce diventando verde o scuro, color dei cespugli o delle rocce che correvano sulle sponde.

Ma quando infine la trota abboccava e la lenza strappava, allora tutto scompariva in un attimo, immagini odori colori nuvole pigrizia e trasognamento, e la vita si concentrava tutta nelle mani che reggevano la canna e davano filo alla preda, nello sguardo che seguiva la tenue traccia tra le spume della corrente e tutto il corpo la mente i sensi la memoria i nervi i muscoli, tutto stava dimentico di sé nel pugno del predatore. Fino a quando la mano cominciava ad arrotolare il rocchetto vincendo lentamente e poi sempre piú veloce la resistenza della preda inchiodata dall'amo conficcato nel palato, tra muti tormenti che facevano la gioia assassina di chi reggeva quella canna.

Nei giorni buoni arrivava a pescarne sei, sette, a volte anche dieci perché l'ansa che il fiume descriveva in quel punto era ricca di pesci. Ma almeno un paio ne prendeva comunque, tornava a casa, consegnava il cesto alla nipote che insieme alla sorella abitava con lui, si toglieva gli stivali di gomma verde e i pantaloni umidi per gli spruzzi del fiume, si rivestiva. Le donne servivano una cena leggera, di minestra e pesci arrostiti. Poi George saliva in biblioteca a guardare i suoi libri, li spostava, ne carezzava il dorso, li annusava come si annusa il vino d'annata, leggiucchiava qualche pagina, sorseggiava un dito di vecchio whisky. E lí pensava.

Era piccola ma abbastanza preziosa la biblioteca di George: Ricardo, Smith, Malthus nelle loro edizioni originali; la storia d'Inghilterra di Macaulay, la filosofia morale di Hume, i volumi sul buongoverno e sulla libertà di Locke, e poi Keynes, Schumpeter. Nello scaffale centrale, uno accanto all'altro, erano sistemate le tre edizioni originali degli *Essais* di Montaigne e le *Pensées* di Pascal. Di seguito una Bibbia miniata preziosissima, un'altra Bibbia piú leggibile e molto letta. Romanzi una trentina: americani, russi, francesi. Questa era, insieme con la pesca alla trota, la sua vita e il suo ristoro.

Spesso si fermava a seguire il corso dei ricordi, dai primi passi di manager alla United Steel alla lunga stagione al fianco del vecchio Grammonte e poi di Andrea, sul quale aveva riversato il suo affetto e la sua esperienza. Che coppia erano stati, lui e Andrea. Aveva trovato anche il modo di definirla: l'arco e la freccia, non due oggetti distinti ma uno, uno solo, e a volte Andrea era stato freccia e a volte arco e lui, George, arco o freccia, ma la sintonia, la fiducia, lo scambio dei ruoli, il risultato di centrare il bersaglio, tutto aveva funzionato a perfezione.

In quella lunga stagione italiana durata un quarto di secolo George non sapeva neppure che cosa fosse la pesca alla trota. L'istinto del predatore l'aveva, altroché se l'aveva, ma erano prede di altra natura e lui e Andrea ne avevano messe nel carniere alcune abbastanza grosse. Ma a un certo punto George aveva capito che il suo tempo era scaduto: Andrea non aveva piú bisogno di lui, aveva acquistato un'autorità e una sicurezza che lo collocavano almeno un gradino sopra a tutti gli altri; la presenza di George al suo fianco piú che aiutarlo ormai lo imbarazzava, gli impediva di muoversi liberamente e senza remore in una società che era radicalmente cambiata rispetto a quella di appena dieci anni prima.

George invece era rimasto legato a quei tempi e a quella maniera; per di piú era profondamente puritano, con il lassismo ormai dominante, l'indifferenza per tutto ciò che non fosse *money money*, la mancanza di distinzioni certe tra il bene e il male, non ci si trovava. Perciò aveva deciso di andarsene, di tornare alla sua terra d'origine sull'altipiano, dove il Missouri è ancora un fiume a misura d'uomo, dove le montagne si stagliano nitide nell'aria e la gente è schietta e pulita. Almeno, cosí lui si ricordava il Montana e cosí aveva fede che fosse rimasto.

Andrea aveva fatto di tutto per dissuaderlo: perdere George per lui era come veder scomparire un pezzo della vita. Ma l'altro fu irremovibile. Promise di tornare almeno una volta l'anno, Andrea dal canto suo giurò che ogni volta che fosse andato in America si sarebbe arrampicato fino al ranch dei Griffith e avrebbe pescato la trota anche lui. Ma sapevano tutti e due che non sarebbe accaduto. In sei anni si videro sí e no tre volte, i primi tempi Andrea gli telefonava spesso, lo teneva aggiornato sull'azienda, su Viviane, Michelle e i ragazzi, gli parlava di Filippo e del suo riattaccarsi alla vita. Poi anche le telefonate diradarono, George era sempre piú lontano e Andrea lo sentiva.

Nel dicembre del '77 la nipote di George lo chiamò al telefono informandolo che lo zio era morto serenamente tra i suoi libri. Aveva lasciato una lettera per lui, l'avrebbe ricevuta tra qualche giorno. Infatti arrivò e diceva cosí:

> Caro Andrea, le forze se ne vanno, lentamente ma ogni giorno di piú: qualche problema nel respiro, qualche intermittenza nei battiti del cuore, una debolezza soave, quella dei convalescenti o dei moribondi. Ci sono tanti modi di andarsene, di solito si preferisce un modo improvviso che ti fa passare di colpo dalla vita alla morte senza che tu nemmeno te ne accorga, ma a me quel modo non è mai piaciuto, evita la sofferenza fisica ma ti toglie la consapevolezza. La morte è un passaggio importante che va possibilmente vissuto a occhi aperti e io ho sperato che cosí fosse per me. Ora mi pare che quel mio desiderio stia per essere esaudito e questo mi dà una gran pace.
>
> Non vado a pescare da molti mesi, mi sono rimasti i libri, alcuni in particolare che mi dànno grande consolazione, ma ormai mi stanco anche a leggere, qualche pagina, qualche riga mi basta, mi aiuta a compiere gli ultimi passi.
>
> Anche i ricordi si sono appannati, non ho piú voglia di ricercarli. Resti tu, la tua immagine un po' scapestrata un po' malinconica: l'immagine di un giovane principe nato ricco, intelligente, sensibile, ferito fin da bambino e mai guarito da quella ferita.
>
> Hai fatto quel che potevi per avere la tua vita ma non ci sei riuscito. Chi non ti conosce penserà il contrario, penserà che la tua

sia stata la piú invidiabile delle vite, ma io so che le cose non stanno cosí. Anche tu stai diventando vecchio, hai una bella famiglia, sei potente e rispettato. Per essere felice ti è mancata la cosa piú importante: la capacità di amare e di ricevere amore. Spero per te che nel tempo che ti resta tu riesca ancora a trovarla, quella capacità.

Ho cominciato a scriverti due giorni fa e vorrei continuare ma ora sono proprio stanco. E poi che altro potrei dirti? Difendi, se puoi, l'azienda dal malaffare. Dovresti trovare l'energia per dare un colpo di scopa. Ma poi, a che serve? Niente serve a niente. Ci gettano nel mondo a manciate. Ci sono montagne di ossa, polvere che torna alla polvere, cosí dice il salmo.

Addio mio caro. Un abbraccio da George

Il salotto d'attesa era piccolo e disadorno, le pareti ingombre di armadi, un divanetto e tre sedie, un tavolo con riviste ingannatempo, «Oggi», «Famiglia Cristiana», «Gente». Dalla stanza attigua, anch'essa ingombra di armadi colmi di schede attorno alle quali si affaccendava un'anziana segretaria, veniva il ticchettio d'una macchina per scrivere.

Castaldi si era seduto sul divano e aspettava da un quarto d'ora. Era entrato baldanzoso, per la prima volta era stato invitato a colloquio dall'uomo che aveva nelle sue mani i fili del potere politico, indipendentemente dal ruolo istituzionale che di volta in volta ricopriva. Ma già dopo quel quarto d'ora d'attesa la sua baldanza era in gran parte scomparsa: quella desolata sala d'aspetto, quella segretaria dimessa dal volto grigio e le movenze d'una monaca laica che adempie silenziosamente a un servizio di tipo assistenziale se non proprio ospedaliero, l'avevano rapidamente condotto alla condizione d'un postulante. Si era immaginato un incontro tra potenti in un luogo di potere con le insegne dell'autorità e della modernità e si trovava invece in un'anticamera che avrebbe potuto essere quella d'un dentista o d'un notaio senza pretese.

Passarono ancora dieci minuti. Meccanicamente aveva preso in mano una delle riviste ammucchiate sul tavolino e si accorse che era vecchia di due settimane. Si alzò a guardare dalla finestra dalla quale entrava una luce fioca: dava infatti su un cortile di vecchi muri con tubi dipinti d'un verde spento che scaricavano a terra l'acqua delle gronde.

Si sentiva sempre piú piccolo e incerto. Chissà perché m'ha chiamato e che cosa vorrà da me, pensò. Se l'era posta piú volte quella domanda nei giorni precedenti e si era risposto che il Presidente – come tutti chiamavano quell'uomo che da trent'anni teneva la scena con un riserbo e un'aria al tempo stesso di modestia, arguzia e mistero divenuta leggendaria – aveva bisogno di lui per qualche motivo importante. E si era preparato a farsi valere.

Se era arrivato cosí in alto da meritare l'attenzione del Presidente l'incontro non poteva certo esaurirsi nella richiesta d'un favore, quale che fosse, e nel suo esaudimento. Un negoziato tra potenti, questo aveva immaginato, ma quella mezz'ora d'anticamera, con quella suorina che zampettava attorno ai suoi schedari come una formica laboriosa, senza uno squillo di telefono, un rumore esterno, una voce oltre la parete, l'avevano demotivato completamente. Un campanello suonò fievolmente, la suorina gli fece cenno d'entrare, aprí una porta, si scostò per lasciargli il passo e richiuse. La stanza era appena piú confortevole di quella dove aveva atteso. Il Presidente gli venne incontro tendendogli la mano e scusandosi per averlo fatto aspettare. C'erano due poltrone di pelle davanti alla scrivania ingombra di carte, gliene indicò una, sedette sull'altra.

Era di carnagione grigia, occhi stretti, labbra sottili, quasi invisibili, un sorriso lievissimo, piú sottinteso che espresso. Aveva indosso uno *spencer* di lana grigia. Tono su tono, pensò Castaldi che, dopo parole di circostanza sull'epidemia di influenza stagionale che aveva messo a letto un terzo dei cittadini, ruppe gli indugi chiedendo: – M'ha fatto chiamare, sarò felice d'esserle utile.

– Avrei dovuto chiamarla prima – rispose l'altro – me ne scuso: la sua lettera è di tre mesi fa. Ma sa anche lei come vanno queste cose, bisogna chiedere una quantità di pareri e ognuno ci mette il suo tempo –. S'era alzato per cercare le carte nella confusione della scrivania, le trovò chiuse in una cartella azzurra, tornò alla poltrona.

– Quale lettera, Presidente? Mi perdoni ma sono sicuro di non averle scritto nessuna lettera.

– Ma certo, dottor Castaldi, lei ha scritto al ministro dell'Industria e a quello delle Partecipazioni statali, eccola qua, è di fine gennaio e siamo a fine aprile, mi ricordavo bene che erano passati tre mesi –. Parlava con una voce nasale e una cadenza ecclesiastica, quella tipica dei preti che recitano le preghiere cantilenando, ma gli occhi adesso gli ridevano mentre lamentava la lentezza polverosa delle burocrazie ministeriali. – Lo so, voi siete abituati a un altro ritmo, tra l'esame d'un problema e la decisione passano... tre giorni? Dica, amico mio, tre giorni? O meno ancora?

– Qualche volta anche meno, oppure un poco di piú, anche noi dobbiamo rispettare certe procedure. Presidente, ma certo i ritmi di un'impresa sono diversi, imposti dal mercato.

– Appunto, appunto. Ma verrà il tempo che anche il governo dovrà adeguarsi e allora a guidare lo Stato ci sarà gente come lei, se Dio vuole. Dunque lei chiedeva ai due ministri di ottenere un trattamento fiscale particolare in vista dell'acquisto delle attività chimiche della Petrosud –. Alzò la testa dalle carte: – È questo il problema non è vero?

– Sí, Presidente, anzi no. Per essere esatti: la Petrosud ci ha offerto tutte le sue attività chimiche, molti mesi fa. Abbiamo trattato a lungo sul prezzo, lei sa che sono attività in perdita e proprio per questo la Petrosud vuole disfarsene. Noi potremmo riconvertirle e riportarle a valori positivi, ci vogliono grossi investimenti. Ma le imposte connesse con l'operazione sono proibitive, possiamo acquistare quegli impianti solo se si trova il modo di esentare fiscalmente l'operazione, altrimenti non si fa.

– Già, altrimenti non si fa. Che cosa hanno risposto i ministri?

– Hanno preso tempo. La cosa non ci ha stupito, siamo abituati. Del resto l'operazione interessa soprattutto la Petrosud, cioè il governo che ne è il proprietario. Spetta dunque alla Petrosud ottenere le condizioni per andare avanti.

– Ha ragione, Castaldi, si muova la Petrosud. Sa, il governo non deve essere né a favore né contro; deve valutare l'interesse generale. Poiché si tratta di una questione grossa, i ministri competenti hanno chiesto il mio parere, come è giusto. Per questo l'ho chiamata. Voi avete un reale interesse ad acquisire quegli impianti?

– Come ho già detto, dipende dalle condizioni.

– Il ministro delle Finanze avrà di che ridire. L'avete interpellato?

– Pensavamo che l'Industria e le Partecipazioni se ne dessero carico.

– Giusto, giusto; l'avranno certo fatto. Ma sa, sono tutti di partiti diversi, anche di questo bisogna tenere conto. Il ministro delle Finanze ha un orientamento piú favorevole a mantenere la chimica in mani pubbliche. E poi l'imposta cui bisognerebbe rinunciare è cospicua, un migliaio di miliardi mi pare.

– Piú o meno, signor Presidente. Ma le perdite sono notevoli e scomparirebbero.

– Già. Ci sono in materia punti di vista diversi. Bene, valuteremo e decideremo. Volevo intanto dirle che la questione è all'esame e non è stata certo dimenticata. È inutile che le dica che terremo presente solo l'interesse generale.

– La ringrazio per la sua squisita gentilezza –. Si alzarono; sulla porta il Presidente cantilenò: – E pensi che ci sono fior di imprenditori convinti che basta ungere le ruote perché la macchina marci. Mah! Tutto il mondo è paese, ma è umiliante a volte sentire fare certe proposte. A me per fortuna non è mai capitato ma i miei ministri, sottosegretari, me ne raccontano di cose...

– Alle volte mi vergogno anch'io di alcuni miei colleghi.

– Vede, io capisco che i partiti abbiano bisogno di sostegno anche materiale. Ma quelli di cui parliamo sono tentativi di corruzione vera e propria. Roba da Codice penale. Diverso sarebbe se un gruppo di imprese decidesse di aiutare i partiti democratici nella loro battaglia per la difesa della libertà. Se si quotassero e dessero quanto basta, per ragioni ideali e politiche e non certo con riferimento a un singolo affare. Comunque non è affar mio. Io sono qui per tutelare l'interesse del paese e la correttezza assoluta di ogni decisione del governo.

Castaldi aveva drizzato l'orecchio. Questo volevano dunque? Un finanziamento generale, sistematico, sganciato dal volta per volta. Azzardò: – Sono perfettamente d'accordo; ragioni ideali e politiche ce ne sono, eccome. Ma sa come sono fatti gli imprenditori? Tranne pochi, non vedono al di là della punta del naso. Lei pensa che varrebbe la pena di stimolarli e metterli insieme?

– Sono cose che non mi riguardano. Riguardano i partiti. Il governo è un'altra cosa. Lei è bravo, caro amico, io lo so, seguo le vostre cose com'è mio dovere. Porti i miei saluti al suo presidente, è parecchio che non lo vedo. Lo rimproveri da parte mia.

La suorina aveva già aperto la porta d'uscita. Castaldi era certo d'aver capito. Ed era anche certo che la chimica della Petrosud gli sarebbe finita in tasca alle condizioni desiderate.

In quegli stessi anni in cui George si era rintanato nel suo ranch sulle rive del Missouri, Mario Castaldi era diventato miliardario, anzi plurimiliardario; per di piú era secondo soltanto ad Andrea nella nomenclatura del potere economico e forse un passo davanti a lui nell'influenza concreta sul potere politico e le connessioni assai poco cristalline che esso aveva col mondo degli affari.

Castaldi era il grande elemosiniere della Repubblica; era lui che raccoglieva i denari dai maggiori gruppi industriali per finanziare i partiti della maggioranza parlamentare e ottenerne i favori; era lui al centro della rete che ormai avviluppava l'intero sistema degli appalti, delle concessioni governative, delle tariffe e dei prezzi controllati. Il sistema aveva assunto i lineamenti d'un condominio tra lo Stato e il business ed era Castaldi il presidente di quel condominio nel quale – come i pubblicisti radicaleggianti si sgolavano a ripetere – le perdite finivano regolarmente a carico dell'erario e i profitti venivano rastrellati dai «padroni del vapore».

Probabilmente questa rappresentazione delle cose era troppo semplicistica e peccava di parzialità, ma di sicuro coglieva uno dei tratti essenziali della realtà; nessuno degli interessati comunque si preoccupava di quelle critiche, neppure per smentirle: li lasciavano dire, che danno facevano? Erano anzi la preziosa testimonianza che il sistema era quanto di piú liberale e democratico vi fosse in Europa; i moralisti e le anime belle abbaiavano alla luna, come dicevano sprezzantemente i «mandarini» del potere, ma la gente non se ne dava per intesa: era entrata in una fase zuccherosa nella quale i piú trovavano un tornaconto mentre cresceva la schiera degli esclusi, troppo deboli e afoni per opporre una seria resistenza.

Il grande elemosiniere non dimenticava di lanciare qualche osso e un po' di polpa ai cani da pagliaio dell'opposizione. La maggioranza dal canto suo dimostrava una tenuta invidiabile: i governi non duravano piú di dieci-dodici mesi, ma la continuità era assoluta da trent'anni. A comandare erano non piú di una decina di persone, divise da antagonismi feroci ma unite nell'obiettivo di mantenere il potere nelle loro mani escludendo chiunque tentasse di insidiarne la titolarità. Il mondo delle grandi imprese del resto si comportava nello stesso modo: inni appassionati alla libertà di mercato e alla necessità di un'etica negli affari, ma pugno di ferro per blindare gli accessi mantenendo il potere nelle mani di chi l'aveva sempre avuto.

Castaldi gestiva il suo ruolo con un attivismo prodigioso e trovava anche il tempo per moltiplicare la sua recente ricchezza. Aveva creato, intestandole a creature sue, una costellazione di aziende medio-piccole che lavoravano in subappalto nella multiforme componentistica del gruppo Polisider. Il fornitore principale del gruppo era quindi lo stesso amministratore delegato che ne ricavava cospicui profitti. In altri tempi, nei latifondi del Mezzogiorno, sistemi analoghi avevano fatto la fortuna degli amministratori dei feudi siciliani, calabresi, pugliesi. Il capitalismo industriale si era indirizzato sulle stesse strade dando al management il potere e lasciando agli azionisti la nuda proprietà. Castaldi non era un caso isolato, cosí funzionava il sistema e lui vi si era semplicemente adeguato.

Naturalmente non era cosí sprovveduto da lasciare a bocca asciutta gli azionisti che avevano il controllo del gruppo. Li indennizzava largamente attingendo a piene mani dai fondi riservati costituiti nei paradisi fiscali al riparo dagli occhi degli ispettori di finanza, i quali del resto erano abbastanza disponibili a partecipare al banchetto garantendo l'impunità.

In questo complesso meccanismo, perfettamente oleato e collaudato, Andrea rappresentava un caso a parte: vedeva, capiva, taceva; si era convinto che tentar di bonificare quelle stalle, come per tanto tempo gli aveva raccomandato di fare George, era fatica sprecata. Del resto la sua pigrizia morale era cresciuta col passar degli anni. Lui si sentiva in pace con la sua coscienza: nessuna operazione che non fosse piú che lecita e trasparente portava la sua firma, nessun incoraggiamento a transigere con le leggi e le regole morali, i bilanci che firmava erano certificati da un doppio livello di revisori, sindaci, società di controllo fiscale.

Naturalmente sapeva. Sapeva che la Polisider, la comunità degli affari, la pubblica amministrazione, i partiti, lo Stato, erano tutti un immenso verminaio.

Lui, Andrea, si riteneva al di sopra di quella melma, non incassava una lira che non fosse pulita con acqua e aceto; del resto a mantenersi al di fuori di quel generale immondezzaio non faceva una gran fatica perché la sua ricchezza aveva tali dimensioni da impedire sul nascere ogni tentazione. Né gli creava alcuno scrupolo il fatto di sapere e non provvedere; anzi apprezzava Castaldi proprio perché non lo metteva dinanzi a problemi che l'avrebbero imbarazzato molto.

Un re non ruba perché non ne ha alcun bisogno. Può darsi che rubino i suoi ministri, ma bisogna distinguere se rubano per se stessi o per il bene dello Stato.

Poiché è difficile e anche soggettivo giudicare su un punto cosí delicato, vale la presunzione che tutto ciò che è stato fatto abbia come motivazione ultima il bene dello Stato; nel caso specifico il bene dei Grammonte e delle loro aziende. Cosí all'incirca pensava Andrea. Piú in là non voleva andare. Quando lesse la lettera-testamento di George sorrise scuotendo appena la testa: a George sembrava facile, non capiva che la corruttela faceva ormai tutt'uno col sistema. Far pulizia avrebbe significato provocare uno scardinamento totale. A vantaggio di chi?

Andrea si era imposto come regola di condotta di vedere soltanto gli aspetti positivi, la crescita del suo gruppo, centinaia di migliaia di persone che lavoravano per Polisider, altrettante nell'indotto delle forniture, nelle filiali estere, insomma un impero.

Bisognava distruggere tutto questo per un eccesso di moralismo? Lui non ci pensava nemmeno. Però teneva gli occhi bene aperti, questo sí: quel villano di Castaldi non l'aveva mai avuto in simpatia, lo giudicava un individuo capace di tutto. Perciò bisognava marcarlo da vicino, sorvegliarlo, insomma tenerlo in pugno come del resto Castaldi stava sicuramente facendo con tutti i membri del Consiglio e i dirigenti del gruppo, a cominciare probabilmente dallo stesso presidente.

Quella sera erano invitati, Michelle e lui, a un ricevimento in casa Barnabò, una delle famiglie di antica nobiltà milanese. Andrea aveva deciso di non andare, si annoiava terribilmente a quelle cene dove si incontrava sempre la stessa gente con i segni del tempo stampati nella ragnatela delle rughe, le bocche cascanti, le spalle incurvate, le borse sotto gli occhi. Desolante. E i discorsi poi sempre gli stessi: le tasse insopportabili, l'incapacità del governo, la rissosità dei sindacati, la stagione della Scala oppure il girotondo degli amanti, chi ha abbandonato chi e chi sta con chi. Spesso, passato qualche mese, il girotondo tornava al punto di partenza.

Aveva deciso di non andare ma poi pensò che Castaldi ci sarebbe sicuramente stato a pavoneggiarsi e in sua assenza a farla da padrone. Gli montò alla testa una rabbia subitanea, la morte di George l'aveva colpito molto piú di quanto non avesse dimostrato, l'allusione alla corruttela contenuta in quella lettera lo aveva profondamente ferito. Aveva i nervi a fior di pelle quella sera e decise di andare: annoiarsi in mezzo alla gente, guardare un film sbadigliando nella sala di proiezione di casa sua o passare la serata con una ragazza e un pizzico di coca tanto per darsi un po' di carica... non faceva in fondo una gran differenza.

Avvertí Michelle del cambiamento di programma, fece venire la macchina e alle otto e mezzo in punto, secondo le rigorose abitudini milanesi, entrarono nel cortile di Palazzo Litta dove alloggiavano i Barnabò, accolti da un valletto in cravatta bianca che fece strada per lo scalone illuminato dalle fiaccole che ardevano nei torcieri.

– Pensano sul serio di discendere da Giangaleazzo Visconti – disse mentre salivano curvandosi verso Michelle.

– Lo pensano perché è vero – rispose lei a bassa voce.

Sul pianerottolo del primo piano Ferigo li aspettava in abito da pranzo. Baciò la mano a Michelle, abbracciò Andrea da vecchio amico, li condusse nel salone dove molti ospiti erano già riuniti.

Giulia accoglieva i suoi invitati sulla porta del salotto. Nel grande salone da pranzo erano stati preparati un tavolo ovale da diciotto coperti e altri quattro piú piccoli con dieci posti ciascuno. Ma prima sostarono nel salotto dove furono serviti champagne, sherry e Martini cocktail.

Andrea notò le solite facce conosciute, un Barbiani dal naso grifagno, in ricordo di antenati che erano stati alle Crociate e avevano per secoli rapinato il contado di Lodi, la contessa Del Pozzo d'Adda che portava i suoi sessant'anni con spavalderia mostrando attraverso lo spacco della gonna le gambe finemente modellate, qualche principe del Foro e delle parcelle, la principessa Romanov, vedova di un cugino dei cugini dello zar Nicola (ma lei nasceva Negroni, una famiglia celebre per la produzione di salami e insaccati), i marchesi Arrivabene cugini della padrona di casa. E un po' di *demi-monde* esteticamente accettabile, come Michelle comunicò al marito.

– Guarda – rispose Andrea – ci sono perfino alcuni giovani e qualche bella ragazza che abbassa la media. È una svolta epocale, qualcosa deve essere accaduto.

– Ma no, i figli sono cresciuti e invitano i loro amici.

– Meno male, forse sentiremo qualche discorso meno noioso del solito ma non ci spero. Che cosa vuoi che nasca in case come queste?

– Non cominciare a scaldarti per niente, visto che siamo qui cerca almeno di svagarti.

Si separarono, Michelle andò a chiacchierare con Giulia, Andrea scambiò un paio di saluti, poi sedette su una sedia vicino alla finestra che dava sul cortile del palazzo. Nessuno l'avrebbe infastidito in quel punto, che era la cosa che piú gli premeva. Il cameriere gli portò un whisky. Era di pessimo umore.

Valeria Litta, una bionda d'un pallore diafano, nipote degli antichi proprietari del palazzo da tempo venduto, si avvicinò per salutarlo.

– Che sorpresa vederti qui. Non ti si incontra mai da queste parti.

Andrea pensò che non si sarebbe staccata da lui, per tutta la sera, la conosceva bene, non era sciocca ma perennemente depressa e cercava conforto dovunque si trovasse e da chiunque; spesso finiva la serata con persone di pessima qualità e poi stava peggio di prima. Lei appoggiò il braccio sulla spalliera della sedia, gli carezzò la spalla: – Ci conosciamo da sempre ma un discorso vero tu e io non lo abbiamo mai fatto.

– Qualcuno fa discorsi veri? Presentamelo.

– Quali sono i discorsi veri, Andrea?

– Sei tu che devi dirmelo, sei tu che li vuoi fare. Di che cosa vuoi che parliamo? – È un'oca, pensò mentre rispondeva, e io un imbecille. Adesso attaccherà una sfilza di banalità e io le ho servito il piatto.

Valeria guardò fuori dalla finestra con occhi persi.

– Da un certo momento in poi il tempo passa sempre piú veloce. Ogni anno mi sembra piú breve del precedente. Capita anche a te?

Dio mio che noia, vorrei morire, pensò Andrea. La sua impazienza era cosí capricciosa che batté forte i piedi per scaricare il fastidio che gli cresceva sotto la pelle. Chissà se me la ritrovo vicina anche a cena. Rispose quasi sgarbato: – Non hai nemmeno quarant'anni e già ti lamenti. Vedrai dopo i cinquanta come prende la corsa. E a sessanta poi meglio non parlarne.

Profittò della battuta per alzarsi. Da un'altra parte del salotto venivano scoppi di risate: una giovane dai capelli color di rame diceva qualcosa che provocava quell'ilarità.

– Mio nonno – raccontava Elisa, la giovane dai capelli rossi – era praticamente morto, infatti spirò pochi giorni dopo, e non si riusciva piú a nutrirlo. A quell'epoca non c'erano ancora le flebo, i sondini e tutti gli strumenti di tortura di oggi. Mia madre e mia zia si alternavano nel tentativo di mandargli giú qualche cucchiaio di brodo ma lui teneva la bocca serrata minacciandole con sguardi furiosi...

– Poveretto. Conoscendo le angherie cui lo sottoponevano quelle due angeliche creature lo capisco benissimo.

– Ma figurati, Luigi, non venire a spargere i tuoi veleni come al solito. Sono state due martiri finché quel tiranno ha avuto fiato.

Luigi assentí socchiudendo gli occhi e disponendosi ad ascoltare il racconto. Era un vecchio avvocato che conosceva vita e miracoli della Milano del Cappuccio, quella delle famiglie vecchio stampo con storie di ruberie e di carità alle spalle.

– Dunque, la zia Odda a un certo punto ebbe un'idea brillante: mentre con una mano teneva il cucchiaio gli gridò in un orecchio: papà, è arrivato l'esattore delle tasse. Il nonno aprí la bocca terrorizzato e la Odda gli cacciò finalmente la minestra in gola.

Ridevano, Elisa piú di tutti con le lacrime agli occhi.

– Ma è una barzelletta.

– Se non è vera è ben pensata.

– È inventata – sentenziò Luigi Avati, la faccia arguta e corrotta da larghe pieghe delle guance e delle labbra. – Ben trovata ma inventata di sana pianta. Tuo nonno non era certo un banale evasore come tu lo descrivi. È stato mio cliente per vent'anni e anche il testamento lo ha fatto con me. Gran gentiluomo, tuo nonno, e grande imprenditore, un cavallo di razza come ormai ce ne sono pochi.

Andrea si era avvicinato. – Ha ragione, Avati. Diciamo anzi che non ce ne sono piú.

– Non volevo dir questo. Qualcuno ce n'è ancora, ma è un'anomalia, un residuo del passato o magari un presentimento dell'avvenire.

– Perché un'anomalia? Ogni tanto te lo sento dire, Luigi. Stasera c'è anche Andrea, lo puoi spiegare a lui e a noi.

– Con gran piacere, Giulia, ma non dirò nulla che l'ingegnere non sappia già. L'imprenditore di un tempo era anzitutto un idealista, ne ho conosciuti tanti a cominciare dal vecchio Grammonte e so quel che dico: idealisti che avevano un sogno nella mente e nel cuore ed erano decisi a realizzarlo a qualunque costo. Erano creatori di ricchezza e di lavoro perché, vedete, di idealisti che coltivano i loro sogni e ci si perdono dietro ce n'è una quantità, ma di creatori capaci di trasformare i sogni in realtà ce ne sono pochissimi. Bisogna avere uno spirito pratico eccezionale, fiuto del mercato, amore del rischio, passione e freddezza, capacità di governare gli uomini e un fondo di spietatezza. Sí – si soffermò un poco – sí di spietatezza, senza arrestarsi a raccogliere morti e feriti che non è compito loro.

Avati si guardò intorno per vedere se le sue parole avevano fatto effetto. Gli ospiti si erano raccolti intorno a loro, i chiacchiericci si erano spenti.

– Sediamoci Giulia – sussurrò Andrea – minaccia d'andar per le lunghe – e andò verso un divano proprio alle spalle di Avati che fu obbligato con visibile disappunto a compiere un mezzo giro su se stesso per non dar di schiena alla padrona di casa. – Hai dipinto un quadro assai lusinghiero, Luigi – disse Giulia mentre si assestava sul divano accanto ad Andrea. – I tuoi amici della Confindustria ti dovrebbero scegliere come presidente.

– Sono troppo intelligente per loro e poi non sono nemmeno socio del Clubino.

– Continua, questa storia mi affascina e la cena non è ancora pronta, ci deve essere stato qualche problema nelle cucine.

– Bene. L'imprenditore di razza è quella figura complessa che abbiamo descritto. Eroica a suo modo. È ossessionato dal suo sogno e dalla sua creatura perciò non gli resta tempo per occuparsi di nient'altro. Per lui non c'è vita privata, la politica non gli interessa se non quando può aiutare o intralciare i suoi disegni; per la musica, il teatro, i figli, le donne, insomma per la vita nella sua pienezza non ha tempo e non ne ha nemmeno il gusto.

– Ci avevi descritto il ritratto di un sognatore che riesce a far vivere le sue fantasie ma adesso ci stai facendo il ritratto di un pazzo.

– Un pazzo, sí Giulia, un pazzo grandioso e anche un condannato ai lavori forzati che per nulla al mondo vorrebbe cambiare la sua condizione. Ma stiamo parlando di un fossile, oggi di quella specie non c'è piú traccia.

– E Andrea allora?

– L'ingegnere è un personaggio del tutto diverso – rispose Avati parlando a Giulia come se Andrea non ci fosse. – Lui è la vera e felice anomalia di questo paese.

– Questo ce lo spiegherai dopo. Adesso finalmente la cena è servita. Dammi il braccio Andrea –, e in testa al gruppo degli amici entrarono nella sala da pranzo.

A tavola si parlò come sempre capitava in quelle occasioni di tutto cioè di nulla: il confronto tra un'edizione delle *Nozze di Figaro* che il maestro Abbado aveva eseguito a Vienna pochi giorni prima e un *Cosí fan tutte* che Muti aveva diretto a Salisburgo accese la discussione al tavolo centrale e subito si trasmise agli altri.

– Non capisco, – disse Ferigo inserendosi in un momento di pausa – questa mania di parteggiare per uno e voler distruggere l'altro. Sono due grandi esecutori, i teatri e le orchestre di tutta Europa se li disputano e noi passiamo le serate ad accapigliarci su quale dei due sia un genio e quale un mediocre musicante.

– Ma caro – l'interruppe un'antica bellezza il cui décolleté trent'anni prima aveva dominato i palchi e i *foyer* e che ora si contentava di influenzare le scelte artistiche del Sovrintendente – di queste cose tu non hai mai capito niente. Mozart è un mondo di comicità e insieme di tragedia, direi piú di tragedia e di follia che di comicità. Per questo l'esecuzione è essenziale; l'esecutore ricrea ogni volta un'opera nuova. Tu ti stupisci delle nostre dispute perché ti sfugge completamente il problema.

Ferigo diventò paonazzo dalla rabbia, Matilde era una vecchia amica che non si faceva scrupolo di esporre le sue idee con franchezza a volte brutale ma dargli dell'imbecille in casa sua, questo non era mai capitato. Gli altri commensali si divertivano alla disputa e aggiungevano battute per rinfocolarla. Anche Avati entrò in lizza, figurarsi se si sarebbe perso l'occasione.

– È strano, Matilde, vederti cosí schierata su problemi che hanno impegnato generazioni di critici musicali, tu che non conosci nemmeno il solfeggio. Che l'esecutore sia importante per gustare un'opera non v'è dubbio; che i due maestri dei quali stiamo discutendo applichino differenti canoni di interpretazione è noto, lo sappiamo tutti. Ma non vi ho mai sentito fare un discorso sui testi. Mai. Sempre e soltanto sui maestri d'orchestra o su quel soprano, quel tenore, quel solista. E va bene, ma i testi? Che cosa ha rappresentato il *Doppio concerto* nella storia della musica? E il *Don Giovanni*? E la *111* beethoveniana nella forma-sonata? Eh no, signore mie, di queste cose non si parla nei salotti per la semplice ragione che per parlarne bisognerebbe avere una cultura musicale che manca del tutto. Invece sostenere Muti o Abbado, Accardo o Ughi come un tempo si faceva con la Callas e la Tebaldi, non è vero Matilde? non costa niente, chiunque può interloquire come accade al Bar dello Sport sulla formazione delle squadre. Ah che tempi, Ferigo.

Il padrone di casa gli rivolse un'occhiata di gratitudine anche se, dal canto suo, l'importanza della *111* nella storia della forma-sonata gli sfuggiva completamente. Matilde non si rassegnava e continuò a opporre le sue ragioni fino al dessert, quando il tema musicale si spense con qualche ultima scintilla soverchiato da un altro ben altrimenti attuale che era quello del terrorismo delle Brigate rosse che, dopo i primi episodi presi abbastanza sottogamba da quella buona società, stava assumendo dimensioni preoccupanti.

Intanto Giulia si era alzata e tutti gli altri con lei. Tornarono in salotto e in un paio di salette attigue dove fu servito il caffè. In quel momento entrò Castaldi che non era potuto venire a cena per un impegno precedente; baciò la mano alla padrona di casa poi andò dritto verso Andrea e gli parlò rapido accostandosi al suo orecchio: pochi minuti prima un capo operaio comunista della Sidera era stato ucciso a colpi di pistola sulla porta di casa sua e la colonna milanese delle Br aveva già rivendicato l'attentato con una telefonata all'Ansa.

Si consultarono per qualche minuto poi, con Michelle, salutarono Giulia e Ferigo e uscirono con l'aria di medici chiamati d'urgenza al capezzale d'un moribondo.

– Vi dico che questa esecuzione è stata un gravissimo errore e non rientra nella strategia fissata dal comitato militare e dal comitato politico. Comunque il comitato politico non era stato informato preventivamente. Questa è la regola e voi non l'avete rispettata.

– La regola principale è l'autonomia operativa delle colonne. La strategia fissata dal comitato politico è di colpire soggetti che lavorano per omologare il movimento operaio con gli interessi delle multinazionali e dell'imperialismo americano. Pino Zaccaria era un obiettivo da manuale: un quadro dell'azienda, un quadro Cgil, segretario del nucleo sindacale del Pci, sostenitore della mozione Berlinguer sul governo di unità nazionale, schierato contro di noi senza incertezze. Del resto il testo del comunicato numero dieci col quale abbiamo rivendicato l'attentato non è stato scelto dal comando della colonna milanese, come tu sai benissimo è un testo scritto da voi del comitato politico che le colonne completano con gli elementi specifici riguardanti l'obiettivo colpito. Vallo a rileggere quel testo che proprio tu, Lorenzo, hai preparato: la descrizione dell'obiettivo e lo scopo che si vuole raggiungere eliminandolo sembrano fatti su misura per Pino Zaccaria. Dunque nessun errore da parte nostra.

– Senti compagno, non abbiamo tempo di fare l'analisi dei testi, non siamo in un circolo di partito ma nel pieno di un'azione rivoluzionaria che nei prossimi mesi deve raggiungere il suo momento piú alto. Ripeto soltanto che la vostra azione è stata un errore molto grave. Uno degli scopi che perseguiamo è quello di allargare il consenso all'interno della classe operaia, nelle fabbriche del Nord in particolare. Colpire un capo operaio stimato da tutti, per di piú meridionale e di origine contadina, significa non aver capito niente dei nostri obiettivi strategici. Noi non siamo macellai; eseguiamo sentenze che servano da esempio e rendano chiara la linea d'azione. E lo facciamo senza nessun odio personale, anzi con rammarico, questo deve essere chiaro a tutti. E adesso basta, avete altri compiti per i prossimi giorni, sapete quali. Tre dei vostri debbono trasferirsi a Firenze al piú presto. Ci comunicherete con i soliti mezzi chi sono e quando saranno a disposizione dei compagni fiorentini.

– Fai presto tu ad aprire la discussione e poi a chiuderla quando ti pare. Qui c'è di mezzo la vita delle persone. Io ti ripeto quello che ho detto prima, di cui tutti siamo convinti. Se c'è dissenso tra noi si deve aprire un dibattito formale, questa è la procedura prevista.

– Riferirò. Sono venuto a parlarvi in rappresentanza del comitato politico e sarà il comitato a decidere. Buon lavoro e buona fortuna a voi.

Lorenzo uscí dall'appartamento di due camere alla periferia ovest di Melegnano, quasi sul bordo dell'autostrada, dove il comando della colonna milanese aveva uno dei suoi punti d'appoggio, mise in moto la vecchia Seicento con cui era venuto fin là e rientrò a Milano.

Molti pensieri lo accompagnarono durante il viaggio, soprattutto quello di Pino Zaccaria, figlio di Michele, che era stato colono della famiglia Cordero a Stefanacoli tanti e tanti anni prima.

Pino allora potrà aver avuto un anno o poco piú, Lorenzo non se lo ricordava affatto, l'ultima volta che era stato laggiú, nel fondo Alfiere, era una sera di luglio piena di stelle e Michele stava ad aspettarlo con la moglie e la sorella. Avevano preparato la cena su un tavolo di assi di legno sotto un pergolato d'uva di zibibbo e intorno c'erano altri giovani e ragazze che pure lavoravano nei fondi dei Cordero.

Ricordava benissimo quella sera, l'aria morbida dell'estate calabrese, la sorella di Michele bella come una gitana con la gonna nera e un viso saraceno, tre o quattro bambini che giocavano a nascondersi e inseguirsi. Forse Pino era uno di loro. Ma era una serata di addii: Lorenzo partiva e anche Michele partiva, tutti e due per Milano. Lui se ne andava per fuggire dalla noia della vita provinciale ed educare nelle università del Nord la sua passione per la letteratura; l'altro in cerca di fortuna e di lavoro perché il reddito di quelle terre magre non dava di che sfamare. Tutti e due in cerca d'avventura ed erano emozionati e tristi perché sapevano che quei paesi della loro infanzia, quel cielo e quell'aria densa di odori forti, gli odori d'Oriente che l'estate viaggiavano lungo il Mediterraneo, l'anice, le zagare, il mirto, il gelsomino, non li avrebbero visti e sentiti mai piú.

Pensò che Michele forse stava all'obitorio accanto al suo ragazzo o forse se l'era preso con sé e l'aveva portato a casa per l'ultima volta. O forse Pino Zaccaria era stato composto dentro la bara nell'androne del Partito comunista o della Camera del Lavoro, con le bandiere rosse intorno e i suoi compagni coi visi del dolore della rabbia e dell'orgoglio ferito.

Aveva letto che i funerali sarebbero stati celebrati l'indomani mattina alle dieci: una benedizione in Duomo e poi la manifestazione politica sulla piazza e il corteo, già preannunciato immenso dai giornali, fino alla stazione; Pino Zaccaria tornava a Stefanacoli nella sua bara avvolta da una grande bandiera rossa.

Che ne sapevano a Stefanacoli delle Br? Capivano confusamente che erano ribelli contro le autorità dalla parte degli operai; però sparavano sui loro figli perché i loro figli, quelli che c'erano riusciti, erano poliziotti e Carabinieri e quei ribelli gli sparavano addosso a tradimento e adesso avevano ammazzato anche un operaio e lui – meschino – tornava al suo paese nella bara coperta dalla bandiera rossa.

Che gran confusione. Sarebbero stati in pochi a Stefanacoli a capirci qualche cosa. Ma lui, Lorenzo, capiva perché si era arrivati a questo? Perché c'era arrivato lui dopo sei anni di vita clandestina che l'avevano inselvatichito, senza affetti e senza speranze, col sospetto dietro ogni angolo, l'anima ridotta a una fettuccia di tessuto logoro e sporco e la mano pronta a impugnare il calcio della pistola? Lui aveva voluto difendere la democrazia dal fascismo, impedire il ripetersi delle stragi, piazza Fontana, piazza della Loggia, preparare il popolo alla resistenza, svegliarlo dall'oppio del consumismo. Questo voleva fare, gli sembrava un compito grande, un compito degno per il quale aveva abbandonato la sua donna, la sua casa, i suoi agi, i suoi poeti. Ma poi, passo dopo passo, si era ritrovato in un mattatoio dove le persone venivano appese ai ganci del fanatismo e assassinate con lucida perversione. Una discesa agli Inferi, sí, Lorenzo era disceso nei gironi dell'Inferno.

Quante volte ne aveva letto nei libri? Odisseo, Enea, Dante, esperienze letterarie, capitoli di un'epica che attraverso la discesa nei regni di Ade cercava purificazione e legittimazione; prove, incontri dai quali uscire piú forti e piú grati agli dei. Lui però ne usciva distrutto, lordo del sangue delle vittime, una vita spezzata per sempre. Delitti contro l'umanità, pensò; questo abbiamo commesso: un delitto contro l'umanità.

Gli venne in mente la poesia del suo Rilke. Quasi trent'anni erano passati da allora, ma quella domanda ancora gli tornava alla mente, gli tornava spesso negli ultimi tempi come se avesse a che fare con la sua condizione presente: perché Orfeo non deve voltarsi a guardare Euridice mentre insieme, scortati da Hermes, risalgono verso le porte di Ade per rientrare nel mondo dei vivi? Che cosa c'è dietro quel divieto? E perché Orfeo l'infrange costringendo Euridice a tornare indietro negli oscuri abissi della terra dei morti?

Sulla sua destra a un centinaio di metri vide sfilare le torri di vetro azzurro di Metanopoli, tra poco sarebbe arrivato alla barriera di Milano e alla fine dell'autostrada. Forse, dopo l'uccisione di Zaccaria, la polizia lo stava già cercando, forse era imprudente tornare nell'alloggio dove aveva trovato riparo da un paio di mesi in piazza del Tricolore, giusto all'imbocco di corso Monforte, una camera sui tetti di una ventina di metri e un gabinetto con il water e un lavandino, ma si godeva una bella vista dall'abbaino e lui ci si era affezionato, oltre al letto un cassettone e un tavolo sul quale aveva ammucchiato una decina di libri, quelli che l'avevano sempre seguito in quei sei anni di cospirazione e di pena.

Ma dove andare se non lí? In quel momento tutti gli altri punti d'appoggio dell'organizzazione potevano essere egualmente nel mirino e poi era troppo presto, erano passate appena trentatre ore dal ritrovamento del cadavere. Infine, come diceva il suo diletto Amleto: – Se deve accadere accadrà, se non sarà oggi sarà un altro giorno.

Ora aveva imboccato corso XXII Marzo. La risposta a quella domanda che da qualche tempo gli tornava alla mente gli venne in quel preciso momento: Orfeo con la sua musica poteva produrre qualunque evento meraviglioso, ammansire le fiere, far muovere le pietre, spalancare le porte di Ade e toccare il cuore di Persefone. Ma quando sale con Euridice verso il mondo dei vivi e si volta a guardarla la sua musica si è interrotta e lui guarda indietro al suo passato. È il passato a risospingere la sua donna verso la morte.

Accostò la macchina al marciapiede di viale Maino, percorse i pochi metri fino al portone di casa, entrò, fu immobilizzato da quattro Carabinieri che gli saltarono addosso dal buio dell'androne mentre un'altra decina lo circondarono con i mitra puntati. Scattarono le manette, un ufficiale lo dichiarò in arresto con la formula di rito, a spinte e calci lo cacciarono dentro una volante che partí a tutta velocità e a sirena spiegata.

La musica s'era spenta da un pezzo nella nostra testa – pensò Lorenzo – e da un pezzo avevamo cessato di credere nel futuro.

Dentro di sé l'aspettava, sapeva che sarebbe venuta ma allontanava il pensiero che era al tempo stesso il suo piú ardente desiderio e il suo piú angoscioso timore quando, dopo trenta giorni di isolamento, gli fu annunciata una visita: – Laura Vidoni in parlatorio –. Lei era vestita di scuro con una sciarpa blu annodata sotto il mento quasi per mostrare di sé il meno possibile, per proteggere il proprio sgomento e tenere l'anima al riparo dalla sventura.

La vide appena varcata la porta del parlatorio e il cuore si fermò per un attimo. – Hai cinque minuti – gli disse la guardia che l'aveva accompagnato e lo spinse verso la grata perché non perdesse tempo mentre il camerone diviso in due metà da una fitta rete metallica risuonava di voci e di pianti che rimbombavano contro le pareti nude.

Laura era seduta davanti alla grata, ora i loro volti erano a pochi centimetri di distanza. Notò che gli occhi di lei erano vivi e curiosi come sempre e il suo viso – la sola cosa di lei che poteva vedere – non mostrava segni di rilassamento. Eppure il cambiamento era profondo perché una fitta rete di minutissime rughe ricopriva quei tratti che lui ricordava levigati come una superficie di porcellana. Le rughe erano appena segnate, il tempo aveva lavorato come il bulino d'un orafo, e seguivano percorsi irregolari, orizzontali sulla fronte, a raggiera intorno agli occhi, spartite in piccole onde sulle guance e ancora a raggiera intorno alle labbra, che però erano fresche e ben disegnate come un tempo.

Erano leggerissime quelle rughe, una veletta incorporata nella pelle, e si animavano nei modi piú strani ogni volta che i muscoli del viso si muovevano; le espressioni ne venivano sottolineate, la tristezza, l'allegria, l'arguzia raddoppiavano di intensità espressiva come se di volta in volta un trucco appropriato a quei sentimenti le venisse applicato sul viso. Ma quando il viso era immobile e inespressivo quella veletta di rughe non aveva nulla da sottolineare se non un distacco, una difesa, una impenetrabilità allo sguardo altrui com'è per lo chador delle donne musulmane che si esprimono soltanto attraverso lo sguardo.

Cosí infatti la vide Lorenzo: nascosta dietro la sua rete di piccolissimi segni, lo sguardo acceso da una nascosta pietà.

Parlarono senza fretta, con lunghe pause malgrado la ristrettezza del tempo che avevano a disposizione e sommessamente nonostante il frastuono che avevano intorno, la fronte appoggiata alla rete da entrambe le parti.

– Come stai? – domandò lei.

– La salute è buona, al resto ci sono abituato, sono sei anni che vivo da recluso perciò sono allenato. Qui in un certo senso è meglio, non c'è piú ansia, la barca è arrivata in darsena.

– Che cosa sai del processo? Hai già scelto un avvocato?

– M'interrogano ma senza violenze. Ora credo che smetteranno perché la mia risposta è sempre la stessa. Avvocati di fiducia no, il giudice ha già nominato un avvocato d'ufficio.

– L'isolamento è stato duro?

– C'erano le cimici sul tavolaccio e quelle sono veramente sgradevoli, le sloggi solo con la fiamma ossidrica che io ovviamente non avevo. Ma per il resto mi è servito per pensare in tutta quiete e anche per capire se all'interno di una cella puoi trovare la tua libertà.

– E ci sei riuscito?

– Da solo si può, si può, cimici a parte. Se stai in cella con altri è piú difficile, la tua libertà si deve confrontare con quella degli altri e tutto diventa piú complicato.

– Chi c'è con te?

– M'hanno messo nel braccio dei comuni, mi sembra meglio, raccontano fatti della vita e non geometrie ideologiche.

– Non ne potevi piú non è vero?

– Non ne potevo piú e ormai mi facevo orrore. Ma di questo non voglio parlare e poi sarebbe troppo lungo. Dimmi di te, invece.

La voce della guardia li interruppe: – Il tempo è scaduto, salutatevi.

– Di me non ho veramente nulla da dirti, nulla è accaduto però ho vissuto. Potrei raccontarti solo pensieri ma qui si possono raccontare solo fatti.

– Tornerai?

– Se ti aiuta sí.

– A te fa piacere venire?

– Se ti aiuta sí.

– Allora vieni.

Si alzarono, si guardarono fissi, lui alzò appena la mano, lei rimase immobile accompagnandolo con gli occhi finché Lorenzo uscí dal camerone con la guardia.

Nella strada c'era un sole stento e foglie secche che svolazzavano al vento e s'ammucchiavano al bordo dei marciapiedi.

Forse dovrei fare un viaggio – pensò Laura – prendermi una vacanza. Le era caduta addosso una stanchezza antica, le stava dentro da molti anni ma l'aveva rimossa con la volontà, con una vita disciplinata, con l'orgoglio di non abbandonarsi alla contemplazione di sé, il suo male di ragazza che era riuscita a vincere ma non a cancellare; era rimasto dentro di lei, confinato in un piccolo punto dell'anima come certi virus acquattati in letargo che all'improvviso tornano a circolare manifestandosi con febbri inaspettate e violente.

Quella visita a San Vittore: perché l'aveva fatta? Per amore? Quando aveva saputo che Lorenzo era stato arrestato aveva sentito dentro di sé una spinta, una molla era scattata e lei non si era fermata a ragionare, si era mossa, era andata. Per amore, aveva pensato.

Ma quando se l'era trovato di fronte dietro a quella grata, quando gli aveva parlato e aveva ascoltato la sua voce e le sue parole aveva capito che la tenerezza era ancora tanta ma l'amore era svanito, sei anni di separazione, non piú pensieri e passioni comuni, non piú abitudini, non piú trepidazione reciproca, un gelo, una solitudine che ciascuno dei due aveva riempito a suo modo senza poter sentire il passo dell'altro.

Dietro la grata, in quello stanzone nudo e affollato di uomini e donne dolenti, di storie e destini che ognuno viveva per conto proprio, lui le era parso poco meno che un estraneo, una conoscenza lontana, un compagno di scuola perso di vista con il quale, se d'improvviso ti capita d'incontrarlo, non sai di che parlare, non hai niente di tuo da dire e niente di suo da ricevere. Infatti si erano detti giusto il dicibile, domande concrete, risposte limitate ai puri fatti, salvo quando lui aveva accennato al sollievo d'essere approdato a una darsena, anche se si trattava di una cella di isolamento in un carcere di massima sicurezza.

Ma quel dialogo cosí scarno, ossificato, le era venuto naturale, non aveva dovuto fare nessuno sforzo per tenersi al di qua della soglia d'una possibile commozione, la commozione semplicemente non c'era, c'era in lei stanchezza e cautela: cautela nell'evitare sentimenti ricordi rimpianti; cautela nell'assumersi impegni che in realtà non aveva alcuna voglia di mantenere; cautela per preservarsi.

E lui, si chiese Laura, con quale animo l'aveva rivista? Non poteva affermarlo con sicurezza, dentro una testa come quella di Lorenzo era sempre stato difficile entrare anche ai tempi della loro piú stretta intimità. Ma in quei pochi minuti d'incontro nel parlatorio di San Vittore lui le aveva dato l'impressione di un naufrago che ha il solo bisogno di aggrapparsi a qualcosa che lo tenga a galla. Qualcosa o qualcuno col rischio che quel qualcuno sia trascinato a fondo nel tentativo di salvarlo. Laura aveva sentito quel rischio e si era tirata indietro. Esperienza chiusa, senza futuro. Sarebbe tornata a vederlo, lui glielo aveva chiesto, ma avrebbe fatto in modo che lui capisse, delicatamente ma fermamente. Quel naufragio lui l'aveva messo lucidamente nel conto sei anni prima, ora doveva salvarsi da solo se poteva.

Svoltò sul Carrobbio, la stanchezza non era soltanto nell'anima ma nelle gambe e nei piedi. Avvistò un bar sull'angolo di via Torino e si lasciò andare su una sedia di plastica, assordata dalle macchine e dal tram che passava a poca distanza.

Le fece bene trovarsi seduta in mezzo al traffico, fu come uscire da un sogno malato e rimettere i piedi nella realtà, i rumori le voci l'odore del gas che usciva dagli scappamenti delle auto, tutte quelle maledette polluzioni (sorrise quando quella parola tecnicamente appropriata le venne sulla lingua) contro le quali si ribellava ogni giorno ma che ora erano benvenute come l'odore del pane appena uscito dal forno che spesso, camminando al mattino presto per andare al lavoro, le regalava un momento di gioia, la conferma d'esser viva e attiva.

Sarebbe andata nel suo ufficio alla Statale. Di lui, di Lorenzo, i colleghi le avevano domandato subito dopo l'arresto e lei aveva detto esattamente come stessero le cose, la decisione di lui di entrare in clandestinità sei anni prima e la fine di ogni contatto. – Andrai a trovarlo? – le avevano chiesto.

– Sí, ci andrò, credo che ne abbia bisogno –. Nient'altro e nessuno aveva piú chiesto niente, perciò non ci sarebbero stati altri seguiti.

Ora sentiva il bisogno fisico di far lezione. Guardò l'orologio: erano le dieci, giusto un'ora di tempo per rinfrescarsi la faccia e ricomporre la mente. Il tema era la prolusione del Foscolo tenuta all'università di Pavia sull'ufficio del letterato. Le avrebbe dato conforto, l'avrebbe aiutata a riemergere con la testa fuori dall'acqua.

Proprio mentre si alzava dalla sedia di plastica del bar un'automobile passò rasente al marciapiede fermandosi poco dopo davanti al semaforo che segnava il rosso. Sul sedile posteriore vide una figura che le sembrò Andrea, poi l'auto ripartí. Ebbe un piccolo capogiro e un'immagine le comparve distintamente dinanzi agli occhi: tre persone su tre collinette disposte a triangolo; ciascuna di esse guardava le altre due e scambiava con loro segnali con le braccia, vieni qui, raggiungimi, sembrava si dicessero; in certi momenti i segnali diventavano frenetici, richieste di aiuto o inviti ospitali e pressanti, ma nessuno abbandonava il suo sito come se i piedi fossero incollati al terreno, incapaci di muoversi. Alla fine i segnali diradarono e poi cessarono del tutto e quei tre rimasero a guardarsi muti e immobili. Poi smisero anche di guardarsi perché la visione scomparve.

Passò il tram numero cinque che portava in piazza Fontana. Salí.

L'ufficio del letterato, la forma, la lingua. Quell'uomo era stato scosso da molte passioni, le aveva vissute senza risparmio, gli amori la politica la guerra, aveva goduto, aveva pianto e gridato, sofferto l'esilio, conosciuto il favore e poi il disprezzo dei potenti, era stato abbandonato e aveva abbandonato a sua volta. Ma il suo problema costante, il solo di cui veramente gli importasse, era stato quello di contenere le passioni dentro una forma. Amare il caos e dominarlo con lo stile: questo era l'ufficio del letterato, anzi del poeta, e questa l'esortazione da rivolgere ai giovani che si aprivano alla vita.

Non sentiva piú la stanchezza. Attraversò il porticato del Filarete, imboccò la scala che portava all'aula della lezione. Molti ragazzi e ragazze la precedevano e la seguivano. Ma guarda – pensò – coi tempi che corrono ce ne sono ancora parecchi interessati a un tema tanto poco moderno. E cominciò proprio cosí la lezione, ponendo ai suoi studenti quella domanda e chiedendo che qualcuno le rispondesse.

Una ragazza, piccola e con occhi intelligenti, alzò la mano. – Credo che il conflitto tra la materia e la forma non riguardi soltanto la letteratura ma ogni atto della vita e che sia un tema che si ripropone di continuo. Per questo, credo, veniamo ad ascoltare la sua lezione.

Laura assentí con la testa, aprí il quaderno con gli appunti cominciò con l'apertura dei *Sepolcri*:

– Vero è ben, Pindemonte, anche la speme...

Indice

La ruga sulla fronte

Stampato per conto della Casa editrice Einaudi
Presso Mondadori Printing S.p.a., Stabilimento N.S.M., Cles (Trento)
nel mese di maggio 2010

C.L. 20075

Ristampa							Anno			
0	1	2	3	4	5		2010	2011	2012	2013